鬥芳華 2

目次

壹之章 ● 急智調香解危

「大小姐這是在忙著什麼？」

安清悠的院子裡，徐氏風風火火地走了進來，依舊是那副人未至語先聞的做派，進了院子便是一張笑臉說個不停：「嘖嘖嘖，什麼時候見到大小姐，都是這般用功，妳那不爭氣的妹妹若有大小姐半分懂事，我這當娘的不知道要少操多少心！瞧這一手小楷寫得當真漂亮……哎呀呀，大小姐既是在練字，我卻來得不是時候，可是打擾了大小姐？」

徐氏見到安清悠時，從來都是沒話找話慣了的，安清悠也不以為意，放下筆，微微一笑道：「夫人這話說得重了，我本懶散，這也是想著選秀還有幾十天便要到了，出去總是帶著咱們安家的臉面，這才逼著自己多練一練書法而已，不知夫人來找我有何事？」

徐氏見安清悠惦記選秀之事，鬆了一口氣，她如此記掛選秀，便未必有功夫去爭什麼做壽操辦，心下更是高興，當下笑呵呵地說道：「哪有什麼大事，這不是下個月老太爺的壽辰要到了嗎？昨日老爺去老太爺府上，老太爺記著大小姐上次贈的香囊，說他那幾個老朋友喜歡得緊，這一次咱們長房的壽禮別的也不用送了，指名要大小姐的香囊呢！」

這是安老太爺交代安德佑之事，徐氏倒也不敢怠慢，實話向安清悠說了，只是那每房各出一人操辦做壽之事，徐氏卻隻字不提。

安清悠雖對自己所調之香極有信心，能得到老太爺的看重卻也始料未及，這倒是無心插柳了。她不動聲色，點頭應下了。

徐氏告知了為老太爺備壽禮之事，便在那裡賴著不走，有一句沒一句套著話，想看看這大小姐對於老太爺壽辰的態度。

安清悠微感詫異，回答得滴水不漏，卻不知道在自己院子裡，另有一干人等正在開著小會。

「妳們幾個可給我聽好了，這段時間裡對大小姐該伺候的伺候，該守規矩的依舊是要守規矩。

這院子裡大事雖是亂不得半分，小事卻不妨好好動動心思，總要大小姐每日忙著院子裡的事情，抽不得半點功夫去弄其他才好。誰若是做得好了，自然有賞，哪個若是沒辦成或是出去亂嚼舌根，留神一頓家法打得妳們不死也殘！」

安清悠院子中的小廚房裡，柳嬤嬤正板著臉，冷冷地看著下面的一干僕婦婆子。

這幾個人原本就是徐氏那邊的人，後來因為各種緣故才派到安清悠的院子裡，其間自然也少不了前不久被柳嬤嬤派來做安清悠貼身丫鬟的本家侄孫女白芷。

「柳嬤嬤的話自是夫人的交代，總而言之，便是不能讓大小姐清閒了下來！」

第一個答話的是安清悠院子裡的頭號牆頭草方嬤嬤，這方嬤嬤雖是一門心思想做大小姐的陪嫁婆子，可是在夫人那邊也不能把印象搞壞了不是？這等見風使舵的本領就是她的長項，這時候滿面堆歡，對著柳嬤嬤淨是一副阿諛之色。

哪知道柳嬤嬤卻是把臉一沉，冷冷地說道：「妳說什麼？夫人身分高貴，又怎麼會交代妳們和大小姐過不去？妳這腦子是不是進水了？」

方嬤嬤登時醒悟，伸手在自己的臉上不輕不重打了一記，陪笑道：「柳嬤嬤說的是！這事兒可與夫人沒關係，是我們自己事情沒做好給大小姐添了亂，我們自己憋在院子裡閒出了毛病來，沒事找事來著，該死該死，瞧我這張臭嘴啊……」

柳嬤嬤眼中的厭惡之色一閃而過，冷哼一聲道：「便是如此，妳們也是在府裡待了多年的老人了，該怎麼做怎麼說，自然心裡有數，明白了沒有？」

眾人連忙稱是，柳嬤嬤這才帶著她那本家的侄孫女白芷，另尋了一間屋子去單獨提點。

方嬤嬤點頭哈腰地送到了廚房門口，心裡卻是滿滿的嫉妒，她不過是比柳嬤嬤小了那麼兩三歲，在徐氏面前的地位卻一個天上一個地下，如今來了個白芷，在她的面前隱隱有了柳嬤嬤代言人的意味。此刻她臉上雖然諂笑比所有人都多，心中卻想：若是把這消息賣到了大小姐那邊，不知道能得個什麼賞錢？

方嬤嬤在這裡盤算，柳嬤嬤那邊卻已帶著白芷自去尋了一處僻靜的小屋，看準了四下無人，這才關上門說道：「丫頭，妳的造化來了！」

◉ ◉ ◉

「火……火……走水啦！」

深夜之中，一個淒厲的女子叫聲忽然劃破了安府長房中的寂靜。

夏秋之交，最是天乾物燥之時，若是深夜裡起了火，容易把連成一片的房屋燒個乾淨。

巡夜打更的老家丁原本昏昏欲睡，突然聽得這麼個淒厲的叫聲，登時嚇了一跳，二話不說，操起警鑼狠狠敲了下去，扯開喉嚨喊道：「走水啦！走水啦，快來人救火啊！」

一陣急促的鑼聲響起，府中各個院子一陣慌亂，喧鬧聲四起。

安清悠原本已睡熟，忽聽得外面吵嚷，迷迷糊糊披衣而起，卻見到青兒匆匆地跑了進來叫道：「大小姐快起來，快起來，著火了！」

安清悠微微驚愕，定了定神問道：「哪裡起了火？」

「還有哪裡？就是咱們院子！」青兒急道。

安清悠瞪眼，「咱們院子？」

安清悠立刻穿上衣服走出去，卻見自家院子裡的小廚房濃煙滾滾，黑煙從牆縫間、窗口處噴薄而出，縱有不少人趕來救火，整個院子還是瀰漫著一股嗆人的煙味。

這火起得太過蹊蹺不說，怎麼不見火光只見冒煙？

安清悠覺得奇怪，那趕來救火之人卻顧不得這許多，一個個水桶遞了上來，眾人手忙腳亂，拚命把水潑向小廚房裡，只是收效甚微，煙冒得更加濃烈了。

「大小姐的院子裡失了火？哎呀呀，這夏末秋初，天乾物燥，萬一火勢蔓延起來，燒著了家裡的房子可就不妥了！」

就在安清悠的院子裡濃煙滾滾的時候，徐氏正舒服地半坐半躺在自己房裡的軟椅之上，任柳嬤嬤幫自己打理著妝容。

柳嬤嬤一邊幫徐氏理著雲鬢，一邊笑著說道：「夫人但請放心，不過是大小姐院子裡小廚房中的柴火稻草濺上了些沒燃盡的爐渣子。大小姐院子裡的下人做事不用心，柴火不知怎麼都是濕的。這般燒法煙冒得嚇人，可這火卻是無論如何也起不來的。咱們城外的莊子裡的農戶，便是拿這等法子熏田裡的蟲子或是冬天給小麥抗霜。」

柳嬤嬤說話之時，刻意把「咱們城外的莊子」這幾個字咬得極重。

徐氏微笑著點點頭，「嗯，這些咱們自家莊子裡出來的家生奴才，做事是極用心的，比大小姐身邊那些不中用的傢伙們強了許多。」

柳嬤嬤點頭稱是，想起策劃此事的白芷，暗道人小鬼大，這丫頭確實值得栽培一二……

徐氏眼睛微微一瞇，想到安清悠平日裡端莊守禮的樣子，再想想她此刻知道自己院子裡起火的狼狽情狀，心裡感到無比的快意，得意洋洋地道：「走，咱們去瞧瞧大小姐如今的樣子有多狼狽，哈哈……」

煙再大，終究敵不過救火的人多。

這一桶桶救火的涼水不停澆上去，直把小廚房澆得汪洋一片，等徐氏趕到的時候，煙已滅了。

眾人鬆了一口氣，卻聽一個聲音響起：「這是怎麼回事？為什麼如此不小心？」

只見說話的不是老爺安德佑，又是誰？

這小廚房起火之事折騰了大半夜，將安德佑也驚動了。

眾人見他一張國字臉上滿是怒氣，嚇得噤若寒蟬，沒人敢上去接半句話，一時之間，四下裡竟是寂靜一片。

負責巡夜的老家丁自知躲不過去，只好上前小心翼翼地回答道：「回老爺話，老奴本是在府裡頭巡夜，忽聽得有個女子高叫著走水了，老奴不敢怠慢，便急忙敲了警鑼，大夥兒這才發現是大小姐院子裡的小廚房著了火。」

這巡夜的老家丁本就是安德佑自己帶出來的老人，安德佑便是發怒，這氣也撒不到他頭上，當下用眼一掃其他人，怒道：「誰最先喊救火的，站出來回話！」

只是這次一問，下面的一干人等都默不作聲。

安德佑不耐煩地大聲吼道：「怎麼？這時候反倒不說話了？誰最先看見火的，出來說清楚！」

場下寂靜依然。

安德佑跳著腳發脾氣，徐氏在一邊老神在在地看了半天，待安德佑發了好一通脾氣，這才走過來裝模作樣地勸道：「老爺，依妾身之見，這場火生得蹊蹺。這裡既是大小姐的院子，何不把大小姐叫過來問問？」

安德佑正在氣頭上，這時候也並未細想，當下一拍腦袋道：「正是正是！清悠呢？妳來說說，今兒晚上這火到底是怎麼回事？」

安清悠早已來到現場，聽得安德佑點名叫了自己，便從眾人之中走了出來。

她先對安德佑行了個福禮，道了聲安，這才緩緩答道：「回父親的話，女兒本已睡下，待聽得人聲出得房門之時，院子裡早已聚了許多人救火。只見得亂哄哄的，女兒亦是不知這火頭到底是如何起來的。」

安德佑聽得安清悠也說不出起火的原因，心下更是煩躁，待要再發脾氣，卻又聽得安清悠平心靜氣地說道：「父親倒也不用生氣，此事既是出在了女兒院子裡，女兒便有責任。還請父親給些時間，女兒必將此事查個通透，到時候是非如何，定給父親一個交代。」

見這等場面再問也問不出什麼來，安德佑亦是沒什麼法子，聞得大女兒主動把事情攬過去，皺著眉頭生了半天悶氣，到底是重重哼了一聲道：「既是如此，那便以十日為限，給我好好地查清楚了！妳這段時間裡很多事情做得不錯，自己的院子更需要好好理一理，否則將來嫁出去又如何掌家？這夏末秋初之時，水火之事更是要當心，這次沒怎麼燒起來倒也罷了，若是波及整個府裡，那才叫追悔莫及！」

如今的安德佑對安清悠甚是喜愛，即便是訓話，也帶了幾分點撥慈愛之意。

徐氏在一邊聽得頗吃味，再細打量安清悠，只見她沒有想像中的狼狽模樣，言行舉止依舊得體，失望之餘，心中憤恨之意越發旺盛：十天？好，十天便十天！既是妳這妮子在老爺面前接過了事去，我倒也要看看，看看妳這十天究竟怎麼查出個子丑寅卯來！

徐氏暗暗打定了要讓安清悠這十天之內越查越忙的主意，卻不知安清悠一邊對著安德佑保證查清此事的時候，那眼角餘光也沒忘了暗暗留意她。

三更半夜，前來救火之人無不是衣著零亂，措手不及，便是安德佑自己也是衣冠不整，連衣襟上的扣子都難得地扣錯了一個，卻唯有徐氏穿戴整齊，似是有所準備，反倒在眾人之中成了異數。

安清悠沒有亂了方寸，細心觀察之下，看出了更多破綻。

按照徐氏那性子，這時候不是逮著機會對老爺添油加醋，述說不是，也會尖酸刻薄，擠兌自己，哪能有如此這般的老實？

這人只要心裡有鬼，縱是演技再好，也會有與平日不同的反常之舉。

徐氏此刻滿腦子都是怎麼讓安清悠忙上添忙、亂中加亂的算計，哪裡想到這些形狀都被安清悠看進了眼裡，口中還裝模作樣地道：「老爺，大小姐年紀雖小，倒是有掌家的天分。這火既然沒怎麼燒起來，查這事情也算是個歷練，依妾身來看，大小姐定是能查個清清楚楚水落石出，大小姐，妳說是也不是？」

徐氏這邊盤算已定，既是安清悠主動攬過清查之事，不如自己再加上一把力，將這事坐實。無論結果如何，最起碼這十天之內總是將安清悠栓死在了這事情上，更何況，府裡到處都是自己的人，安清悠院子裡還有自己安插的眼線，更有白芷這個有心思有算計的臥底，十天之內想要查清楚，哪裡有那麼容易？

十天之後，看妳在老爺面前怎麼交代！

「這事就這麼辦吧，讓大小姐徹查走水之事，都散了吧！」

一場大火，讓全府上上下下折騰了一個晚上，眼看著天邊隱隱露出了魚肚白，安德佑皺著眉頭衝著眾人拋下一句話，逕自回房休息了。

眾人散去，只剩下安清悠院子裡的一干人等在等著大小姐示下。

安清悠掃了一眼面前的僕婦們，沒有急著問話，而是逕自對青兒等人說道：「青兒、芋草，陪我去看看走水的小廚房。」

「小姐，不可，這過了火的房子最是危險，去不得！」說話的人是芋草，她雖然進院子時日尚短，但以前沒做丫鬟的時候，見過街坊起火撲火的事情，「石頭燒紅了一潑水便是一道炸縫兒，像這等既過了火又被水撲滅的房子，乍冷乍熱下會出些什麼變故誰也說不準，便是突然塌了也不稀奇，大小姐怎能這時候去？」

青兒更是護主心切，聽了芋草這番說辭，登時急了，攔著安清悠道：「小姐別去，這小廚房現在已不安全，您身子嬌貴，有了閃失怎麼得了？有什麼要看要查的，青兒替您去便是！」

安清悠見狀有些感動，只是再往細裡一想，徐氏今日略顯反常的舉動浮現在了眼前。芋草的話固然有理，青兒的忠心固然可嘉，可是她更想自己親身去查證。

安清悠對著兩人搖了搖頭道：「妳們說得這些我都明白，只是這事既出在咱們院子裡，我若不曾親自去探過，未免不妥。」

安清悠執意要去，青兒與芋草再不情願也只能依了。

只是，這還未等邁步進小廚房，安清悠已聞到了一股奇怪的味道。

身為專業的調香師，安清悠對氣味比一般人敏感，這股味道對她來說並不陌生，那便是腐草和油脂被烤燒之後的焦臭味。

現代的調香技術中，本就有把某些植物草莖和動物脂肪混合起來浸泡發酵，待其成為半腐之後進行烘烤的加工方式，不留神把原料烤得焦糊，便會有這種焦臭味，而且，油脂和植物草莖混合發酵後再進行燒灼，會出現大量濃煙，不易消散。好比古人在烽火臺上用狼糞燒起黑煙來示警，煙柱數里之外都清晰可見，用的便是這個原理。

安清悠在眾人忙著救火之時已嗅出了這個味道，此刻再近前，更是確認無疑。

「果然有古怪，顯然是有人刻意弄出了這場火來！」

安清悠確定了濃煙的來由，眉頭微微一皺，這等原料得來太過容易，如今這炎熱天氣只要用豬油加上草葉子泡上一夜便能得到。

眼前這情景不但是有人故意縱火，徐氏那邊怕是與這縱火之人有著某種干係，要得到這放煙之物自是不難。

無緣無故，她用這般心機到底為何？

邁步進入過了火的小廚房門檻，青兒和芋草生怕安清悠遇上什麼意外，一左一右緊緊跟著。只是，剛進廚房那一刻，芋草突然「咦」了一聲，緊接著青兒也是「啊」了一聲。

安清悠微微一笑，轉頭看了看兩人道：「妳們兩個也看出問題來了？」

青兒與芋草不約而同點頭，眼前這光景，若再看不出問題，那才真叫有問題了。

小廚房四壁墨黑，盡是些濃煙熏過的痕跡，可這屋裡的物件工具並沒有損傷太大，顯是那縱火之人只想搞事，卻不敢讓安家的宅院真的燒起來。

安清悠隨手拿起一把鍋勺在地面積水中用力搓洗幾下，見那木勺柄露出了帶著油漬的紋理來，竟是一點燃燒的痕跡也沒有。再各處細看，輕易找到了起火的源頭，原來是管小廚房的兩個婆子偷懶，將許多本該放在柴房的燒火柴草堆在了靠內的牆角。

起火之後濃煙多得嚇人，救火的眾人不敢進屋，只顧胡亂潑水，可惜這堆柴之處距離廚房門口尚遠，水卻一時半會兒潑不到那起火冒煙的物事，這才折騰了半天。

安清悠瞧得心中有數，出得小廚房來，一干婆子僕婦皆等在外面。安清悠也不說破，故作什麼也沒看出來的樣子道：「都說說吧，今兒晚上叫救火的聲音，妳們聽著像是誰？」

適才安德佑怒問是誰先叫救火的都無人回答，安清悠自知再問也無用，便換了一個問法，婆子僕婦們卻都是不能不答了。

「回大小姐的話，老奴半夜裡睡得迷迷糊糊，雖聽得有人叫喊卻不太真切，只是那叫聲尖利之中倒有幾分沙啞，聽著是像個年紀較大的女人……」

「不對不對，大小姐，當時奴婢雖然躺在床上，卻還沒睡著，那叫聲尖利至極，聽著像是個年輕女子的聲音！」

「奴婢覺得興許是個孩子！」

「少在這裡胡扯，院子裡哪有孩子？這話說出來也不過過腦子！」

「回大小姐的話，那聲音是老是少，老奴沒聽清楚，只覺得似是從遠處傳來。那老更夫雖說是聽到女子叫聲，卻未必就是咱們這院子的，或許是府裡其他處有人看到濃煙而喊出來也說不定……」

先說話的幾個婆子僕婦都是徐氏那邊派過來的人，大小姐問話雖不能不答，卻自有一套說辭。左右夫人那邊已經傳了話過來，要讓大小姐的院子裡越亂越好，當下一人一個說法，卻半句有用的不說，還賣力把安清悠往歪處帶，大有讓大小姐弄個冤案出來才更好的腌臢心思。

安清悠也不打斷，這本就是預料中的事情，對於這些婆子僕婦們說的話，她自然不會當真，只在心裡把那幾個叫得最歡的人記下來。

待這些人說話告一段落之時，安清悠隨手點出了幾個名字，對芋草輕聲道：「把這幾人的名字記下來，回頭抄一份放在我桌上。」

像這等趁機把事情往歪道上引的人，極有可能是徐氏那邊摻進自己院子裡的沙子，安清悠放任著她們表演，準備待其浮出水面再狠狠敲打。

芋草點頭應下，卻見那幾個嚷嚷得最歡的僕婦婆子驟然變了臉色，在這出了事的關頭，大小姐要了自己名字去，這是要做什麼？

心虛、驚慌，臉上表情一個賽一個的難看，可誰敢在這時候問出口？那豈不是找死？

安清悠並不解釋，逕自把管理廚房的兩個婆子叫上前詢問了幾句，這兩個婆子亦是前言不搭後語，根本說不明白。

這兩人平日裡雖然沒怎麼搗亂，卻經常敷衍了事，對廚房的管理一塌糊塗，起火之前更是偷懶喝了兩杯小酒便早早睡下，莫說是無人值夜，連救火時都比其他人來得遲……

安清悠見這兩人結結巴巴的，不由冷笑一聲，只淡淡說了三個字：「轟出去！」

昨夜出了這般事情，這兩個婆子自是脫不開干係。

安清悠這般處置誰也擋不住，那兩個婆子連哭帶嚎，磕頭認錯，卻也逃不開被逐出府的下場。

安清悠緩緩掃視了眾人一眼，冷聲道：「這兩人雖非直接導致昨夜起火之人，但是平日裡做事敷衍偷懶，這般人我又怎麼能再用她們？妳們平日裡做事是否用心，自己心知肚明，我今兒便在這裡明著說清楚，這廚房起火就是咱們院子裡有人刻意搞出來的事情，回去都好好想想昨夜究竟是怎麼回事。有誰主動坦白，我便給她一個機會，若是讓我查了出來，那可不是趕出府的事情了！」

一干人等唯唯諾諾答應著，安清悠便擺手讓眾人散了。

廚房起火的真正主犯白芷更是心驚膽顫，這大小姐果然目光犀利，這麼短的時間裡便斷定廚房起火是有人刻意為之，不是意外，難怪夫人對她如此忌憚，看來行事必須要更小心了！

折騰了一夜，眾人精疲力竭，安清悠也是帶了兩個丫鬟回房倒頭就睡。

白芷忐忑不安地往自己的住處走，卻有個婆子在她耳邊用幾不可聞的聲音道：「白芷姑娘，柳嬤嬤在老地方等妳……」

白芷心中一凜，小心翼翼回房裝著休息了一陣兒，這才趁旁人不注意的時候溜了出來，偷偷摸摸走到那日二人私下談事的小屋。

柳嬤嬤早就已經等急了，見面便埋怨道：「怎麼才來？等了妳許久了！」

柳嬤嬤蹺著二郎腿，滿臉不耐煩。

白芷四處張望了幾眼，才來到柳嬤嬤跟前，搖頭說道：「大小姐果然不是善碴，她將那兩個廚房婆子直接攆了出去，不肯饒她二人，而且還猜到了廚房走水是有人動了手腳，而不是意外，您這時急著找我，我能來已是極為冒險了。」

柳嬤嬤面色一變，在她臨來見白芷之前，她亦是對徐氏說過類似的話，徐氏哪裡聽得進去？那白芷在她眼裡說到底不過是個家生奴才，眼下給安清悠多添些亂才是她最要緊的事。

十日說長不長，說短不短，到時候只要在老爺面前把安清悠打壓得翻不過身來，莫說是一個白芷，便是十個白芷也值了。

徐氏便讓柳嬤嬤前來催促白芷在安清悠處打鐵趁熱，再加上那麼一把火。

柳嬤嬤好生為難，這白芷說到底是她的侄孫女，可是徐氏那邊催得緊，親人與主子兩方之間，柳嬤嬤到底選擇了後者。說來也怪，這下決定時固然有些遲疑，可是真的定下了主意，再尋思白芷，倒也沒那麼多顧忌了……

大宅院裡待了一輩子，雖讓柳嬤嬤成了精明幹練之人，但也讓她成了一個徹頭徹尾的奴才。

柳嬤嬤想了明白，便緩緩說道：「夫人那邊已經吩咐了，讓妳抓緊這機會，再給大小姐多搞出一些事來，到時候夫人必會在老爺面前指摘大小姐管家無方，妳這事情也就算辦得功德圓滿了。」

柳嬤嬤這話一出，白芷變了臉色，反駁道：「夫人可是瘋了？昨日之事已是夠大小姐忙上一陣了，而且她又有了提防，眼下再去火上澆油，保不齊便把我先給露了出來。」

徐氏昨日偷襲得手，現在更是動了變本加厲的念頭，心裡已不滿足於只把安清悠纏住，而是惦記著藉這十日之約，把安清悠在老爺面前狠狠打壓下去。

柳嬤嬤在府中後宅裡待了一輩子，這之間的關節如何不懂？

如今既是定了要為徐氏把事情辦到底的心思，柳嬤嬤自是冷笑道：「這事情若是好做，夫人手底下有的是人手，怎麼會用得著妳？看妳有那麼一點兒天分才賞了妳這個機會，如何去做卻是要妳來見機行事。怎麼了？前幾日跟我所說的那些主意不是挺陰狠的嗎？妳當那整整一個莊子的莊頭就是那麼好給出來的不成？」

白芷低頭聽著，神色變幻不定，聽得柳嬤嬤又提起莊頭之事，終究還是欲望占了上風，再抬起頭來時，臉上已是滿滿的狠戾之色。

白芷直勾勾地望著柳嬤嬤說道：「罷了罷了，富貴險中求，我便為夫人搏了這一搏，就再給大小姐來一記狠的！」

正所謂百密一疏，就在柳嬤嬤和白芷一前一後離開那間偏僻的小屋後，從屋後牆根處的陰影裡，卻走出了一個人來。

昨夜廚房被燒了一回，覺得稀奇的不僅僅是安清悠，還有對柳嬤嬤嫉妒不已的方嬤嬤。她在安清悠與徐氏雙方兩頭蹦躂，所知的情況比旁人多了幾分，看著白芷獨自一人往偏僻處走去，方嬤嬤便悄悄跟在了後面。

「我說柳老太婆怎麼每次都對這白芷這麼關心，鬧了半天，這丫鬟竟然是她的侄孫女！哼哼，真不枉我在窗根下蹲了好一陣子，竟然聽到這大消息……不過，夫人這次顯然是下了狠手，我還是先看看再說……」

方嬤嬤心裡盤算了一番，臉上的陰冷之色一閃即過，不亞於剛才的柳嬤嬤和白芷。

日頭漸漸劃過了頭頂，安清悠前一晚折騰了通宵，今兒白天這一番補眠睡得當真香甜，一直到下午才起身。

梳洗打扮過後，補了一頓午飯，青兒來報，說是四夫人藍氏派人送了大小姐指定的調香器具和原料來。

「這麼快？讓人送進來我瞧瞧！」

安清悠有些意外，自己要的東西放在現代自是沒什麼稀奇，很容易買得到，可是放到古代卻未必好得手，沒想到藍氏短短數日還真是搗鼓了出來。

這藍氏急著巴結某位貴人，果然是下足了功夫。

藍氏派來的幾個健壯僕婦，在青兒的帶領下進了門，向安清悠行禮請安之後，便將調香的器具端了上來。

兩把連著瓷罐和銅管的大銅壺，瓷罐和銅管的接合處用半融的錫液封死，樣子有些寒磣，卻有良好的密封性。這兩樣東西放在前世，不過是常見的冷凝器和蒸餾提純爐而已。

當日安清悠給徐氏畫了樣子亦是有些難為的意思，沒料想這大梁國中倒還真是有能人，竟是用純手工這麼快就做了出來。

這古人的智慧還真是不可以小看啊！安清悠心裡輕輕嘆息了一聲，卻聽得藍氏派來的僕婦一臉不好意思地說道：「我家夫人說了，這兩樣物事實在是古怪得緊，還是請了我家老爺出面，求了工部營造司的鍛造高手張成林張老大人，費了數日之功才勉強做出了個樣子來，先請小姐過過眼再去做個貴重漂亮的殼子。」

「我家夫人還說了，當初小姐答應了可以當著我家夫人的面調香，最好是去我們府上調製這香物，夫人還準備邀請各府的夫人小姐們順便聚上一聚，到時候也替小姐好好的揚名一番……」

藍氏派來的僕婦甚是精明能幹，極力邀請安清悠去四房府上製香。

安清悠微一琢磨，啞然失笑，不過調香，居然都能讓她變成了拉關係通人脈的手段，這位四嬸當真是鑽營的好手。

安清悠所要的這兩樣器具是這時代從未有過之物，以藍氏的精明，自然不難猜出使用這等東西調香手法只怕也是前所未聞。如此的古怪噱頭不用來好好和各府的夫人小姐們秀上一番，這位四夫人也就不是四夫人了。

難怪她要給這器具再做個什麼貴重漂亮的殼子，到時候既有好香出爐，又有一干女眷幫著宣傳，藍氏拿去向某位貴人進獻自然是價碼又加了幾分。

只是，安清悠勞神費力，真正得了好處的反倒是四房，這等糊塗事安清悠卻是不會去做的。

那僕婦一臉認真地等著安清悠回話，安清悠卻是搖了搖頭道：「這器具本是拿來使用之物，不必弄什麼漂亮殼子的貴重花頭，我記得上次四嬸對這東西著急得緊，今日我將這些送來的材料準備整理一下，明日調製了這香物就好。去四房的府上倒也不必了，我既答應了四嬸要當著她的面調香，明日午後，便請四嬸來看了便是。」

那僕婦還想再鼓如簧之舌，安清悠卻是把眼一瞪，「若要調出好香，時間地點環境都是有講究的，四房那裡我不熟悉，調走了味道又算誰的？」

那僕婦不懂調香，只得唯唯諾諾地答應了回去覆命。安清悠自去向父親與徐氏稟明了此事，回來調遣下人們把藍氏送來的諸般材料選了一份出來翻炒烘乾，便等著明日調香了。

這一夜倒是寂靜無事，只是到了後半夜天空中卻淅淅瀝瀝下起了小雨。

轉過天來的午後，藍氏如約而至，自有人稟報到了安清悠的院子裡。

「大小姐福安，四老爺和四夫人都來到了咱們府上，現在正在前廳由老爺和夫人陪著說話兒呢，叫奴婢來請大小姐過去！」

前廳裡派過來的僕婦稟報著，安清悠點了點頭，忽見到青兒驚惶地闖進來，隔著老遠，叫聲已是傳到了安清悠的耳朵裡：「小姐，不好了，不好了！」

那前來請安清悠的僕婦見青兒沒甚規矩，臉上登時便有幾分輕蔑之色。

安清悠皺著眉頭道：「青兒，出了什麼事，怎麼如此驚慌？」

青兒的話語中已是帶了哭腔：「小姐，那存放調香材料的房子漏了雨，咱們昨日翻炒烘乾的製香材料……昨夜下雨之時不知道怎麼……怎麼就都讓雨水給淋了！」

「什麼？」安清悠變了臉色，昨夜那場小雨總共也沒下幾滴，那存放香料的屋子更是自己精心挑選過的，若說單是漏雨便把那些材料給淋了，那也太過匪夷所思，不用問也猜得出又是有人挑事。

四夫人和四老爺已經到了前廳，院子裡卻鬧出這般事來，這肇事之人的時間……未免也拿捏得太準了！

◉　◉　◉

「父親福安，夫人安！見過四叔父、四嬸！」

前廳之中，安清悠嫋嫋婷婷地向眾人行了禮，雖是遭逢變故，她的言談舉止卻是沒有亂了半分禮數，讓人挑不出毛病來。

「什麼時候見到大侄女都是這般的有儀態，弄得我都想有個女兒了！聽說那些製香的器皿能用，我和妳四叔便急著來看大侄女一顯身手了！」藍氏依舊是副逢人便笑，場面話說得足。

安清悠看了一眼藍氏等人，心中卻是微感詫異，便是藍氏要巴結的那位貴人身分如何顯赫，這調香終究是女眷之間的事情，怎麼連四叔父也來了？

再看安德峰身邊竟還帶著一個隨身老僕，瞧模樣似乎比祖父安老太爺的年歲還大，真不知是怎麼做這跑腿伺候的事情了。

安清悠雖然詫異，卻是未露聲色，微微一笑道：「四嬸謬讚了，侄女這調香之術不過是小道，一會兒獻醜調出了新香，還請四嬸莫要把侄女批得太狠才是！」

安清悠這裡處變不驚，一旁坐著的徐氏卻在心裡冷笑，安清悠那邊的調香材料浸了水，她本就是幕後之人，此刻便洋洋自得：死妮子這段日子裡經了事、見了人，倒是養出一身鎮靜功夫。只是今日妳沒了材料，看妳如何調出這香來？正好眾人都在，便當著這許多人的面讓妳好好出一個大醜，看妳還能鎮靜到幾時！

徐氏認定了安清悠是在拖延時間，再不給她什麼說話的餘地，笑道：「大小姐也不用過謙，妳那調香的功夫可是不差，我們都是見識過的，連老太爺都誇好呢！如今妳四叔與四嬸花了這許多銀子和精力給妳備齊了這需要的物事，就別讓人再等得心焦了，趕緊動手吧！究竟能調出什麼樣的香來？這可是叫人期待得很呢！」

安清悠聽了此話，深深地看了徐氏一眼，卻見徐氏滿心期待的樣子，當下眉頭微微一皺，點頭答道：「青兒，把準備的物事拿來！」

青兒帶著下人去拿來了那兩樣形狀古怪的銅質器皿，又在廳中擺上了生好了火的炭盆和剛打來井中冷水的水盆。待到最後把香料端上來之時，眾人不禁吃了一驚，怎麼是一大堆的海棠？

這海棠花色嬌豔可人，在大梁國裡素有「國豔」之稱，香氣卻是極淡的，因此，古人形容未施粉黛的漂亮女子之時，便有「有色無香，猶如海棠」的形容。

這前廳裡不乏上過檯面之人，甚至一些有點見識的丫鬟婆子也都知道這海棠的特性，那海棠花觀賞尚可，就這麼點微不可聞的香味，還當真未曾有人用來作為調香原料來用過。

安清悠原也並非想用這海棠調香，但是之前所備的材料盡數被人毀去，才不得已臨時改變了做香的路子。

當時讓藍氏送來的原料裡，這海棠鮮花為數甚多，雖是尚未經烘乾製備，卻是更保留了幾分天然的成分，正合此時之用。

不待眾人驚訝不解地問出話來，安清悠率先道：「獻醜了！」

安清悠向著廳內眾人福身，便將第一把大銅壺中填滿了切碎的海棠鮮花，和水混在了一起。安清悠纖手一揮，又往裡面添加進了一小撮細鹽。

下面的炭盆裡小火慢燉，銅壺中的海棠鮮花伴著水微微沸騰。接著，壺中的水蒸汽順著長長的銅管進入一個個瓷罐之中，被冷水一激，大半凝成了液體，到得銅管最後那排氣孔處，只餘一丁點若有若無的水蒸汽溢出了。

安德峰帶來的老僕瞪大了眼睛看著這個過程，忍不住叫道：「古怪！古怪！這東西怪模怪樣，原來竟是做這般用法，當真是聞所未聞！」

那老僕驚叫，安德佑登時便皺起了眉頭，暗道四弟這兩年混得不錯，有些跋扈也就罷了，怎麼連帶著的老僕也都如此沒規矩？

這廳裡主子們尚且沒有說話，哪有你這僕人叫嚷的份？

正要出言喝斥，安德佑忽然覺得這老僕有些面熟，細細地打量了此人一番，腦子裡忽然蹦出了個人來，訓斥之言便硬生生憋在了喉嚨裡。

安德佑這邊悶了聲，徐氏那邊卻是好不容易抓到個反過來擠兌藍氏的機會，對著藍氏冷笑著說道：「四弟妹府中當真是好有規矩，咱們這些做主子的還沒說話，一個老僕便能在這裡大呼小叫！若是在我們家裡，這般人等只怕早就打了出去！」

藍氏極為罕見地沒有還嘴，只是一臉尷尬，視線直往自家老爺那裡看去。

安德峰也是臉色僵硬，正尋思說上兩句圓場，一陣香氣悄然飄來，正是安清悠所製的第一鍋海棠冷凝液出爐了。

「真的是海棠香！」

藍氏總算是抓住了轉移話題的機會，只是這心下亦是驚愕。

以那海棠香味之淡，若不是把鼻子湊近了花蕊，那是半點聞不出來的。此刻這香氣雖是不顯，但在這廳中卻能讓人聞到氣味，當真是從未有過之事了。

對於安清悠來說，這不過是現代常用的蒸煮冷凝之法，經常用來對海棠這類微香植物做預先處理。當下微微一笑，把那些從瓷罐裡收集出的冷凝液體盡數放進第二把銅壺，只是這次卻不再向銅壺裡加水，而是加上了不少烈酒。

第二把銅壺比之前那一把小了許多，下面的炭火燒得更小，很長時間都沒把那液體煮沸。而且，銅管也長，瓷罐只有三五個泡在水裡，卻多了許多水氣從排氣口溢出。

下人們對那泡著銅罐的冷水盆換得極為頻繁，保持瓷瓶的冷卻。

安清悠在各個瓷瓶之間往來穿梭，時不時在換水之時往那瓷瓶上伸指輕觸探查溫度，小碎步走得快卻平穩，一陣微風帶起了她的衣襟，配合周圍那些升騰起的淡淡水氣，當真如凌波仙子一般……

第一把壺蒸煮原液，第二把壺用酒精提純，燒了許久，終於把那堆海棠鮮花用盡。

安清悠親自動手，取出三個大甕般的大瓷罐中提純出來的液體，卻只得小小一瓶，取出後，用極快的手法塞上了軟木蓋子。

「這……這可是成了？」

藍氏在一邊看著都覺得有些激動，適才安清悠從大瓷罐中取液之時，她聞到了一股清晰至極的海棠花香，比前次那若有若無的香味又純正了許多。

「四嬸請驗看！」

安清悠微笑著把那個小瓷瓶遞到藍氏面前，藍氏拔開塞子一嗅，一股強烈的香氣撲鼻而來。既保持了海棠花的清香淡雅，卻又無比醇正厚實，便是置身於無數海棠花的圍繞之中，亦是聞不到如此香氣。

藍氏有些失神地把瓷瓶遞給自家老爺，安德峰卻沒急著去品香，而是轉手把瓷瓶交給身旁那名老僕。那老僕一聞之，下登時嘿了一聲，大聲讚道：「好香！好香！此香一出，誰還敢說這海棠花有色無香，如此神乎其技，實乃空前之法！」

四房的人讚不絕口，旁邊的徐氏卻是目瞪口呆，沒料想都已經這樣下絆子，安清悠竟還能調出如此驚豔的香品來。

這丫頭的運氣怎會如此好？

氣急敗壞之下，徐氏把怨氣撒到了那兀自叫好的老僕身上，冷笑著道：「四弟妹這家中的下人還真是膽大，這般在廳堂之中大呼小叫，難道我說了一次還嫌不夠，真要把妳家這老奴才打了出去才行嗎？」

徐氏這話一說，忽覺得旁邊有個怒氣沖沖的目光直朝著自己瞪了過來，轉頭一看，不覺愕然，這怒視著自己的人竟然是自家老爺安德佑。

安德佑狠狠地瞪了徐氏幾眼，這才緩步走到那老僕面前一揖到底，「在下安德佑，敢問這位前輩，可是領工部侍郎銜，現為工部營造司堂尹的張成林張老大人？」

張成林一愣，卻是做出了個老頑童般的鬼臉道：「你這小子倒是眼利，老夫裝扮了這麼久，這都被你看出來了？」

徐氏登時傻了，什麼？這居然是工部的大人？此刻再細細回想，這老僕從見面之初就處處顯得怪異，只恨自己怎麼就光想著陷害安清悠，愣是沒看出來。

徐氏一陣陣暈眩，卻沒留意到安清悠早就已經輕輕地站到她身後，此刻正以只有徐氏一個人能夠聽到聲音道：「夫人，這是妳自找的！」

這句話細若蚊蚋，聽在徐氏耳朵裡卻如晴天霹靂一般。

安清悠如此膽大不敬，徐氏氣急敗壞，可這人越是心裡不坦然，心思便越重，想得也就越多，這輕得不能再輕的一句話，在徐氏心裡掀起了滔天巨浪。

在徐氏的記憶裡，安清悠從來都未曾有過這般針刺般的言語，即便是自己對她如何打壓，也始終是那般細綿綿的模樣，未曾有過這般挑釁的言行。

她……她是不是知道了些什麼？

安清悠心裡明白，如此一來，相當於對徐氏下了戰書。

可是，對方已經把放火的招數都使了出來，自己又怎麼能夠再退縮下去？

她雖面子上遵規守禮，可內心當中卻奉「退一步海闊天空」為扯淡。

徐氏臉色陰晴不定，安德佑見了她這模樣大感煩心，向張老大人行了禮後，皺著眉頭招呼徐氏道：「愣在那裡做什麼，還不快過來跟張老大人見禮！」

徐氏這才從震驚、詫異、憤怒、氣急敗壞等種種情緒的交織中回過神，一臉尷尬地走了過去，行了個福禮道：「妾身徐氏見過張老大人，張老大人福安！」

徐氏剛才還說要將張老大人轟出去，誰知道形勢陡轉，老奴才轉眼之間變成了老大人，徐氏行的禮便極是生硬，張成林更是半點面子都不給，當著眾人把頭一甩道：「不妥不妥，你這位夫人脾氣好大，居然還要把我這老奴才打出去，這個禮我是不受的，哼！不行，要打我……我記妳一輩子仇！你們說行不行啊，安家的兩個小子？」

安德峰聽了這話，一本正經地拈鬚不語，心裡卻指不定怎麼暢懷大笑。

藍氏卻是忍笑又忍不住，憋得難受。

徐氏硬擠出來的笑容僵在臉上，這莽撞之舉，可是得罪了連安德佑都惹不起的人。

安清悠在一旁面無表情，心裡卻在觀察這位老大人，安德佑會對他鞠躬哈腰，可見此人絕不一般，工部出身，可是與這些器具有關？

徐氏出了這麼大的醜，雖說不該讓四房看熱鬧，可安清悠還是希望這位老大人脾氣再耍久一點兒，她倒要看看徐氏臉上能變換出多少種顏色來……

安德佑哭笑不得地搖了搖頭，自己也是幾十歲的人了，都快忘了前一次被人叫「小子」是在什麼時候。

這位張老大人倒好，歲數比自己的父親還大，卻是這般不著調地和一個女人嘔氣，這哪裡是一位掛著侍郎銜掌管工部營造司的老大人？分明就是個老小孩！怎麼在這大庭廣眾之下當著一干晚輩耍起了小心眼兒來了。

可是哭笑不得歸哭笑不得，該圓的場子還是得圓……可怎麼圓？

張成林性情怪僻乖張，卻是當今聖上未登基之時便隨侍左右的鐵桿黨，這麼多年來若想做官，只怕早已出將入相，只是他學問底子雖好，卻不喜那詩云子曰的聖人之道，向皇帝軟磨硬泡地弄到了工部營造司的堂尹，一年到頭也難得在工部衙門露面幾次，終日在官辦作坊裡和那些工匠們研究些奇技淫巧之事。

就這麼一個老頑童般耍小脾氣的怪老頭，卻是皇帝最信任的人之一。

當真是惹又惹不起，打又打不得，而且還得哄著……

安德佑苦笑著又是一揖到底，陪笑道：「賤內衝撞了大人，還望大人不計小人過，不要和我們這些晚輩計較……」

安德佑好話說盡，張成林卻是裝模作樣地只作聽不清狀，一直等到安德佑把這些好話重複再重複，這才指著站在後面的安清悠道：「要我不生氣也可以，剛才調香的那個女娃娃，妳這套調香的器皿和手法，是哪一位高人教給妳的？妳把他請出來跟老夫認識一下，老夫便不生那女人的氣了，你看怎麼樣？」

安德佑鬆了一口氣，這麼個不著調的老牌滾刀肉，實在是難纏得緊。

別看張老大人整天泡在工部作坊裡，偶爾出來說兩句話，當今皇上可是極為重視，這等人物就算是安老太爺也不願無故招惹，安德峰當下給安清悠猛打眼色，讓她趕快說個來歷。

「晚輩安清悠見過大人，大人福安。這些器皿工具和那調香之法並非有人傳授，而是晚輩閒著無事的時候自己琢磨出來的。」安清悠老老實實地行了一禮，說出來的話卻是讓人吃驚。

「這……這怎麼可能？這套東西老夫可帶著工部最好的匠人拿著圖紙樣子也是費了老勁才做了出來，妳這小娃娃才多大年紀，這等複雜之物竟能自己琢磨出來……呵呵，妳可知老夫是何人？人稱大梁第一鍛造高手的張成林便是我！聖人面前掉書袋了吧？快說快說，到底是……」

張成林自吹自擂了一陣，安清悠卻是一點反應都沒有。

張成林想著那件器具的奇特之處，越發心癢難耐，當下改嚇為哄道：「小娃娃，說謊是不對的，妳家大人沒教過妳嗎？來來來，好好把教妳東西的人給張爺爺說來聽聽，張爺爺保證不告訴第二個人！娃娃乖，張爺爺給妳買糖吃……」

張成林想盡了辦法套話，只可惜他鍛造之術雖是滿大梁國找不出第二個人來，這哄小女生的本事卻當真是爛到了極點。

安德佑和安德峰兩位老爺聽得面面相覷，一老一少在這裡問話答話，旁人根本插不上嘴。

安清悠是小孩子倒也罷了，這張老大人卻太不著調了，這都什麼跟什麼啊！

尤其是安德峰，這臉上熱得都快能烙餅了。

這張老大人可是他帶來的，原想藉著安清悠的圖紙順便搭上他的人脈，可誰知竟是這般？只是，他是老油條了，看到張老大人的模樣，便打定了主意，堅決不再往裡面摻和一句，便是縮頭烏龜也縮頭到底了。正襟危坐之下，安德峰當真是不該講的不講，不該說的不說。

「噗哧……」

張成林急得面紅耳赤，安清悠沒忍住輕笑出來。安德峰不說話，安德佑卻是總算得著了插話的機會：「大膽！張大人這般老人家問話的時候，哪裡有妳做小輩的嬉笑的份？沒規沒矩！」

安德佑佯怒地斥責安清悠，張老大人如此不著調，這些用器皿調香之類的事情不過是奇技淫巧，趕緊告訴他誰教的不就得了？

張成林一聽這話，瞪向安德佑道：「大膽！我老人家問話的時候，哪裡有你這小輩插嘴的份？沒規沒矩！」

安德佑苦笑，這話便又是接不下去了，倒是安清悠忍住了笑意，向那張老大人道：「回前輩的話，這東西真是晚輩自己琢磨出來的，不過是先將這海棠花的香料藉著加熱使其達到水溶狀態，蒸餾後用酒精萃取……」

安清悠說起這些器皿的原理，張成林精神一振，儘管安清悠口中新鮮話頗多，什麼蒸餾之類，但他在鍛造之事上浸淫了大半輩子，微微琢磨之下，倒也不難理解。

張成林越聽越入迷，時不時問上兩句：「照妳這說法，這兩套物事便是那……那什麼詞兒來著，溶解和提純之用，後來加酒是使這海棠中的引起花香之物更能溶於酒中……」

「正是如此！」安清悠點點頭，現代的香水多是用酒精調製而成，便是利用了不同液體溶解物質的原理。

張成林皺眉閉眼地琢磨了半天，又瞧瞧自己手上的海棠香液，他雖對香物沒什麼興趣，卻是最好飲酒，琢磨著這香氣既被弄得如此醇厚，那酒在這等提純之法裡走了一遍卻又如何？

張成林猛一抬手，將海棠香液喝了一大口，長長出了一口氣，叫道：「好酒！果真好酒！這是香氣被存在了酒裡，這酒也醇厚了許多！這調香什麼的老夫不懂，不過用來釀酒……嘿嘿！今日一品海棠醉，他朝滿城皆欲嘗！安家小子，你這女兒倒是聰慧，不得了啊！」

安清悠見這張老大人突然把香液一飲而盡，心中詫異也有三分佩服，自己不過是說了蒸餾萃取的原理，他竟能聯想到在這個過程之中燒酒必然也會被提純了許多，果真有本事！

安德佑聽得張老大人誇讚女兒，雖不懂剛才二人對話中那些稀奇古怪的名詞，卻是頗高興道：「大人謬讚，小女不過是鑽研些微末小技，讓大人見笑了……」

安德佑這番自謙的話還沒說完，忽聽得藍氏盯著那一口一口往嘴裡倒海棠香露的張老大人慘叫：「我的香啊……」

「嚷什麼？妳那男人銀子不少，回頭買了材料讓這小娃娃再做一份便是！安大、安四，你們兩個說……是不是啊？」

張成林將瓶中香露一口喝盡，說話都有些大舌頭了。

安清悠這兩件器物本就是古代未有，那用來溶香氣的燒酒經過這般精細地蒸餾提純後，酒精含量何止翻倍？

張成林一瓶高濃度的「海棠醉」猛地灌了下去，酒勁上湧，滿臉通紅。

安德佑和安德峰兩兄弟相對苦笑，得！這不著調的老大人兩口烈酒下去，自己這兩個幾十歲做老爺的人便在他嘴裡變成了安大、安四！

兩個老爺都沒了脾氣，藍氏自是只剩下苦笑的份。

安清悠在一邊勸道：「四嬸莫要著慌，這海棠香露雖是費了點手腳，只要有材料，再製卻是不難，更何況海棠這香氣雖然清新，卻少了幾分華貴，本就是試驗，算不得成品，還要往裡面再加些其他配料，這才不枉了要送給貴人之意。之前與四嬸談起的那些打下手之人，還請快些派過來吧。」

藍氏腦子轉得快，此刻見這半成品已是這般，那成品還得了？當下擠出笑容來道：「大侄女既是這般說了，那便有勞了。這瓶海棠……那個醉，只當我們夫妻倆孝敬老大人便是！」

張成林晃了晃腦袋，對安德峰大著舌頭道：「安四，你這媳婦還算懂點事理，比之……」手一點站在一旁插不上話的徐氏，「比之要把我打出去的安大媳婦強多了……」

張成林不著調地說著醉話，兩位老爺又是苦笑，唯有徐氏面上尷尬，心裡卻是大恨，一瞥眼看到安清悠，更是咬牙切齒地想到：這死妮子當真是命硬，這般下狠手都沒掀翻她！

「海棠醉……這可不是什麼女人家用的香露……這是……烈酒，好酒……」張老大人喝光了安清悠用烈酒配出來的海棠香露，酒勁上頭，非說這是新酒「海棠醉」。

安德峰怕他撒酒瘋再弄出什麼說不清楚的事情來，便要送他回家。這張老大人喝得暈乎乎的，到底是沒有再提這兩把器具是有人傳授，還是安清悠自己想出來的。

送走了張成林，眾人各自散了。

安清悠舒了一口氣，香料被人做了手腳，所幸安然度過。

如今既然過了這道坎，安清悠便道：「青兒，把院子裡的人都給我叫到香料房問話！」

青兒早憋了一肚子的火，答應一聲，小跑著去了。

香料房便是儲存香料的房子，採光通風之類的條件是安清悠當初親自挑好選定的。

安清悠來到此處之時，院子裡的一干下人們已候著，安清悠拿眼一掃那些被水泡了的材料，又看看那說是漏雨的房頂，心中冷笑更甚。

莫說這房頂上一條縫隙也沒有，便是有了些許縫隙，昨夜下的那場小雨總共加起來還沒幾滴，哪裡能把這些材料弄得向水裡泡過的一般？

安清悠面若寒霜，「都說說吧，別拿那些什麼漏雨的鬼話來糊弄我。今兒這事早不出晚不出，偏在四夫人到咱們府上之時才出，這時間拿捏得當真湊巧啊！我最後給妳們一次機會，想說什麼就說吧！」

下面卻是一片沉默，眾人一個個把嘴閉得嚴實，半個字都不說。

這其中徐氏摻進來的「沙子」自然是守口如瓶，其餘人等偶有對上一眼，事情發展到這時候，誰還看不出有人搞鬼？

只是別的尚不用說，單看這香料出事的時間，府裡除了夫人，有誰能有這能力？

眼下到底還是夫人掌家，法不責眾，若是哪個不開眼的當了出頭鳥說了些什麼，大小姐這邊縱是有賞，夫人那邊卻又如何開脫？早晚會找藉口收拾，這時候開口豈不是老壽星上吊，自個兒活膩歪了？

何況，今日在香料房做事的是那個整日就知道哭的茶香，有些婆子僕婦心中主意更定，大小姐頂多像之前收拾兩個廚房婆子一樣收拾管事之人，反正這茶香一天到晚就知道哭，愛死死去，省得在院子裡整日哭喪……

茶香的早已經嚇得臉色慘白，四下裡看著，想尋個人替她說兩句話。

可徐氏掌管安家多年，積威極深，眾人幾乎都打定了寧得罪小姐，不得罪夫人的心思，於是眼下沉寂無聲。

青兒忍不住跳著腳罵道：「妳們這些個沒心沒肺的，平日裡做些懈怠事什麼的也就罷了，如今院子裡出了事情，竟連話都不說一句。小姐平日裡待妳們怎樣妳們心裡知道，便是如此做人的嗎？」

眾人依舊默然不語，青兒還待再罵，卻見安清悠輕輕地揮了揮手，嘆了口氣道：「既是沒人說話，那我就不再問了，青兒，把這些泡了水的材料丟掉，讓人另做一份。」

說完，安清悠不再和那些婆子僕婦們糾纏，逕自回了自己屋子。青兒憤憤地看了一眼下面的一干人等，終是一跺腳跟著走了出去。

在場的人都鬆了一口氣，大小姐今天擺了半天脾氣又如何？最後卻是雷聲大雨點小的虎頭蛇尾，上次廚房冒煙還趕了兩個婆子，這次卻不了了之了？

會是這般簡單嗎？

幾個徐氏安插進來的婆子僕婦都有意無意看向白芷，心道這新丫鬟進院子的時間不長，沒想到被她說中了，果然是大家都不說話，大小姐終是法難責眾。

混在人群中的白芷臉上露出一絲幾不可查的鄙夷，今兒發生的事是她一手策劃的，材料泡水更是她親手所為……

此刻，白芷望著安清悠遠去的身影，心中又有一番算計：這大小姐看起來頗有幾分精明之色，卻不過如此罷了。這一次如此周密的安排，雖說她是不知怎麼過了關去，但向來只有千日作賊，沒聽過千日防賊的道理。妳便是如此硬挺著，又能挺到幾時？

這邊有白芷冷笑著盤算，那邊自也有忐忑不安的，這人便是掌院婆子方嬤嬤。

說起安清悠的手段厲害，怕是沒人能夠比這方嬤嬤體會得更多了。

方嬤嬤這時亦是若有所思，今日這可是幾乎要命的事情，大小姐難道真的如此偃旗息鼓了？這可實在不像是大小姐的風格啊！

且不說這些下人們各懷心思，安清悠回到自己房裡，寫起了字。

青兒卻是氣鼓鼓地耐不住性子，蹦高地說道：「小姐難道要放過那些人不成？那豈不是……」

安清悠寫字的姿勢絲毫不亂，卻是打斷了青兒的話，微微搖頭道：「今日之事，那些婆子僕婦們有了準備，再問也問不出什麼。如今所有人怕都知道近日這兩件事裡有夫人的影子，有誰願意出這個頭來跟夫人唱對臺戲？事情既到了這個分上，我們要麼不動，若要動時，那便要一局將之前的一切全都扳了回來！青兒，妳來看看我這幾個字寫得如何？」

青兒走上前去，卻見紙上寫著四個娟秀的小字：「所圖者大！」

青兒性子雖粗，卻是不笨，望著那四個字細細品味了半天，啞然道：「小姐，您是想……」

「想什麼想？人家連這等殺招都使了出來，便是要置我於死地而後快。與其在這裡和這些婆子丫鬟們糾纏，倒不如想個法子一竿子把那幕後主使打下馬來。皇帝尚且輪流做，明年焉知到我家，咱們那位夫人就動不得了？這掌家的事情與其她做，不如我自己來做！」

青兒瞪大了眼睛，安清悠這句「皇帝尚且輪流做，明年焉知到我家」實在是太有震撼力了，一時間，心裡湧起古怪的念頭：小姐是女子也就罷了，若是男子……會不會造反啊？

造反倒不至於，安大小姐對這等事沒什麼興趣，只是作為骨子裡的現代人，安清悠的內心深處從來就不認為某些位置便是什麼身分地位規定好的，徐氏既然已經把狠手用到了這個分上，難道自己出手還能輕了不成？

千日作賊好過千日防賊，這次得放手一搏了！

安清悠看了一眼猶自發呆的青兒，搖了搖頭，輕笑道：「青兒，去把二公子請到我院子裡來一趟，就說我有事情找他！」

「二公子？」

青兒疑惑不解，不明白這裡面又有二公子什麼事情了。
安清悠微微一笑，「讓妳去便去，我自有主張。」
青兒領命去了，安清悠卻開始思忖起來，徐氏和自己有芥蒂不是什麼祕密，只是，最近這段日子徐氏頻頻出狠招，到底是為了什麼？
要扳倒徐氏，這其中的緣由要先弄清楚！
正琢磨間，青兒回來了，說是二公子被老爺抓到書房讀書去了，要來見小姐，得等到下午功課做完之後，這時候人不在……
安清悠微微愕然，安子良這傢伙不務正業是出了名的，要教這麼一位二少爺念書，那難度之大可想而知。
安德佑平日裡責罵歸責罵，亦是頭疼不已，如今居然咬著牙，親自披掛上陣，抓著兒子讀書，難道府裡真出了什麼事情？
一直到臨近傍晚時分，安清悠正要派人再去請，院子門口一個粗大嗓門叫道：「姊，妳在不在院子啊，救命啊，姊！」
能在府裡如此大呼小叫的，除了安子良還有誰？
安清悠抿嘴一笑，說曹操曹操到，自己派的人還沒出門，人家倒是先找上門來了。
「大姊，不行了不行了，救命啊，大姊！」
安子良剛進門，就是一疊聲地喊救命。
安清悠早已經習慣他的不著調，當下微笑著打趣道：「出了什麼事，能讓我們天不怕地不怕的安家二公子如此狼狽？」
安子良滿頭大汗，一伸手，把桌上的茶水狠狠灌了一大碗，這才喘著粗氣道：「能有什麼事？

還不是讓父親這幾日抓過去讀書給逼的！祖父他老人家大壽快要到了，到那時候考校功課是絕對少不了的！聽說這次不同於往年，各房要合辦老太爺的壽宴，父親可是重視得緊呢！可父親重視了，弟弟可苦死了，父親親自考校功課，這不是要我的命嗎？」

「各房合辦老太爺的壽宴？」

安清悠登時便留上了心，這事倒是頭一次聽說，自己怎麼一點消息也沒聽到？

難道是誰刻意對她封鎖了消息不成？

安清悠猛然想到：徐氏這番不停地折騰她，難不成與老太爺過壽有關？

卻不知不僅安清悠，此刻安府長房之中除了寥寥幾人，無人知曉此事。

徐氏把這件事情看得無比重要，除了私下和柳嬤嬤商議之外，半點口風也沒向旁人漏過，便是親兒子安子良，也不過是在被安德佑抓過去讀書時因為挨訓才無意間得知的。

正所謂三分人算七分天算，天下沒有不透風的牆。

安德佑只當徐氏會做安排，對此事並未公開提過。徐氏把消息封鎖在了自家房中，卻不知安子良會知曉，見安清悠茫然的模樣，安子良愕然道：「大姊莫非不知？聽父親說，過幾日還要到祖父府上商議。這次各房合辦，每房要出一人操持，由老太爺親自校驗，父親與母親沒和妳說嗎？我一直以為老太爺對大姊甚是喜愛，還當若非母親去，便是妳去……」

安子良兀自絮絮叨叨，安清悠凝神聽著，慢慢將之前的一連串線索梳理起來。

怕我搶了妳操辦壽宴的差事，所以弄出一堆事情來纏住我？哼哼，果然是好算計！這中間若有機會，還可趁勢將我扳倒，讓我以前的所有努力付諸東流……

安清悠慶幸，看來今日找來二弟是找對了。

此事既是過了徐氏的手，那麼，只怕全府除了安子良，別人都不知道。

安子良嘮叨著說了這麼一大堆，卻見安清悠不知在想些什麼，安子良怔愣片刻，忽地一拍腦袋大聲道：「瞧我瞧我，連正經事都忘了，大姊，快救命啊！我這幾日啃書啃得都快被父親逼死了，大姊，還有沒有什麼像上次一樣誇陛下誇朝廷便可以過關的竅門？」

安清悠從沉思中回過神來，忍不住微微一笑，鬧了半天，這個弟弟是上次投機取巧，嘗著了甜頭，跑到自己這裡找竅門來了？

這事教一次可以，再教的話，她就成了包庇。此時她也想不出什麼好招，萬一被安德佑知曉，定當會責怪她。

安清悠當下正色道：「二弟，這等投機取巧的法子使了一次，再使便不靈了。更何況，這等事情可一不可再，如今這法子是沒有了，二弟還是老老實實念書用功才是。」

「啊……果然沒有，沈兄也是這麼說的，那大姊能不能調出什麼香來，讓我聞了以後過目不忘什麼的，隨便看看書就什麼都會了？」安子良開始胡思亂想，說出的話能讓人笑掉大牙，安清悠目瞪口呆，他卻還津津樂道。

安清悠忍不住道：「我這香物充其量只能讓人清心醒腦，又不是神仙一夜之間便能讓人變成飽學之士，不過，你要的這聞了之後便能看書過目不忘的香嘛……」

安子良急問：「怎麼樣？」

「當然也沒有！」安清悠笑嘻嘻地逗弄了安子良一下。

安子良大為失落，腦袋快垂至胃了。

姊弟兩個說了幾句話，安子良倒是有意無意提起了沈雲衣來，安清悠便問道：「說到這位沈公子，不知如今如何了？」

話題轉到沈雲衣頭上，安子良精神一振，言語中流露出了滿滿的豔羨之意：「還能怎樣？等著放榜了唄！憑沈兄的才學家世背景，此次便是不中也難！此番大考看好他的人無數，這幾日一堆一堆的帖子送到咱們府上來，忙得他到處赴宴！哎呀呀，吃喝玩樂之事也能忙得如此腳不沾地，當真是羨慕死人也……」

安清悠噗哧一笑，那沈雲衣能夠取得功名本是意料中事，此刻想來不少人必是趁著還未放榜之時與他拉關係，倒是安子良光看賊吃肉不看賊挨打，學問之道總須有幾分真材實料，否則便是家世背景再好又能如何？

正待提點幾句，忽然見安子良眨著小眼睛，湊近了神祕兮兮地道：「沈兄身邊那個小書僮侍墨有事沒事找我打探大姊的消息，看似是替沈兄問的，大姊怎麼也找我問起沈兄來了？難道也有那麼點意思？」

「什麼意思？」

「還能有什麼意思？不就是那意思！沈兄家世好，人也有才華，將來前途遠大……」

安清悠一下子回過了味來，紅著臉瞪眼向安子良，作勢要打，「亂說什麼有的沒的，給我滾得遠遠的！」

「哈哈，大姊生氣啦……不對，莫不是害羞？」

安子良不著調的聲音傳來，人卻早已經逃得遠了。

便在安子良嬉笑著跑出安清悠院子之前的幾分鐘，兩個用破布包裹著的箱子，神不知鬼不覺地運進了安清悠的院子。

一處僻靜的角落，白芷冷著臉翻開了箱子上的破布，卻見一堆灰黑色的小動物在裡面時不時發出吱吱的叫聲，極度煩躁不安。

「照妳說的，這群老鼠已經足足餓了兩天，現在放出去，保證急得瘋了一樣到處找食……」

「很好，好得很，我要的就是這般物事！」白芷緩緩地點了點頭，臉上那陰冷之色更盛，既然有過一次法不責眾的先例，那再加一把火又如何？

夫人那邊已經說了，大小姐的院子連續出事，再出一次事，便是扳倒她之時。到時候功德圓滿，夫人自然能把她輕而易舉從這院子裡調出去，那莊子……

貳之章 揭發幕後黑手

天色漸漸低垂，夜幕籠罩大地，徐氏安插進院子裡的眼線正在抓緊時間忙活著安排，安清悠屋子裡卻也還是亮著，雙方竟是都在緊鑼密鼓安排著什麼事。

有個僕婦被青兒叫進了安清悠的屋子，不是別人，正是掌院的方嬤嬤。

安清悠在下午與安子良的閒談中已是全盤想清楚了，眼下這事的來龍去脈，要動手，最好的突破口便是方嬤嬤。

方嬤嬤的心思安清悠一清二楚，她既想在安清悠出嫁後跟著去做陪嫁，又想在徐氏那邊兩面討好，如此這般腳踏兩隻船的油滑舉動，她日日看在眼裡，自是心中有數。

之前安清悠隱忍不發，為的便是此時。

「見過大小姐，大小姐福安！」

方嬤嬤有些忐忑地進了安清悠的屋子，心裡沒著沒落地打著鼓，大小姐這大晚上的把自己單獨叫過來有什麼事？這右眼皮怎麼老是跳呢？

安清悠掃視了一眼方嬤嬤，淡淡地道：「方嬤嬤，這幾天院子裡出了不少事，我這邊卻是問得不多，妳是不是也覺得有些奇怪？」

方嬤嬤心裡一顫，腦子裡卻還抱著萬一的指望，勉強笑道：「大小姐要說什麼做什麼，從來都是自由主張的，問得多問得少還不是全憑您嘛，老奴沒覺得有什麼奇怪……」

「當真沒有覺得奇怪？」安清悠臉上溢出一絲冷笑，「也罷！今兒晚上也沒什麼旁人，咱們便好好地說道說道！」

一個幽暗的角落裡潛伏著幽暗的身影，靜靜地看著這處安府大小姐的院子。

「大小姐怎麼還不睡？」

白芷看著那始終未曾熄滅的燈光，心裡有一絲焦躁，不過，一摸身後那兩個裝著老鼠的破箱子，心又安定了下來。

若要讓這院子裡群鼠成患又死無對證，還是等大小姐睡熟之後再搞事最好。

「大小姐問的可是這幾天院子裡出事的事情？」

安清悠的屋裡兩根蠟燭燒得劈啪作響，方嬤嬤額頭上慢慢滲出了越來越多的汗珠，「日前大小姐問話之時，老奴便已說了，這事情老奴實是……」

砰的一聲，安清悠把一張薄紙狠狠拍在了桌上，冷聲道：「方嬤嬤，還記得妳昔日貪瀆之事嗎？那時候妳可是寫了罪狀畫了押的，大家都是明白人，妳若是不願說，我也不問，只把這張悔過書往老爺那裡一交，事兒不大，妳自己看著辦吧！」

這張悔過書方嬤嬤當然記得，那是安清悠第一次布局梳理院子，雖是從此斷了方嬤嬤貪污之路，也正是方嬤嬤第一次琢磨起是不是跟著大小姐比跟著夫人更有前途的開始。

眼見著安清悠連這般物事都拿了出來，這……這是要翻臉了嗎？

不！只怕不光是收拾幾個下人，這一次難不成要和夫人那邊徹底……

方嬤嬤雖不似柳嬤嬤那般精明，也是府中混了半生的人，再加上這段時間以來，幾乎是院中琢磨大小姐心思最深的人……此刻，她臉上的汗珠一滴一滴落到了地上，忽地顫聲大叫道：「大小姐明鑒，這幾日之事，老奴實是……老奴另有隱情稟報！」

心理防線一旦被攻破，接下來便很難再剎得住車。

方嬤嬤近乎崩潰地吐事之時，徐氏正在身邊兩個僕婦的服侍下卸下了白天的穿戴，舒服地躺在了床上。

柳嬤嬤弄來的那個白芷到底是個辦事讓人放心的，前兩次的事情辦得很是不錯，至於這一次嘛……嘿嘿！虧她能想出放老鼠這等陰毒招數來，明日一早鬧出鼠患時，不就是自己向老爺那邊說道安清悠連個院子都掌不好的時候？

院子都掌不好，怎麼去管老太爺壽宴之事？呵呵……

大小姐啊大小姐，只怪妳怎麼就是大小姐而不是夫人呢？這掌家的位置在我手裡，妳跟我鬥？鬥來鬥去，早晚還不是被本夫人踩在腳下？

真當調了幾回香，討了幾次喜，便能如何了？寵不足恃！這點道理都不懂？

想到安清悠明日一早見到院子裡老鼠橫行的樣子，徐氏差點就笑出了聲。

這一覺睡得當真香甜！

「大小姐，白芷是柳嬤嬤的侄孫女，要叫她三姑奶的！」

「這幾次的事情便是白芷所為，老奴真是怕了夫人那邊的權勢，這才沒敢說啊！這事也怪不得老奴，老奴也是想在這院子裡吃上幾口踏實飯！」

「今天……今天有兩個破木箱送到了白芷那裡，也不知裝的是什麼，只怕又是要拿來對付大小姐的……」

「大小姐，老奴這可什麼都招了，還求大小姐大慈大悲，饒了老奴一條狗命啊……」

徐氏帶著一種做夢也會笑的心情入睡之時，方嬤嬤正在安清悠這裡以竹筒倒豆子的速度說著此間種種，芋草在一邊飛快做著筆錄，安清悠越聽越是眉頭緊皺。

「停！今晚換個巡夜的人！」當方嬤嬤說到那兩個破木箱的時候，安清悠猛然叫停，轉頭看向了青兒。

自從院子裡接連出了兩樁大事之後，青兒便不再相信任何巡夜之人，今晚本是她和芋草說好了要輪流巡夜的。

青兒聽安清悠說起，便下意識地問道：「換誰？」

安清悠思忖道：「便換那個紅苕！」

青兒詫異，「那個新來的話癆？」紅苕說話喋喋不休，青兒便為她起了「話癆」之名。

安清悠冷笑道：「這丫鬟野心太大，做事卻似細實粗的淨弄些表面功夫，偏偏是個嘴上沒有把門的。這等人放在今夜，倒是最好的人選，我們很快就能知道那兩個破木箱子到底裝的是什麼了……」

屋外，某角落。

白芷的等待和耐心終於有了結果，大小姐房裡的燭火終於熄滅了。

青兒一副睡眠不足的樣子打著哈欠走了出來，不一會兒卻是領出了紅苕，含糊地說道：「紅苕，這些日子院子裡出了許多事，我太累了，今夜這巡夜的事便請妳幫忙……」

「青兒姊姊哪裡話，您找我是瞧得起我……大小姐那邊還請青兒姊姊美言幾句……」紅苕連連巴結，青兒隨意點了點頭……

話語隨風而來，斷斷續續的，白芷並不能完全聽清楚，但只看青兒打著哈欠回房的樣子，顯然今天值夜的人變成紅苕了。

「派丫鬟巡夜？」

白芷嘴角揚起一道詭異的痕跡，這紅苕她早已觀察得通透，這人有野心又是話癆，做事流於表面，便是巡夜了又如何？自己頂多是多等一會兒罷了，還多了一隻替罪羊……

進了後半夜，紅苕見四下無人，果真開始偷懶打盹。

白芷暗地裡冷笑一聲，伸手扯開了那兩個木箱子的蓋子。

一大群餓紅了眼的老鼠，如同出閘的惡流，向著牠們所能看到嗅到感覺到的一切狂奔而去，轉瞬消失在了茫茫黑夜之中。

白芷露出得意的笑容，那兩個破木箱子在她回去的路上被隨手扔進了柴垛當中，明日一早，自然會有某個同為徐氏安插進院子來的生火婆子將它們劈碎扔進爐子，從此之後死無對證，又是一樁天衣無縫的無頭公案。

躡手躡腳地回到自己房裡，白芷心滿意足躺在了床上。

按那些老鼠餓了幾天的樣子，現在應該是在拚命尋找食物吧？牠們會出現在哪裡？廚房當然是第一選擇，至於四夫人給大小姐送來的那些香料，老鼠可是生熟不忌的，左右對牠們來說都是能吃的東西，管他什麼鮮花草籽、香果鯨油，餓極了統統都往肚子裡填！

呵呵，還有那個巡夜的紅苕，萬一真有兩隻老鼠從她腳上跑過去，她會不會尖叫？依照她那大嘴巴的性子，只怕明天大小姐院子裡鬧起了鼠患之事便全府皆知了吧？夫人在老爺那裡指責大小姐不是便更容易了，那莊子的事情……

白芷興奮得睡不著，輾轉反側了一陣，忽然聽到院子裡傳來高亢驚恐的女子尖叫聲。成了！

白芷雀躍著，卻突然感覺到不對勁。

這不是紅苕的叫聲，怎麼聽起來好像是……是青兒？

青兒從床榻間悚然坐起，「小姐，大事不好了，咱們院子裡不知怎地，到處都是老鼠……」

青兒的尖叫聲早已驚醒院子裡的人，眾人發現不知何時院子裡竟多了四處亂竄的老鼠。

院子裡一陣鬧騰，便有人慌慌張張來報與主子知曉，可是等她們衣衫不整來到安清悠的住處之時，卻赫然發現不見人影。

大小姐居然沒在房裡，人呢？

「給嬤嬤添麻煩了，今日之事實在是太過緊急，只好借嬤嬤的屋子一用，明日此時之前，一切定當恢復原狀，還望嬤嬤海涵！」

安清悠面帶歉意地說著話，彭嬤嬤的屋子裡，眼下正大包小包堆放了一地，皆是安清悠帶著芋草剛剛移出來的貴重香料。

彭嬤嬤微閉著眼坐在窗邊，不知在思考些什麼，良久才說道：「妳與夫人這般關係，便有爭鬥亦是難免，發展到如今這等局面也算是早晚之事，只是這事情來得卻比我預想中的更早。這些東西我便幫妳守著自是可保無憂，不過只限於今晚，明日白天該搬到哪裡便搬到哪裡。我終究是外人，妳與夫人相爭，成也罷，敗也罷，我這老婆子卻是不便插手的。」

安清悠站起來深深行了一禮，彭嬤嬤能這般做，在她一個外人的立場上來說已是最大的限度，卻見彭嬤嬤又悠悠地道：「只是，妳都想好了，此時便要攤牌了？夫人畢竟掌家十餘年，府中根基到底還是有的，諸事可是已有把握？」

安清悠眉頭微皺，半晌才輕聲說道：「把握充其量只有一半，不知換了嬤嬤，在我這此時此刻，又當如何？」

彭嬤嬤嘿了一聲，陡然雙眼一睜，精光四射，那一雙看似昏花的老眼，此刻讓人不敢逼視。

安清悠微微一笑，帶著青兒等人轉身而出。

彭嬤嬤望著她的背影沉吟良久，終是嘆了一口氣，「罷了罷了，若是這般場面都應付不來，我又怎麼能指望她將來能夠成為那個……」

彭嬤嬤又一次陷入了沉思，安清悠已經快步回到自己院子裡，挺直了腰桿，高聲下令道：「把所有人都給我召集起來，關了院子的門，點燈火！」

兩個剛剛從柴堆裡翻撿出來的大木箱被扔在了眾人面前。

所有下人全都跪在地上，偶有人拿眼偷瞧那兩個破破爛爛的木箱，膽顫心驚。

安清悠的表情比冰山還冷，說出的話來更是帶了滿滿的煞氣：「大夥兒把話挑明了吧，之前廚房冒煙，材料被汙，都是咱們這院子裡有人刻意做出來的事情，真沒人知道嗎？就這麼個小小的院子，怕是妳們每個人都或多或少知道了點風聲吧？我給了妳們兩次機會，不是胡說八道把我往歪道上引，便是三緘其口！我給了妳們兩次機會，可是妳們藏著躲著，行，今兒我也不問了！」

安清悠說到此，目光從每個人的臉上劃過，口氣更重一分：「天亮之前，再沒有人吐露實情的話，所有人便一同受罰，死契的下人狠打四十板子，活契的下人全家趕出安府，一個不留！」

安清悠這話一出，下面跪著的眾人各個變了臉色，尤其是那些簽死契的下人。這大小姐可是向彭嬤嬤學過那些宮裡拾掇人的手段的，在她面前耍花槍的可能性幾乎沒有。

若是真下了狠手，莫說四十板子，便是二十板子也能打得人骨斷筋折，甚至打死。

不過，也有人心裡存著僥倖，心道：哪裡就有那麼容易把整個院子的人都罰了？

這大小姐說得嚇人，到頭來未必又不是法不責眾了，真把整個院子的人都拾掇了，她自己又有誰來伺候，莫不是嚇唬人吧？再想想之前眾人沉默不語，當下咬牙硬挺著不說話。

眼下一片靜默，安清悠走了幾步，來到白芷身邊，輕拍了一下她的肩膀，淡淡說道：「白芷，這幾日妳做事手腳倒是俐落得緊啊！妳那三姑奶最近身體如何？看不出她年紀雖然大，這精神頭卻是極好，這幾次的事情，也有不少她的主意在裡面吧？」

這幾句話說得平平淡淡，眾人卻是聽得清清楚楚，幾個僕婦婆子登時就傻了。

白芷臉色登時變得如死灰一般，跪得挺直的雙腿陡然沒了力氣，一屁股坐倒在了地上。

大小姐怎麼知道的？她來這院子裡不過幾日，除卻夫人之外，再無他人知曉自己與柳嬤嬤的關係，頂多知道柳嬤嬤對她略有呵護罷了，卻不知是親戚！大小姐居然知道了？

安清悠冷冷一笑，正待再要說話，忽見白芷猛然抬起頭來，兩隻眼睛充滿了血絲。

一股莫名其妙的危機感迎面而來，那雙眼睛讓安清悠想起了在來院子的路上看到的一隻餓瘋了的老鼠。

下一刻，白芷暴起，向安清悠撲來。

「我左右死定了，能有個嬌貴的大小姐陪葬，也夠本了……」

發生了這種事情，依著安府的家法，定是會將白芷杖斃，即便是徐氏，都不可能讓白芷活著。恐懼和絕望不僅會讓人崩潰，同樣能夠讓人變得瘋狂。

白芷手裡不知什麼時候多了一支鋒利的簪子，閃著寒光。

安清悠急往後退，終究有些晚了，嘶的一聲，簪子劃破了她的袖子，一條殷紅的血痕在潔白如玉的手臂上觸目驚心。

青兒驚叫了一聲，接著噗通幾聲，幾個人倒在了地上。

眾人驚魂未定，見是青兒撲上去抓住了白芷那隻拿著簪子的手臂，另有一人從下面抱住了白芷的腿，用力拉扯之下，白芷站立不穩，幾個人一起摔倒在了地上。

誰也未曾想到，抱住白芷雙腿之人，居然是方嬤嬤。

方嬤嬤此時顧不得別人怎麼看她，殺豬般的放開了喉嚨大叫道：「白芷這賤人行凶啦，快來幫忙啊！所有的壞事都是她一個人做的，趕緊把她拿下啊……」

方嬤嬤這麼一叫，登時便有人醒悟了過來，尤其是那些並非徐氏安插之人，這事情她們本就沒多少牽連，頂多是隱瞞不報自己看到聽到的一些線索而已。

再聽方嬤嬤言語之中大有把事情全推到白芷身上之意，哪裡還有聽不明白的？妳白芷為夫人出死力對大小姐下狠手，與我們何干？如今竟害我們無端受到牽連！這時候若不替大小姐立些功勞，只怕是日後再沒有機會了！

這等念頭在不止一個人心中泛起，先前對徐氏的懼怕，此時盡數轉化成了對白芷的怨念，幾個僕婦便向著白芷撲了上去。拳腳並用，手爪齊舞，摸爬滾打，抓咬撕擰，十八般武藝全用上了。

一陣雞飛狗跳之後，白芷到底是被制伏，手腳被人用吃奶的力氣按在了地上，另有一個胖大婦人蹦起來一屁股坐在了她頭上，白芷莫說是動彈，便是說話都說不出來了。

安清悠接過芋草遞來的乾淨絲巾簡單包紮了一下手臂，說話的語氣已是冷得猶如萬年寒冰，更不帶半點感情色彩：「綁了！扔在柴房裡好生看著，不許她和任何人接觸！」

安清悠冷冷地注視著其餘人等，那幾個徐氏安排的眼線，已嚇得瑟瑟發抖。

「這……這府邸裡還是夫人掌家，鬧出這麼大的事情，是不是要稟告夫人？便是要盡數清了這院子，那也得夫人做個決定，大小姐怎能任意……」還有人在絕望中做著最後的掙扎，此刻徐氏是她們唯一的指望。

「掌嘴！」安清悠只說了兩個字。

芋草走上前去，對著那叫喊的婆子抬手便是一記耳光。芋草雖是文人之家出身，但從小吃苦耐勞，什麼苦活累活都做過，這手上的力氣當真不小。

叫喊聲戛然而止。

「繼續打，不用停！芋草，妳的手打疼了便換竹片，竹片打裂了便換木板，木板打碎了便換瓦片，直到有人說實話為止！」

安清悠讓人搬來一把椅子，便這麼坐在院子裡，向著那幾個徐氏的眼線悠悠地道：「諸位，妳們是說呢？說呢？還是說呢？」

「大小姐，奴婢什麼都說，只求大小姐饒了奴婢一條狗命啊，這都是夫人那邊……」挨打的、沒挨打的，終於有人撐不住了，開始吐露實情……

安清悠這院子裡折騰了大半夜，人聲紛擾，難免不驚動了府中旁人。

這一夜，柳嬤嬤早安排了值夜的小丫鬟守著，有什麼動靜即刻來報，只是，到了天色發白之時，負責觀察動靜的小丫鬟來了，說得卻是不甚清楚：「大小姐的院子從後半夜就有燈光透出，院子卻是門戶緊閉，我們不敢離得太近，只能遠遠觀望著……時不時便有哭鬧聲音傳出，裡面的情況實在是弄不清楚，不過，有時候隱隱聽著有叫喚夫人的聲音傳出……」

「夫人？」

柳嬤嬤聽了此丫鬟的話，登時變了臉色，抬手給了那小丫鬟一個耳光，「怎麼會有人喊夫人？如此重要的事情，怎麼不早說？」

小丫鬟捂著臉不敢言語，柳嬤嬤卻是心驚肉跳，思來想去，還是決定親自到大小姐的院子旁邊先看個究竟再說。

此時，天色已露出了魚肚白，太陽初升，露出橙色的光芒。

柳嬤嬤一路疾行，來到了安清悠的院子門前，卻見那院門早已敞開了。

安清悠便在那院子門口，見柳嬤嬤急匆匆奔來，微微一笑道：「柳嬤嬤起得到是真早，這雞還沒打鳴，您便在這院子裡四處散步。」

柳嬤嬤大感不妙，只是猛然間雙方照了面，想回避也來不及，當下強笑著說道：「大小姐這可是笑話老奴了，老奴這年紀大了，睡覺不比那少年人熟實，每到清晨便早早醒了。與其在自己屋子裡待著，不如四下裡走走，老胳膊老腿的不活動一下怕要生鏽，順便幫著夫人看看這府中各處可有什麼不妥的。」

安清悠幽幽地嘆了口氣，臉上卻是露出了幾分疲憊之色，面帶愁容地說道：「柳嬤嬤還真是勤勉。若說不妥，我這院子裡可是有一處大大的不妥。昨兒晚上不知怎地竟跑出來了好多老鼠，滿院子亂啃亂咬，折騰得我一宿都沒睡好，實在是受不了了。我正要去找夫人加派些人手，不意撞上了柳嬤嬤。既是如此湊巧，便請柳嬤嬤來院子裡看看，一會兒也好替我在夫人面前說說。」

柳嬤嬤半信半疑，可大小姐既發了話，只好隨著安清悠進了院子。只是，這一路上，柳嬤嬤走來越走越是覺得不對勁，那些夫人安插進院子裡的眼線怎麼一個都不見？

柳嬤嬤心下覺得奇怪，眼珠兒一轉，便拿言語試探著安清悠道：「對了，夫人那邊最近有幾件事也是忙不過來，昨兒還吩咐老奴來著，想找大小姐借兩個人手……」

「哎？事兒怎麼都趕到一塊兒了？夫人也缺人手？那沒法子了，還是先緊著夫人那邊吧！」安清悠頭也不回地應著話：「我這院子裡有個丫鬟叫白芷的，平時裡倒也精明能幹，便把她借調到夫人那處去如何？」

「那敢情好……」柳嬤嬤隨口答了一半兒，便知道自己這話大大的不妥。

卻見安清悠轉過身來，盯著她面無表情地冷笑道：「便是叫妳三姑奶的那一個。」

這一下直把柳嬤嬤驚得魂飛天外，第一反應便是轉身就跑。

柳嬤嬤的腦子實在不慢，眼前的形勢分明是大小姐已經控制了院子，便要將她捏圓搓扁又能如何？唯有趕緊去到夫人那裡才是唯一的活路。

就算在大小姐面前撕破了臉，也不過就是缺了禮數的罪名，便是掌嘴受罰，也好過眼下就被大小姐給辦了。

只是，柳嬤嬤剛轉過身來，一盆紅紅的液體迎面澆了她滿頭滿臉，霎時間雙眼劇痛無比，疼得張不開眼了。

「妳這老賤婆子，這時候還想跑？」

方嬤嬤不知什麼時候出現在了柳嬤嬤身後，端著一盆辣椒水便向她潑了過去。

昨日她向安清悠告發了大把事，自知以後再無退路，這一回若是徹底鬥倒對方，徐氏騰出手來，第一個要打死的就是她。

更何況，方嬤嬤平日裡最羨慕嫉妒的便是柳嬤嬤，此時此刻絕對是出了死力，領著一個粗壯的僕婦三兩下便將柳嬤嬤捆翻在地，嘴裡還塞上了一條特地揀出來多日沒洗的臭抹布。

便是這當口，她也沒忘了要討安清悠的好，一臉諂媚地笑著說道：「大小姐可真是神機妙算，您怎知柳老婆子會來咱們院子裡？」

安清悠搖了搖頭並未答話，自己只想設套誘捕刺探之人封鎖消息，沒料想竟抓了柳嬤嬤這等大魚，難道是徐氏之前缺德事做得太多，連老天都不幫她？

「帶這老奴去洗乾淨了眼睛，咱們先弄點吃食，省得一會兒沒了早餐可用！」安清悠忽然說了一句毫無相關的話。

「吃飯？」方嬤嬤不明所以。

太陽漸漸升至空中，天色終於從夜晚變成了早晨，安府的前院之中，徐氏正和安德佑一起用著早餐說著話。

「老爺，老太爺大壽將近，妾身琢磨著大小姐遲早要出嫁管家，有意讓她來歷練一番，只是沒想到大小姐那邊也太……唉！怎麼就連個自己的小院子也管不好呢？廚房失了火不說，那日四弟妹送來的香料又弄得一塌糊塗，我這正尋思著怎麼跟四弟妹交代呢，今兒早上又聽說她院子裡鬧了鼠患，您說這可怎麼辦才好呢？」

徐氏得知柳嬤嬤去安清悠院子查探消息，卻沒放在心上。那裡此刻只怕鬧得天翻地覆了，有柳嬤嬤在那裡盯著，可以叫大小姐抽不出身來。此刻與老爺抱怨，越發踏實了。

「嗯？有這等事？妳且細細說來！」安德佑眉頭一皺，這幾日安清悠的院子裡的確出了不少事，連他也生氣上火。看著好好的女兒，怎麼越要用她的時候越出差錯呢？

眼見安德佑發怒，徐氏心中一喜，正要再好好說說安清悠的不是，卻聽門口有話語聲響起：「女兒那院子裡的確是鼠輩橫行，夫人，您真是煞費苦心啊！」

徐氏愕然抬頭，只見安清悠面沉如水，站在門口的陽光裡一步一步慢慢地走了進來……

「女兒見過父親，見過夫人，父親福安！」

安清悠行禮的姿勢一如既往的優雅，只是左臂上刻意挽起了袖子，那一處白色綢子包起來傷口滲出殷紅的血跡，看起來觸目驚心。

「怎地……怎地搞得如此模樣？」

安德佑狠狠吃了一驚，眼前這般光景，若是再看不出來發生了事情，那就是傻子，可是倉促之間，又該從哪裡問起？

安清悠臉色未變，沒有正面回答安德佑的問題，逕自向安德佑又行了一禮道：「父親，女兒日前曾對父親承諾，院子裡那廚房起火之事定在十日內查清，如今十日之限未至，這事情女兒卻已查得水落石出了。」

安德佑急忙道：「這時候還說什麼走水的事，妳那手臂是怎麼弄的？今日……今日到底是出了什麼事了？」

安清悠緩緩答道：「父親莫急，這幾件事說穿了其實便是一件事，且聽女兒細細道來。」

「在那一場火災之前，女兒院子裡新進了幾個丫鬟，其中有一個叫白芷的，原本是夫人娘家在城北某處莊子裡的家生奴才，還是夫人身邊柳嬤嬤的本家侄孫女。夫人倒真是不小氣，買丫鬟的時候就這麼把那白芷放進了咱們安府，放進了女兒的院子，當真是對女兒關心備至了。」

這一番話說得平平淡淡，徐氏卻猛然間身子晃了一晃，臉色變得慘白。

安清悠表情沒有變化，目光卻直直地盯住了徐氏的眼睛，似要看到徐氏的心裡一般，淡淡道：「那白芷該叫柳嬤嬤三姑奶吧？夫人，這接下來的事情……是您說還是我說？」

徐氏蒼白著臉，半天沒說出一句話來，好不容易定下了神，待要說些什麼圓場分辯的話時，卻聽安德佑沉聲道：「夫人平日裡說得已是不少了，這一次……悠兒，還是妳說吧！」

安德佑畢竟是在宦海裡打滾了多年之人，養氣功夫到底還是有幾分的。

安清悠的幾句話說得風馬牛不相及，他卻反倒沒有了先前的吃驚和急躁。

對於徐氏的為人，安德佑平日裡雖然口中不說，但當了這麼多年夫妻，哪裡是真不明白？單是那逢事先加三分的性子，便足夠料想到會有水分了。

安清悠平日裡極少惹事，一舉一動無不守著規矩，此時看她兩眼通紅，極為疲憊，身上又有傷，哪能不讓安德佑動了想聽她說說的心思？

當下安德佑正襟危坐，沉聲道：「悠兒，妳慢慢地說，為父有的是時間聽著。」

徐氏又驚又怒，可是那些辯駁的話語，卻被安德佑一句話堵在了喉嚨裡。

原以為今日一早可以趁著安清悠那邊抽不開身之時盡情數落她的不是，誰料想事到臨頭居然反了過來，自己連開口的機會都沒有。

這死妮子那一句是您說還是我說，莫不是以退為進？

是不是以退為進，旁人無從考證，安清悠輕輕嘆了口氣，「女兒也是昨日才聽聞祖父的壽宴由各房合辦，夫人若想做那長房操持之人，女兒自是支持，可惜夫人未必是這般想法，怕祖父點了女兒來操辦此事，一輪急攻猛打，幾次踩得女兒差點陷入了死地。」

「那四個丫鬟在夫人的刻意安排之下，頻頻挑事，尤其是白芷，身為夫人的人，更是把事情盡往絕裡做。先前那廚房所謂的走水，便是她夥同幾個夫人派在女兒院子裡的僕婦婆子，將些腐草臭油堆在裡面，火勢雖是不大，冒出的黑煙卻驚人……」

「那日為四嬸調香之時，女兒準備的香料被人毀去，這時間拿捏得分毫不差。四嬸前腳進門，後腳女兒院子裡便出了事，當時若非女兒急智換了調香的路數，只怕那日折了的不單是女兒一個，更是我長房丟人現眼之時。」

「至於昨日更是驚險，那白芷竟弄來大批餓極的老鼠，將院子裡弄得鼠輩橫行。女兒昨夜終於將這一系列事情查實……可是白芷竟忽然發難，手持利物差點要了女兒性命。夫人，清悠究竟與您有多大的仇怨，您這般欲置我於死地？」

安德佑越聽臉色越是鐵青，徐氏卻再也忍不住了，大聲冷笑道：「今日才知，大小姐居然是這麼會講故事，只可惜這空口白牙，誰又不會上嘴唇一碰下嘴唇的說些什麼？妳自己連個院子都管不好，與我何干？大小姐今日如此編排我，到底安的什麼心？」

徐氏這時候知道事情已難善了，如此局面之下，除了咬死不認之外，還是反咬了安清悠一口，說得格外委屈，更是作態地哭了起來。

安清悠面沉如水，不理徐氏的說辭，逕自從袖子裡掏出一卷紙來，放到安德佑的面前道：「此間種種，女兒已調查清楚。孰是孰非，相信父親自有明斷。女兒自幼得父親教誨，更信這人生天地之間自有正道，若有半句虛言，甘受家法懲處！」

說罷，跪在了安德佑的面前，再也不發一言。

安德佑拿起那疊紙，卻見上面密密麻麻，皆是與日前發生的幾件事情有關人等的供詞，且都已畫了押。更兼安清悠從小到大，從來沒有做過那等害人之事，心裡已是信了一半。

安德佑待要說話，卻聽得徐氏在一旁哭嚷道：「這又是什麼勞什子的證據了？我的老爺啊，事情既發生在大小姐的院子裡，那些下人亦是歸她管的，串通私連也好，花錢收買也罷，甚至是屈打成招未必不能，真若是存心要編排弄事，什麼樣的東西搞不出來？老爺做了這許多年的官，難道連這樣的東西都信嗎？」

此事著實不小，安德佑生平最恨的，便是有人為了一己之私而不顧整個長房乃至安家的大局。安清悠所言所呈之物若是為真，那徐氏不僅是打壓嫡女，更有為私欲而火燒府中房屋，於四房前毀自家人調香之物，至於那群鼠入府之事更是可恨。老鼠這東西易入難殺，假以時日莫說安清悠那一個院子，便是全府鬧起了鼠患，都未可知。

甚至那白芷還刺傷了女兒，這究竟是白芷被擒之事的反撲，還是背後有徐氏的影子？安德佑此時無從判斷，但事情實在太過超乎想像，不由得疑竇暗生。

可是若真的像徐氏所說那樣，安清悠管院無方，編排構陷，挾私怨陷害夫人，那亦是罪無可赦之事。

安德佑本就缺乏謀斷，此刻越想越是覺得委實難以釐清，心下煩躁之際，忍不住將安清悠所呈上來的眾人口供又看了一遍，沒想到這一看，卻當真看出了毛病來。

「夫人，悠兒說那放火又刺傷了她的白芷，本是妳母家在城北郊外莊子裡的家生奴才，可有此事？」安德佑忽地突兀問道。

「這都是大小姐胡亂編排！這幾個丫鬟不過是妾身從人牙子手中偶然買來的，哪裡和妾身有半分干係？」

徐氏打定了主意，不管安清悠說什麼，自己只管咬死不認，可卻不防安德佑這麼突然之間劈頭一問，幾乎是下意識地便推脫開去。

安德佑點點頭，似是隨意地道：「我想也是，妳那娘家向來在城南郊外，何時又在城北置了莊子？此中想來必有蹊蹺！」

徐氏的心裡打了個突，猛地意識到自己之前的答話有所不妥，可是話已出口，卻是難改，當下只能把形勢往自己有利的方面引，便哭哭啼啼地說道：「老爺明鑒啊，這分明就是大小姐故意誣陷妾身的明證，這大小姐似善實奸，心腸忒地歹毒……」

徐氏急了，連哭帶鬧的再不給旁人說話的機會，只盼將這局勢一竿子敲定，可是她想如此，安清悠卻哪能如她的願，當下大聲叫道：「父親明鑒，那白芷究竟從何而來，請父親派人向那莊子一查便知！」

謊言就是謊言，縱是說謊之人掩飾住了一萬個漏洞，總還有一萬零一個漏洞在說謊者自己最不注意的時候悄然崩潰。安德佑到底也做了二十幾年的官，還不至於昏庸至此，見夫人和女兒一個哭一個叫，當下皺著眉頭沉聲道：「都別再鬧了！真的假不了，假的也真不了！孰真孰假派人一查便知，都給我安靜些！」

這話一出，安清悠心中大定，徐氏的哭聲卻是越發大了。

只是連安清悠也不知道的是，趴在桌子上掩面而哭的徐氏，那一張徐娘半老的臉面竟是比任何時候都慘白。

這些田莊有無之事，其實比安清悠所想的更加好查。

古時的農業社會最重視的便是土地，尤其是上好的田莊，一買一賣之間，權益歸屬不僅是憑著一紙田契，當地的地保、村正、官府等等各處一級一級的均須詳細記載。

此刻大梁國國勢正盛，這等制度執行得極為嚴格。

安德佑雖不是什麼實缺大官，但是安老太爺尚在位，安家之名猶存，真要想查這等事，不過是派人帶了一張帖子去了管轄此事的官府之處一查存檔便知，連城都不用出。

茲事體大，安德佑不敢大意，親自選了兩個追隨自己多年，在徐氏和安清悠兩邊都沒什麼瓜葛忠僕親自去辦此事。

人派出去過了三個多時辰，眼看著太陽從初升變成了正午，問話的場所也從飯廳變成了安德佑的書房，可是涉事的人都是沉默不語，書房裡的氣氛壓抑得讓人難受。

安清悠依舊規規矩矩地坐著，與平日無異。

徐氏早已不哭了，只是額頭上卻不知何時滲出了一層細密密的汗珠，她不敢去擦。

除了徐氏自己，沒人知道她那雙縮在袖子裡的手顫抖得有多厲害。

安德佑手裡拿著一本書，強作鎮定地看著，卻是半天都沒翻一頁。

他覺得煩心，胸口有些上不來氣，待低頭嗅一嗅手邊的香囊，胸口的鬱悶才好了許多。

可一聞這香囊，便想起安清悠，萬一真是女兒誣陷夫人，那又當如何？

「老爺，安七回來了！」門外下人前來稟報。

安德佑忽然有了一種解脫的感覺，孰是孰非，總算是有了結果，當下急道：「快叫他們到我書房裡回話。」

下人急匆匆去帶人，卻聽得身後噗通一聲，徐氏哭著高聲叫道：「老爺，不用查了，都是妾身的錯！妾身心胸狹隘，生怕大小姐搶了那給老太爺做壽的差事，刻意派了人去她院子裡搞事。千錯萬錯都是妾身的不是，求老爺開恩啊……」

奉命去帶人的下人身上登時就是一個哆嗦，這聲音怎麼好像是夫人？不過這等事情可不能亂聽，連忙匆匆地走遠了。

安德佑的書房裡，徐氏已經哭癱在了地上，一把鼻涕一把淚地哭訴道：「老爺不用查了，妾身招認，妾身什麼都招認！都是這容不得人的小心眼害了妾身，眼看著大小姐討了老太爺的喜，心裡又是嫉妒又是擔心老太爺點了大小姐去操持壽宴，便鬼迷了心竅……」

徐氏不停說著自己的不是，安德佑的臉色越來越差，便在此時，那派出去查田莊之人也到了書房之中。

「老爺福安，小的奉老爺之命去查那田莊存檔的名字，現已查清，特來向老爺回話！」

「還有什麼可回話的，該說的夫人都已經說了！」

安德佑鐵青著臉一甩袖子，正要斥退出去清查之人，卻見那人面露古怪之色，有些遲疑地道：「夫人這邊已經招了？那小的們還要不要繼續查別的？」

這派出去查檔之人名叫安七，是安德佑年輕之時便跟著他做書僮的，為人精明能幹又深得安德佑信任，整個安府裡也只有他才敢跟安德佑如此說話。

安德佑狠狠地揮手道：「還有什麼可查的？不都是明擺著……嗯？你說查別的是什麼意思？」

那安七臉上的古怪之色更甚，從懷裡摸出一張紙來道：「這是小的所抄到的城北田莊檔底，老爺一看便知。」

這檔底不看還好，一看之下，安德佑猛地一愣，隨即克制不住地指著徐氏罵出了髒話：「妳這個不要臉的混帳賤人，妳……妳居然吃裡扒外？」

原來徐氏所謂城外的那處莊子，本是安家長房所有，徐氏十幾年前做了夫人之後，暗地裡使了些手段，不聲不響地將這處莊子劃了出去。名義上是徐氏娘家所有，其實卻是由徐氏控制了，那莊子裡的所有收入，更是盡數進了徐氏的私房。

安德佑雖是長年不問家務，可是自家究竟有幾處產業還是知道的，這紙上田產地址白紙黑字寫得清清楚楚，一看之下如何能夠不怒？

這事情一鬧出來，連安清悠也吃驚不已，自己當初建議去查那田莊，不過是和徐氏戰到最為危急緊要之時的應對之舉，誰料想竟惹出一樁十幾年前的舊案來？

雖說是拔出蘿蔔帶出泥，可是這泥也帶得太大了一點！看看癱在地下猶如一灘爛泥的徐氏，心中暗嘆：拿了那不該拿的總是要還，古人誠不我欺。

「妳……妳這個賤人，我安家哪裡有半點對不住妳，平日裡和妳說三從四德都說到狗肚子裡了！進了我安家的門，卻又淨想著自己的那點小算計，我說這莊子的收成怎麼一年比一年少，妳……妳……妳……」

安德佑連說了三個妳字，只覺得一股怨怒之氣簡直要將胸都氣炸了，忽然眼前發黑，一陣眩暈襲來，身體站立不穩，往後仰倒。

「老爺！」

「老爺昏倒啦！」

「老爺！老爺，您醒醒！」

屋子裡亂作了一團，倒是那安七手疾眼快，一把扶住了正要摔倒的安德佑，可是他連掐人中帶叫喊，安德佑就是不醒。

「都閃開，讓我來！」

一個清冷的女聲驟然響起，正是大小姐安清悠。

場面混亂，老爺暈了，夫人出事了，眼下自是以安清悠為尊。

安清悠這時候也顧不得什麼禮數規矩，幾下扒拉開圍著安德佑的人，從懷裡拿出了一個軟布袋來。這軟布袋一打開，眾人都微微一怔，如此的布袋卻是見所未見，只見裡面縱橫交錯，卻是拿硬布縫出了無數的小格子來。

裡面林林總總，裝了各色小香囊小香瓶，怕是有百種之多。

眼看著安德佑的臉色已經發紫，安清悠飛快地從那布袋裡拿出了一個小瓷瓶來，拔開蓋子。

屋內眾人登時聞到了一股濃郁的香氣，可是這股香氣卻沒有像其他香氣般讓人覺得好聞，反倒覺得刺鼻，聞之不但半點舒適之感也無，還嗆人無比，更有人狠狠打了兩個噴嚏，身上起了一層雞皮疙瘩。

旁邊之人如此，那瓷瓶中的香氣刺激之烈可想而知。安清悠把那瓷瓶放在安德佑鼻下熏了一熏，便見安德佑的鼻際猛地抽搐了一下，打噴嚏、咳嗽，尤其是幾下劇烈的咳嗽，咳出一口老痰來。

這一番折騰，安德佑總算是醒轉了過來，安清悠忙著為父親撫胸拍背，周圍的一干下人們都看直了眼，這香居然還能這麼用？

此事說來倒不稀奇，不少古籍中記載了某些香料可以刺激昏迷之人清醒。

之前為防不時之需，安清悠早就調製了不少此類應急香物，按照前世記憶中的儲物格的樣子縫了個小布袋隨身帶著。平日裡不輕易顯露，在這生死關頭拿出來應急，竟是一擊而成。

安德佑本就有些心肺系統不好的老毛病，此時急怒攻心，喉嚨裡一口痰轉不過來才暈了過去，等痰咳出便好了許多，喘息一陣又能說了話。

安德佑抬眼看那徐氏，說道：「來人，筆墨伺候！」

事情鬧成這樣子，無人敢慢半分，當下便有人戰戰兢兢卻又飛快地拿來了筆墨紙硯。

只是安德佑此刻半臥半坐在地上，欲起身，雙腿卻是軟軟的不知如何使不上力氣，手臂更是酸麻無比，莫說寫字，便是抬手握筆也做不到。

這原是窒息久了的身體麻痹症狀，只能靠著時間慢慢緩和。安德佑卻不肯等，逕自對著身邊幫他撫胸拍背的安清悠道：「悠兒，妳替為父執筆，便寫……寫……寫……」

「寫什麼父親？」安清悠心裡升起一種異樣之感。

「寫休書！」

這句話一出，把眾人全駭得說不出話來。

徐氏連著新帳帶著老帳被翻了出來，落個重重的懲處自是少不了的，可誰也沒想到，安德佑醒來之後的第一件事情就是要休妻。

「老爺，妾身知道錯了，您怎麼打怎麼罰都行，便是將妾身活活打死都好，可萬萬莫要如此啊！」徐氏聽得休書兩個字，原本癱軟在地，不知道哪裡來的力氣，哭喊著撲到了安德佑身前，苦苦哀求著。

安德佑一把將其甩開，叫嚷道：「不休了妳……不休了妳，還留著妳禍害我安家嗎？我……我安家的田莊土地被妳侵吞，連悠兒這麼個善良孩子妳都不放過，那個……那個什麼白芷刺傷了悠兒，不也是妳的主意？錢財土地妳也要，我安家骨肉的性命妳也要，妳……還留妳做什麼！」

安德佑紅著眼睛喘著粗氣，斷斷續續喝斥，不肯輕饒了徐氏。

徐氏一聽得這話，哭嚷著叫道：「沒有啊，老爺，大小姐那邊我只是讓人去生事，可真沒想有人去要大小姐的性命啊，老爺……」

安德佑哪裡肯信，執意休妻，急壞了旁邊看著的安七。

這安七父輩便是跟著安老太爺做事的親隨，到了他這輩，又是從小給安德佑做著書僮長大的，對安家再忠心不過。

此刻見安德佑夫婦一個是連氣帶病，一個是連嚇帶哭，兩人紅著眼睛，臉色亦是詭異的潮紅，心知如此下去必會出大事，可是安德佑和徐氏這般模樣，又有哪一個敢上去勸？一時之間只急得滿頭冒汗。

便在此時，忽聽有人在一邊說道：「你們這幫沒眼力價兒的東西，老爺這暈過去剛剛醒來身體無力，怎麼還讓他在地上涼著，還不趕緊把老爺扶到軟椅上去？」

安七抬頭一看，只見說話的人不是大小姐安清悠又是誰來？這位大小姐話裡罵著屋裡的下人，一雙眼睛卻是盯著他安七！

安七本是精明之人，對安清悠傳遞過來的意思卻是反應了過來，連忙指揮著下人說道：「還愣著幹什麼？沒看大小姐都罵了，還不趕緊去扶老爺？」

眾人如夢初醒，連忙七手八腳將安德佑扶到軟椅上，便這麼一動手間，將安德佑和徐氏各自分了開來。

安清悠又張羅著指揮眾人給安德佑餵了些熱茶，如此一耽擱，安德佑和徐氏更是沒法搭上話，那事態也沒變嚴重，兩人各自喘息一會兒，臉上的紅潮都漸漸褪了。

安七鬆了一口氣，知道最壞的局面到底是沒有出現，卻見安清悠轉過身來對他說道：「家裡出了事，這些在老爺書房裡伺候的卻如此駑鈍，便是我這做女兒的也看不下去了，回頭定是要好好拾掇一番。安七叔，麻煩你把這些伺候的下人帶下去，一個也不許亂走，更不許旁人和他們接觸，回頭老爺身體舒坦些了，再做定奪。」

安七微微一怔，隨即醒悟過來大小姐這是要封鎖消息。

家裡出了這般事，若是傳了出去，不說是長房，便是整個安家也難免不成為別人的笑柄。

此刻在場之人一個也沒走散，是封鎖消息的最佳時機，知道這當口的時機稍縱即逝，當下更不遲疑，將書房內外的一干僕人調到了另一干屋子裡，派了兩個親信家丁牢牢守住了。

安七自知涉事已深，就算想避嫌也避無可避，又擔心老爺再出什麼意外，便孤身一人留在書房之中。

此刻他心中對安清悠大為佩服，這位大小姐雖說沒打過幾回照面，可是處變不驚，殺伐決斷，年僅十六七歲，委實了不起。

剛才還紛亂的書房，轉瞬安靜了下來，只有安德佑、徐氏、安清悠和安七四個人在場。

靜默良久，忽見安清悠噗通一聲，跪倒在了安德佑的軟榻之前，「父親，這休書之事，女兒實在不敢奉筆。還有，夫人剛才有一件事說得倒是不差，那白芷行刺女兒確是被擒之後狗急跳牆，並非夫人事先策劃，一處歸一處，女兒不敢妄言！」

若是旁人說了這話，安德佑少不得又要大發雷霆，可安清悠本身便是這一系列與徐氏相關的事件裡最大的苦主，剛剛又救了安德佑一命，驟然說出此話來，讓安德佑愣住了。

安德佑這邊是發愣，徐氏那邊直接就是傻了。

這休妻之事古已有之，雖說妻子犯了七出之律便可休妻，可這事情又哪裡那麼簡單？好比此次徐氏之事，若是真細究起來便是連犯七出之中的妒忌、竊盜、多言離親這幾條。真被休回母族，按大梁國的律法更要明示鄉里，由貞潔烈婦輪番唾罵的。

母族的族長更是可以一言而決其生死，所以當時的已嫁女子多是寧可自盡，也不願被休棄。

而徐氏的情況更甚於此，別看她在安家做夫人時風光無限，母族親眷中卻盡是逢高踩低只認利益之輩，若被休回娘家，便成了任人宰割的大肥肉，到時候際遇之慘，卻是比死還不如了。

在剛才安德佑要寫休書之時，徐氏實是動了尋死的念頭，可讓她死也想不到的是，此情此景之下，出來為她說話的人居然是安清悠！

安德佑兀自發愣，安清悠的後話已接上：「父親明鑒，夫人確是罪過，可是父親可曾想過，若您真的休了夫人，旁人會看我安家長房？子良、子墨那兩個弟弟，又要如何自處？咱們長房，那可就是徹底垮了啊！」

被休棄的女子之慘不用多說，對於休妻的男方來說，同樣不利。

你的妻室犯了七出之條要休妻，你這做男人的連個老婆都管不好，又哪裡是什麼光彩的事？

一個家門不靖、治家不嚴的大帽子扣上，吏部考評之時還要加上兩句「其人無德，才寡能薄，雖治家亦為無方」的評語，在最重禮教的大梁朝，一輩子的仕途基本上是葬送了。

正因如此，在這個男尊女卑的古代世界中，大梁國的官員們反倒是婚姻關係最為穩定的一群人，便是有天大的也是不肯輕易休妻。

而安德佑要想休妻，其所面臨的難處遠遠不止於此。

按大梁律法，被休之妻所生的子女地位連庶子庶女尚且不如，更沒有繼承家業和考取功名的權利，偏偏安家長房第三代的兩個男丁安子良和安子墨都是徐氏所出，若真是將徐氏休了，安家長房便成了相對無後的局面，甚至可以說長房的香火從此斷絕了。

也正是如此，安清悠才有了安德佑若是休妻長房就垮了的言辭。

安德佑剛才氣得發昏，腦子根本就是在不清楚的狀態，此刻被挪軟椅餵茶水地轉移了注意力，心神反倒沉落回來了許多。

聞得女兒提醒，一時間，對這休妻之事變得難以決斷起來。

被提醒到了的不僅僅是安德佑，還有徐氏。

徐氏本來就沒像安德佑那樣有著心肺病症，更沒像安德佑那樣昏倒，此刻倒是比安德佑更早回過了氣來。

聽得安清悠此言，猶如溺水之人在絕望之中抓住了一根救命稻草，忙不迭跪著膝行到了安德佑的軟榻前，一邊磕頭一邊哀告著道：「老爺，常言道一夜夫妻百日恩，百日夫妻似海深。妾身雖然罪無可恕，好歹也侍奉了您這麼多年，便是您不看這夫妻情分，也求您看在妾身為您誕下兩個兒子的分上，那可是您的親骨肉啊，可是長房的香火啊！妾身求您了，就饒了妾身這一遭吧！老爺，我的老爺！」

說著，徐氏便又要哭將起來，安清悠討厭徐氏動不動就哭天抹淚，當下瞪了她一眼道：「不許哭，沒得惹了父親心煩！」

這話若在一日之前說，只怕徐氏便要擺出架子發作，指摘大小姐不懂規矩，不敬尊長，可是此時此刻徐氏只是噎在喉嚨裡，不敢再哭了。

安德佑猶豫，此事牽扯到長房的成敗，讓他著實難斷，兀自沉吟了半天，卻是把頭轉向了安清悠問道：「悠兒，那照妳說，這事究竟應該怎麼辦才好？」

安清悠露出無奈的苦笑。

長房若是垮了，對自己也是極大的打擊，更何況上輩子做了一世孤兒，這一世好不容易有了父親兄弟，著實不願意讓這個家便這般沒落了下去。

因此，安清悠才站在整個長房的立場上說了些話，至於如何處置徐氏，卻不是她該插手的。

安清悠想來想去，搖頭道：「回父親的話，此事還須父親決斷，女兒畢竟是晚輩，這等事情不便妄言！倒是父親適才昏了過去，身體可好了些？要不要稍微動上一動，活活血？」

安德佑適才暈去之時呼吸閉塞，眼下缺氧的反應雖然漸漸消退，可是手臂腿腳猶自僵硬麻木。

雖知安清悠是在刻意轉換話題，但知這女兒外柔內剛，她既不肯說，那便當真是不會再說些什麼，安德佑當下苦笑著道：「罷了罷了，為父這腿腳手臂倒還真是酸痛麻木得厲害，到底是年紀大了，昏倒了這麼一次，可莫要落下什麼病根才好。」

說著又狠狠地瞪了徐氏一眼，徐氏哪還敢多說半句，連忙跟著安清悠幫安德佑活動腿腳手臂，按摩活血。

她本是姨娘出身，幹起這等事情來熟練無比，此時更是加倍細緻賣力。

這等缺氧麻痹的症狀來得快去得也快，安德佑本就沒有昏倒多久，又兼安清悠等人救治及時，幫著按摩了一陣，這手腳慢慢恢復了不少，自覺著身上有了些力氣，便向安清悠道：「悠兒，幫為父站起身來，走兩步試試。」

安清悠心裡一鬆，安德佑能夠說出這話，身體當是無恙，長房還得靠父親撐著，便伸手去扶，冷不防旁邊伸出了一條手臂隔開自己，卻聽徐氏說道：「老爺，您當心……慢著點兒……」

安清悠皺眉，徐氏還真是不放過一絲一毫的討好機會，都到這分上了，還有別的心思不成？看準徐氏那急匆匆站起來要去扶安德佑身子的當口，這腳輕輕往前微微一伸……

安清悠跟著彭嬤嬤學了許久的坐立行走，此類動作練得熟稔無比。平日裡別人看著她走路都覺得幾乎看不出動作，便如腳上裝上了輪子滑行一般，此刻她上身不動，裙子下微微一動，根本看不出端倪。

徐氏今日跪得久了，本就腿酸膝蓋痛，此刻搶著去扶安德佑，腳下不慎被什麼東西絆了一下，站立不住，登時往外跌了出去。

砰的一聲，徐氏的額頭直接撞到了安德佑的軟椅腳上。那軟椅腳本是圓形，倒也沒有磕破她的額頭，只是這頭暈眼花地爬起來之際，卻見安德佑和安清悠父女倆一臉古怪地望著她。

原來徐氏在那軟椅腿上一撞，額頭上撞起了一個大大的腫包。

她這一天下來連哭帶鬧，臉上的水粉胭脂早就亂成爛泥，額頭上又鼓起了一個大包，倒與額頭上生了角的樣子有幾分相似，那樣子當真是要多怪異有多怪異，要多滑稽有多滑稽了。

安德佑見了徐氏這般狼狽，心裡的怒火出了不少，再一看看那張又是掛花又是長角的臉，忽然間對於如何處置徐氏之事有了靈感。

「夫人最近身體不好，走路之時一不留神摔傷了額頭，這般模樣見不得人，只能在自己的院子裡療傷。旁人不得打擾，由她從娘家帶來的那些下人伺候就罷了。無論是夫人還是她的那些下人，統統不得亂出院子。夫人這傷要療養很久，可是老太爺的壽宴卻是耽誤不得，府裡的內宅也不能沒人管，這後宅之事便交給大小姐代為掌管，悠兒，妳看這樣如何？」

安清悠微微一怔，隨即反應過來，這是父親已經息了休妻的念頭，開始琢磨起對徐氏的處置方式以及向外界的說辭了。

按照安德佑這般說法，徐氏雖然沒有被休掉，但是權力被奪，爪牙被和她一起趕到那院子裡出不來，如此幾與圈禁無異。

安清悠微一思忖，補充說道：「父親既這般說了，那便這般辦，只是對外不妨說府中仍由夫人掌事，反正只是個虛名罷了，畢竟祖父過壽這等場合夫人若是不出現，倒顯得我長房少了人，而府裡府外的人見夫人健在卻由女兒掌府，難免會起疑心說閒話。」

「女兒可以為老太爺操辦壽宴為名，全權暫代掌事，如此也讓眾人慢慢有個習慣的過程。等過得月餘，老太爺壽辰過了，眾人便也慢慢對女兒發號施令習慣了，夫人在院子裡不出來也就不是個事兒了，到時候怎麼說怎麼是……」

安德佑聽了這番話語，也覺得更加穩妥。

徐氏在一邊聽得目瞪口呆，雖然早知這大小姐頗有手段算計，可今日才知她這心裡竟是如此的滴水不漏。

徐氏極為不甘心，幾個月前眼前之人還可以任她捏圓搓扁，自己還在琢磨怎麼拿她去給自己的兩個兒子做墊腳石，誰想到風水輪流轉，如今這大小姐竟和老爺堂而皇之地研究著怎麼拆她的權，關她的人。

她這個名義上仍是長房夫人的，卻只能在這裡看著聽著，還不敢插嘴。

「那就這麼辦吧！」安德佑最後拍了板，轉頭又問徐氏道：「妳還有什麼要說的？」

不甘心歸不甘心，這時候徐氏哪裡還能再蹦躂？

縱是徐氏心裡已經把安清悠殺了一萬遍，此刻也只能勉強擠出笑臉，咬著牙道：「老爺寬容，大小姐慈悲……」

一場讓安家內宅權力徹底顛覆的爭鬥，終於有了結論。

期間諸般突發之事，無論是作為始作俑者的徐氏，還是作為反擊者的安清悠來說，都多有意料不到之處。

安清悠成了最後的贏家，徐氏多年來所做惡事太多，到頭來栽在了自己手上，咎由自取。

外面的晚霞漸漸布滿了天空，這一日過得飛快，又如此漫長。

安清悠出了安德佑的書房，長長地出了一口氣，忽然覺得渾身酸疼。

這一番爭鬥幾乎耗盡了她的精力，此時一放鬆，陡覺身心俱疲。

「大小姐，關於此事善後，不知道大小姐還有要什麼交代？」

一個中年男子的聲音在背後響起，安清悠轉頭一看，卻是父親安德佑的親信安七。

事情雖然有了定論，但是要做的事情還有不少。

像是徐氏的院子裡如何安置，書房中那些知道內情的下人也要好好梳理，安七機敏，大小姐既已掌事，這請示自是不可少的。

安清悠和這安七談了幾句，見此人精明能幹，便把這些事情交給了他，隨即一刻不停地走向了自己的院子。

安清悠也有自己的要做的事情。

此刻安清悠那小院子的門口，青兒、芋草等人早已望眼欲穿地等了一天，那方嬤嬤居然也跟著屁顛屁顛地守在了這裡。

安清悠知道這次實是險極，卻是刻意未帶任何人去，這足足等了一天，眼見得日頭偏西，幾人不約而同有些坐立不安起來。

「大小姐這一去不知結果如何，這天都快黑了，怎麼還不見回來，可別是……」芋草進院子的時間最淺，在這等官宦大府的生活經驗最少，此刻也最為忐忑。

「呸呸呸！說什麼呢？大小姐這一去定是大吉大利，定把夫人拉下馬來的！」方嬤嬤可是最擔心安清悠此去不成的人，這一輪要是敗了，她這條老命保得住保不住都是兩說。

「瞧妳們那擔心的樣子，叫我說啊，大小姐此時定是已經鬥倒了夫人，正忙著整個府裡的事兒呢！」青兒追隨安清悠最久，平日裡脾氣最火爆的她，此刻居然是最淡定的一個，可是那一雙長腿不停交疊來去，這淡定似乎又有著那麼點微妙。

便在此時，一個身材高挑的女子正靜靜地走向了院子，速度雖然比平時快，卻是一如既往的優雅自然。

「小姐！」

三人齊聲喊道，同時向安清悠跑去，到得近前，又同時放慢腳步，幾個人你看看我我看看你，彷彿有無數的事情要問，可是話倒了嘴邊，彷彿被什麼東西堵住，竟不知道從何問起了。

安清悠微微一笑，只輕輕地說了兩個字：「成了！」

成了？這兩個字信息量太少，卻又把事情說盡了。

「我就說嘛，大小姐這般精明聰慧的人，夫人怎是對手？自然是馬到成功……」

第一個反應過來的是方嬤嬤，這方嬤嬤依舊不改有事沒事先拍上三句馬屁的樣子，激動異常，這次她是出了死力的，眼下這條老命到底保住了。

「菩薩保佑，老天爺保佑……小姐沒事就好……」芋草使勁地拍打著胸口，一個勁兒地謝著滿天神佛。小姑娘的想法很真實，小姐好，才是真的好。

原本還故作淡定的青兒，卻是最後才吭聲的，她就這麼愣愣地看著這個和自己從小一起長大的大小姐。

這麼多年來，兩人共患難。想起昔日被徐氏打壓之時的境遇之慘，不覺恍如隔世，一頭撲進了安清悠的懷裡，只叫了一聲小姐，卻是再也說不出一個字來。

流淚著，抽泣著，終於變成了嚎啕大哭。

安清悠默然不語，眼圈也有點發紅，這一次終於在改變自己命運的道路上踏出了堅定的一步，只是自己的命運改變了，不知道有多少人會跟著自己一起改變？

當夜，按照方嬤嬤的意思，要在院子裡慶祝一下，這個提議卻被安清悠毫不猶豫地否決了。很多事情成了未必嚷嚷，嚷嚷多了卻未必能成。大夥兒高興一下自是無妨，可若是得意地忘了形，那便是禍事之始了。

新的一頁雖已揭開，但是如何才能往前走得更好，卻要細細思量。

當夜，安清悠帶著幾個自己的心腹，弄了些酒菜來到了彭嬤嬤的屋子裡。

「嬤嬤，這一杯水酒，是敬嬤嬤平日裡對清悠的教誨，清悠銘感五內！」

安清悠端起一杯淡酒，真心實意地致謝。她在彭嬤嬤身上學到了太多東西，可以說這位不苟言笑的老嬤嬤，是帶著自己融入這古時大府宅院之中的人。

「大小姐聰慧，勤奮刻苦，若是學無所成那才是怪事。我這老婦人不過是恰逢其會罷了，大小姐過譽了。」彭嬤嬤雖也是替安清悠高興，卻依舊低調沉穩。

一口水酒飲下去，微微一怔，這酒極為清淡，竟有著淡淡的花香。

「彭嬤嬤，這可是我家小姐最新做出來的添香酒，旁人莫說是喝，連聞都……也只有您老才當得大小姐這般敬重！來來來，小的給您再滿上！」

方嬤嬤笑語盈盈，今晚是她第一次能夠進得這飯桌，人數雖少，卻知是總算進了安清悠身邊最近的圈子。自是心花怒放，頻頻勸酒，更是不落痕跡地各拍了安清悠和彭嬤嬤一記馬屁。

不過，彭嬤嬤何許人也？那是在宮裡都能應付自如的老江湖，不論馬屁還是酒水，都暈不了她的頭。

當下任由方嬤嬤把酒水斟滿，逕自將今日之事前後經過細細問了一遍，最後搖了搖頭，慢慢地道：「論這精巧的新奇之物，我便是活了這麼多年也沒見過大小姐這般聰慧之人，不過大小姐此番與夫人相鬥，未免有些操之過急了。」

這話一說，在場的幾人都把目光投向了彭嬤嬤，安清悠臉色更是凝重，能夠在這時候居安思危的，那才是真正的老謀深算。

彭嬤嬤道：「小姐既得了方嬤嬤報信，已知那白芷來自城外的莊子，為什麼沒有對此事多查一步？若是事先知道那田莊之事再行反擊，小姐便可少了這許多的變故與驚險，甚至可不與夫人在老爺面前硬頂，而是不動聲色，慢慢地將這田莊的消息散進老爺耳朵裡，到得那時，夫人又當如何？這次老爺雖是貶了夫人，可日後慢慢想來，亦未必不覺得小姐做事太過狠硬了。」

這幾句話一說，眾人臉上都是微微變色。

安清悠心下佩服，這才叫小腹黑遇上了老腹黑，虧得彭嬤嬤兩不相幫，她若是站在徐氏那邊，如今卻又如何？暗呼僥倖之餘，便也苦笑著說道：「嬤嬤所言極是，清悠受教了，只是當時實是沒有更多的耐心了。這次如若頂不過夫人，豈非永無出頭之日？當時每過一刻，這變數便多了一分，唯有快刀斬亂麻，雖沒有十分的把握，也只能當機立斷了。」

彭嬤嬤輕輕嘆了一口氣，「大小姐既如此說，便是對自己的應變極有自信了。也罷，我剛才如此言語，不過是事後慢慢參詳方有此言，真要是處在當時，也未必能做得更好。大小姐骨子裡帶了份旁人所不能看透的傲氣，便是我也很難看得明白了。」

安清悠微微一笑，「嬤嬤這是罵我不成？這傲氣二字，清悠卻是不敢碰的。人不能有傲氣，但不可無傲骨。下一步如何掌家，還要嬤嬤多加提點了。」

彭嬤嬤眼中精光一閃，卻終是搖了搖頭道：「掌家之事縱是能教大小姐千般的道理規矩，這具體事情還要大小姐自己去體會。我在這裡只說一點，大小姐不妨想想，明日如何才能出得了院子。」

眾人愕然，昔日徐氏當家之時，大小姐尚能出入自如，如今好不容易掌了內宅，怎麼反倒連自己的院子都出不去了？

待要再問，卻見彭嬤嬤連飲幾杯水酒，自稱是醉了。

轉過天來，安清悠才知道彭嬤嬤為什麼會說自己出不去院子，因為她這院子門口天剛亮就被安德佑的幾個姨娘給堵了。

「大小姐，東側院的褚姨娘派人又送了許多藥材來，這是單子。那褚姨娘現在就在咱們院子外頭等著，說是上次和小姐說好了一起琢磨些調香的事情，怎麼這麼多天倒是沒了動靜。不知道小姐今日是否有空，褚姨娘說想過來跟著小姐學學調香。」

芋草遞過一張禮單，才讓安清悠想起這家裡有藥品路子的褚姨娘來。

上一次她也是送了許多藥材，再低頭看那禮單，只見上面密密麻麻，不僅東西比上次多了許多，物品更是貴重了不少。

安清悠正待說話，又聽青兒來報：「大小姐，那個家裡開酒樓的陶姨娘求見，現在人已經到了院子門口了，說是上次約了小姐一起見面喝酒說話兒，她還記著呢！這次她特地整了一桌酒席親自送過來，還給咱們院子裡送來許多吃用的食材！」

青兒比劃地說著：「光是上好的大米白麵就是幾十大包，那個上好的火腿有這麼長，豬頭有這麼大……」

上一次眾姨娘也送過一次禮，不過很快就沒了下文，當時大家不過是看安清悠在老太爺面前討了喜，想先跟大小姐這邊通通人脈。

這一次送禮，卻又是大大的不同，不僅是品質和數量上的提升，更是連人都親自來了。

安清悠頭大無比，這些姨娘們都是從哪兒得到的消息？

昨日和父親定下來由自己掌家，今天事情還沒宣布，一早就連人帶禮都到了。

當初徐氏掌家之時，這姨娘們送禮自己照單全收，如今這禮又哪裡是那麼好收的？

如此紛紛鬧鬧自是瞞不了人，回頭有人在府裡亂傳自己第一天就收了一大堆禮，這事情才叫說不清楚呢！

安清悠越想越是頭疼，可是伸手不打笑臉人，得想法子回了那幾個姨娘的禮。

琢磨了半天，安清悠終究決定不見為好，叫過了方嬤嬤，讓她去把那些姨娘的禮給謝絕了，更是囑咐道：「對人家客氣點，妳如今既是跟了我，便不許仗著我管家對別人耍蠻橫，更不許動歪心思收外人銀子！跟著我好好做事，我包妳看不上這點小錢，可是若要拈三搞四，那便仔細妳這張皮！」

對於方嬤嬤的性子，安清悠早已摸透，此人本就善於各處討好，最適合用來打發人，不過敲打兩句卻是少不了的。

「大小姐，您就放心吧，老奴定把事情辦得漂漂亮亮的！」

方嬤嬤一聽有事要做，連忙點頭哈腰地連聲稱是，只是她走到門口時還沒說話，安德佑的另一房姨太太吳姨娘也到了。

這吳姨娘家裡本是開綢緞莊的，此刻來得雖是最晚，卻不甘人後，衝過來一把抓住了方嬤嬤的手笑道：「這可是大小姐身邊管院子的方嬤嬤？我娘家鋪子裡新到了一批上好的江南絲緞，聽說大小姐這裡缺了布料用，這不趕緊來送了過來？順便給大小姐請個安。」

饒是方嬤嬤奉承人奉承慣了，此時也不禁目瞪口呆。

大小姐這院子裡什麼時候少了布料綢緞了？

送禮硬找個由頭也就罷了，這姨娘雖然說只能算半個主子，可好歹也算大小姐的長輩，平日裡丫鬟婆子們也得尊稱一句姨奶奶，怎麼連請安這詞兒都用上了？

安德佑身邊這幾個姨娘，當真沒有一個是省油的燈。

安七在第一時間便將書房裡知情之人盡數送到城外的另一處莊子中，又對身邊操持此事首尾之人下了亂說半句立時杖斃的封口令，可是把徐氏及她那些從娘家帶來的奴僕盡數趕到院子裡圈起來，這等動靜卻是瞞不得人的。

幾個姨娘先後知曉，立時找了幾件無可無不可的事，讓身邊的僕婦丫鬟們以稟報為名，去徐氏院裡試探。

試探來試探去，安七派去的人卻早已封住了徐氏的院子，翻來覆去便是一句話：「夫人生病療傷，閒雜人等不得入內打擾，有事去找大小姐，沒事兒少往這裡跑。」

前來打探消息的人無功而返，這幾位姨娘雖不知道到底是有了什麼變故，卻從這短短一句話裡分析出了重要的訊息：徐氏怕是出事了！按照夫人有恙，長女代行其事的規矩，接下來掌家的很可能是大小姐！

徐氏當權之時，對安德佑其他妻妾的打擊那是提也就別提了，單看這安府之中只有她一人生下子女便可見一斑。

如今徐氏出了事，這幾位姨娘大喜過望，昨夜在各自的院子之中慶祝，倒是比安清悠這邊還興高采烈了幾分。

不過，高興歸高興，這幾位姨娘沒忘了另一件事：大小姐要上位了。

這一大早，幾個姨娘便紛紛上門送禮。

方嬤嬤本就能言善道，此刻抖擻精神，一邊跟幾個姨娘談笑周旋，一邊說著婉拒送禮的事情。不過，所謂好婆子架不住姨娘多，方嬤嬤便是再能說會道，終究比不過門口這姨娘好幾撥，以及各自的僕婦助陣。

方嬤嬤直說得口乾舌燥，好歹才算把幾個姨娘的禮退了回去。

老天爺啊，這都什麼世道啊！人家送禮也就罷了，這不要竟也不要得這麼累，還讓不讓人活了！

方嬤嬤一臉悲壯地想著。

「這禮我們不送，但多少得見大小姐一面，方嬤嬤，這總可以了吧？」

好不容易把禮退了回去，不知道是哪位姨娘又蹦出這麼一句，登時得到了其他人的附和。

「不錯不錯，我這裡和大小姐本就說好了要談談調香的，如今禮是不送了，這香嘛……該調還是要調的！」

「我還有事情要和大小姐說呢，方嬤嬤，妳可別耽誤了正事！」
方嬤嬤心裡頭這叫一個淒涼啊……
半炷香的功夫過去，幾位姨娘禮是收了回去，人終究還是來到了安清悠的屋子裡。
「見過大小姐，大小姐安……」
一進安清悠的屋子，吳姨娘登時膝蓋一曲，拿出了行禮的做派。
旁邊的褚姨娘、陶姨娘心裡大罵吳姨娘實在無恥。
好歹妳也是老爺的姨娘，如今看這人家上了位緊著巴結，竟是要給做晚輩的大小姐請安，當真是把臉拿下來捲在帕子裡了。
不過這罵歸罵，心裡又有些後悔，怎麼便叫這吳姨娘搶了先去？
左右吳姨娘是二姨太，排名尚在自己之前，她都拉得下臉來，自己又有什麼不能。請安行禮便請安行禮，以前在徐氏那邊立規矩的時候又不是沒有做過？
「萬萬使不得！」
安清悠難得變了臉色，搶上前去用力在吳姨娘的手肘處一托，這吳姨娘的一個禮便福不下去。安清悠打斷了她的說話搶著道：「吳姨娘這是折殺清悠了，您是老爺的姨娘，清悠說到底是晚輩，哪能當得了這個？您這不是折清悠的壽嗎？」
雖說姨娘只是半個主人，可這事兒也得看放在什麼府裡。
這幾位姨娘是父親的枕邊人，怕的就是她們吹枕頭風，何況人笑臉來見，她總不能板著臉給抽回去，否則再出什麼事就不一定了。
吳姨娘一臉尷尬，心中卻是一鬆，這福禮固是放下了臉皮，其中也不乏試探成分。
看來這大小姐不像當初的徐氏，對待姨娘們還是頗客氣的。

只是吳姨娘這邊剛做了試探，旁邊溜縫接話的卻是三姨奶奶褚姨娘。這褚姨娘笑意盈盈地與安清悠說話，言語裡卻是夾槍帶棒地擠兌吳姨娘：「大小姐哪裡的話？我娘家世代行醫，我這觀人之術一看一個準。大小姐眼清鼻正，口唇天生嫣紅……誰瞧了都知道是多福多壽之相，有人就是想折您啊，那也是折不去的！」

安清悠聽得雲裡霧裡，這褚姨娘有個娘家兄弟在太醫院做小官，可是這行醫什麼時候又和看相有關係了？

吳姨娘聽出了褚姨娘的挑撥之意，她身分本就比這褚姨娘略高一點，便柳眉倒豎地道：「妳說誰想折大小姐的壽？」

「誰想折誰自己心裡清楚，做都做了，還怕人家說嗎？」此刻站出來給褚姨娘幫腔的是四姨奶奶陶姨娘。這陶姨娘平時裡與褚姨娘關係不錯，此刻更是想順水推舟，先在安清悠這邊給吳姨娘下點眼藥，當下煽風點火地道：「夫人這邊出了……那個傷病，自然是大小姐主事，可是大小姐若要出什麼狀況，那主事的又該輪到誰？怕是有人動心思了吧？」

這話卻是誅心之言了，安清悠若是也出了狀況，自然是該輪到吳姨娘這二姨奶奶。

吳姨娘冷笑道：「剛才可是妳在念叨，說大小姐會出狀況！」

這三位本就都不是省油的燈，如今頭上既沒了徐氏壓著，自是各有各的打算。

安清悠上位之事已是板上釘釘，今天來送禮來說話的是幹什麼的？不就是為了在這位彈指間便要掌管整個安家內宅的大小姐面前拉近些關係，顯出自己的好來？

當然，若是能趁機給其他姨娘下點眼藥，那就更好了。

安清悠頭疼地看著這三位姨娘掐來掐去，真心覺得她們含沙射影的功力太高強，偏偏還都時不時地拍上自己兩句馬屁。

當真三個女人一臺戲，三個姨娘若是湊在一起，那戲可就唱得更熱鬧了。

便在此時，芋草來報，說是外面府裡幾個管事婆子在院子外等著求見大小姐。

「不見！」三位姨娘正掐在興頭上，聞言登時大怒，心說我們這些做姨娘的還沒和大小姐說上幾句，這些做下人的也想跟著添亂？

不過，當三位姨娘異口同聲喊出這句不見之後，一起冷場了起來。

這個這個……這裡好像不是在自己那一畝三分地上，這裡的主人是……

是大小姐！是安清悠！

三位姨娘面面相覷，卻見安清悠緩緩站起身來，苦笑道：「三位姨娘當真是伶牙俐齒，下面聽我說說，如何？」

三個姨娘誠惶誠恐，哪裡還敢說半個不字。

安清悠掃視一下這三人，心道難怪隨便有一些小小的撩撥，這三人便掐得忘形，難怪她們被徐氏壓得死死的，當下轉頭對芋草說道：「還有什麼想見我的，都一起放進來吧！」

這幾個管事婆子管的是府裡最緊要的幾處，進得屋來，一見安清悠和三位姨娘都在，不敢造次，規規矩矩行了禮，各自說起各自的話來。

說起來安清悠真正想見的，便是這幾個管事婆子，如今既要掌家，那府裡的各處虛實必須弄明白，熟料這幾個管事婆子說起話來，卻又是另一番光景。

府裡的大事小事，她們隻字未提，一味稱讚大小姐怎麼美麗漂亮，怎麼知書達理，怎麼精明幹練，安清悠提問些各處事宜，都是說了沒有兩句，又轉到了表忠心拍馬屁之上，廢話滿嘴溜。

這就是之前徐氏所用之人嗎？

安清悠越聽越煩，心裡也越怒，猛然間重重地冷哼一聲道：「都別說了，聽我說！」

眾人心中一凜，瞅這般模樣，大小姐是動了氣了？

卻不知道是哪位姨娘或是管事婆子說錯了話，惹得大小姐這般斯斯文文的人都發起了火來。

「每個人都有份，每天不是勾心鬥角便是爭寵，難怪長房這些年來一年不如一年！」

安清悠這才真正明白彭嬤嬤考校自己如何走出院子的深層意思，要走出的不是這院子，而是要走出長房這種不幹正事的風氣。

看著屋子裡的一干人等，安清悠嘴角揚出了詭異的弧度。

「諸位，今天難得大家都在，妳們為什麼來我這裡，彼此心知肚明，我便說說我的要求。首先是近期、中期和遠期的目標，明確目標是我們首要解決的問題。當然，我們僅僅明確目標還是不夠的，還要確定方針，釐清概念，堅定意志，完善手段……」

一屋子的人聽得目瞪口呆，所有人的表情都傳達了同一個意思，大小姐這是要幹什麼？

幹什麼？安清悠心裡冷笑著，先打妳們一百殺威棍，讓妳們嘗嘗這個滋味再說。

「對內，目前要先解決夫人因為傷病不能理事的問題，而對外，城外的田莊連年歉收，府裡收入年年減少，銀錢吃緊。我們長房在安家各房中毫無優勢可言，我們需要盡快挽回情勢。因此，大家務必團結一心，甘苦與共，遇到問題時，切不可慌亂。誠然，眼下還有許多困難，但是只要有決心，未必不能夠跨過這個坎……」

安清悠穩穩坐在自己的位置上，手捧熱茶，絮絮叨叨開始精神喊話。

眾人卻是聽得目瞪口呆。

良久，方有一個婆子顫抖著擠出僵硬的笑容，哆哆嗦嗦地稱讚道：「大小姐……說得……說得真好！」

「好？」安清悠喝了口茶潤潤嗓子，笑咪咪地道：「既然大家覺得好，那我再補充兩句……」

事婆子身上。

「啊？」眾人齊齊低呼，什麼規矩禮數都顧不得了，怨毒的目光齊刷刷聚集到那先前叫好的管事婆子身上。

安清悠臉色驟然轉冷，「諸位以為如何？這些廢話妳們會說，我也會說，說得還比諸位更花俏，可這些東西有用嗎？有意思嗎？與其把時間浪費在無謂的奉承上，還不如做點實事。都散了吧，回去還有事情等著妳們去做呢！」

一干管事婆子如蒙大赦，立刻退下作鳥獸散。

安清悠轉身，對著三位姨娘微笑著道：「姨娘們見笑了，方才那些話是對下人們說的，可不是衝著三位姨娘。您幾位自己院子裡也有下人，自是知道有些人不管不訓不行，想來三位姨娘定是能夠理解清悠的苦衷。」

三位姨娘面上一陣紅一陣青。

送禮便能親近？未必！

如今徐氏出了事，她們既有一夜之間便得到安清悠即將掌家的消息的本事，焉能不知安清悠若是還沒上任便先收禮的影響？這送禮，當真不全是什麼好意，反倒是驗看這位大小姐的手段。

吳姨娘進屋時作勢行禮，略作試探，安清悠急忙來扶，讓三位姨娘都覺得這大小姐果如外界傳言般是個溫柔老實的人，此行雖是刻意交好，卻也下意識將她看軟了幾分。

那番旁若無人的亂掐，固是幾人頂上了火，也有想看看安清悠反應之意，見她沒有什麼表示，有些心思還當真活動了起來。

若是這大小姐只有這兩下子，那以後幾位姨娘說什麼做什麼，另有一番計較了。

誰知道這大小姐接下來對下人們突然來了一陣威嚇，讓人不敢小覷。

三位姨娘你看看我，我看看你，都覺得大小姐這番話語雖是在敲打管事婆子，實際上卻是劍指自己，讓她們彷彿被人狠狠搧了一耳光。

便在此時，青兒又進來稟報道：「小姐，老爺派人傳了話過來，讓小姐過去吃飯，還說讓小姐張羅著宴席，闔府一起吃用。」

三位姨娘的眼睛上登時放出了相同的光芒，闔府一起？

安清悠點了點頭，這頓飯看來便是自己做的第一件事了。向外走了兩步，卻是想起了什麼，回頭對著那家裡開酒樓的陶姨娘說道：「陶姨娘，您送到我院子外面的東西清悠雖是不敢收，但是今日趕巧了，那些大米白麵火腿豬頭什麼的倒也用得上，要不……咱們就把這些東西用了？」

參之章 掌家初露鋒芒

時間慢慢從早晨走到了中午，安府的前院之中聚了不少人，一張張桌子擺了開去，不少菜肴已經上了桌。今日老爺發了話，闔府上下人等聚在一起吃飯，他有事要宣布。

全府的下人們甚是高興，這等事情除了逢年過節外，極為少見，平日徐氏對下人甚是苛刻，許多人也就是這般機會時方能吃上一頓好的。更有人看著那每桌一個的大豬頭眼饞，雖然主子們還沒發話讓他們落座，他們卻早就開始摩拳擦掌了。

當然，也有有心人發現異樣，夫人那系的人馬怎麼一個都沒見到？

「老爺到！」忽然聽得有人高聲喊道。

下人們趕緊肅容靜立，把那流到嘴邊的口水暗暗嚥回了肚裡。安德佑在安清悠的攙扶下，腿腳有些發顫地慢慢走了出來，照著往日的習慣咳嗽一聲，清了清嗓子，這才慢慢地道：「今日召大家來，卻是說一件事。夫人前日不小心摔傷了頭，引得舊病復發，往後要在院子裡修養一段很長的時日。這傷病最怕有人打擾，養病期間，府中上下人等莫要到夫人院子裡叨擾。以後這內宅大大小小的事情便由大小姐暫攝，而老太爺壽辰將至……」

安德佑板著臉，訓了一大段的話。

一干下人聽得雲裡霧裡，不過有一件事倒是人人都聽明白了，夫人要養病，不能被打擾，眼下又要替老太爺過壽，府裡暫由大小姐掌家主事。

這件事情一公布，眾人表情各異，有那消息靈通的心道果然如此，有那後知後覺的恍然大悟，亦有人對於誰掌家半點也不在乎。這是主子們的事情，有功夫琢磨，不如開飯時直奔豬頭而去方是正理。

安德佑又念叨了一陣，不外乎是大小姐年紀不大，初次掌家，大家要勤勉做事，要守規矩，不許搗亂云云。

他昨日剛暈過去一次，身體還有些發虛，說了好一會兒，已覺疲勞，便轉頭對安清悠道：「悠兒，今日開始便是由妳掌家，妳也來說兩句吧！」

老爺這話一說，有些人登時變了臉色。

不是吧？還要大小姐說？

安清悠點了點頭，先扶著安德佑在首桌首席上坐好，這才款款走到眾人面前，慢慢地道：「承蒙父親信任，打今兒起，便由我掌管府中內宅的大小事宜。各位不是第一天進府，在這兒我只說三件事……」

還有三件事？難道這午飯要變成晚飯不成？下面有人的腿腳已經開始打顫了……

「第一，做事勤勉賣力的，必賞！」

「第二，不把心思放在做事上的，必罰！」

「第三……這飯菜都要涼了，不能第一天視事便教大家吃了一肚子冷飯，大家落座，開宴！」

安清悠說完，下面先是靜默了兩秒，不少人才反應過來，猛地爆發出了歡呼聲。

那幾個早上在安清悠屋子裡的管事婆子大眼瞪小眼，又一次鬧了個目瞪口呆。

嘴巴張大了半天，終是有人看到方嬤嬤恰好在同一桌，便試探著問道：「大小姐怎麼變成這個樣子了？」

方嬤嬤困惑道：「大小姐說話一向簡單明瞭啊，怎麼了？」

那幾個管事婆子訕笑地收了話，方嬤嬤卻咬了一口豬頭肉，在心中兀自冷笑，這才哪到哪？大小姐那等收放自如的功夫，妳們幾個還有的是時間慢慢見識呢！

見到下面的眾人痛快吃用，安德佑心中一動，安清悠今日正式掌家，三兩句話間便能挑動下人們的情緒，原來是個有本事的。

難道大女兒天生便是掌家的料？或許老太爺的壽宴，自己可以多點期待了。

這一頓飯不少人吃得滿嘴流油，只是，安府裡另一處卻是冷冷清清，愁雲密布。

那便是徐氏的院子。

「夫人……老奴還以為再也……再也見不到您了！」

一個頭髮花白的老婦一把抱住了徐氏，哭得稀裡嘩啦，正是剛剛被安清悠放出來的柳嬤嬤。

徐氏出事之後，白芷被安德佑命人一頓板子活活杖斃。

徐氏雖是未被休棄，卻是形同圈禁。按照安德佑的本意，這柳嬤嬤本也是要一起打死的，只是見她年紀太大，動了不忍之心，這才留了她一條命。

不過，這柳嬤嬤活罪難逃，落在平時對她最為記恨的方嬤嬤手裡，哪能有什麼好？

這一天一夜被折騰得死去活來，此刻見了徐氏，只剩下哭的份了。

徐氏和柳嬤嬤抱頭痛哭了一番，好不容易收了眼淚，兩人對安清悠開始痛罵起來。

徐氏又怨自己命苦運氣差，收拾安清悠時居然扯出了城外田莊的事情來，如今掌家之權被奪，人也被拘在院子裡，不知道什麼時候才能翻身了。

柳嬤嬤聽了徐氏的自怨自艾，為她打氣道：「夫人莫慌，這次雖然讓那臭丫頭上了位，但是咱們人還在，夫人的名分還在，未必沒有出頭之日。」

「這話怎麼說？」徐氏陡然間眼睛一亮。

柳嬤嬤狠狠地道：「大小姐不久後便要去選秀，即便未被選中，到底也是要嫁人的，何況兩位公子都是夫人生的，老爺便是衝著他們的情面，又豈能把夫人關一輩子？將來時間久了，事情淡了，說不定老爺記起了夫妻情分，夫人您就又東山再起了。」

徐氏看到了一絲希望，說話也不像之前那麼愁苦，卻聽柳嬤嬤又是咬牙發狠地道：「這一次就算那大小姐上了位，可是夫人您別忘了，現在府裡是個什麼情況？一年不如一年的形勢，持續不斷的虧空，這家又哪裡是那麼好當的？這大小姐說到底還是在府裡長大，大門不出二門不邁的，就算她是天生聰明，這家她能當得多久，那還是未知數呢！」

徐氏大喜，府裡的情況沒人比她更清楚。長房如今勢微，架子雖然還端著，卻如年久失修的破屋，外面看起來像模像樣，真住進去才發現到處都是窟窿。

「好好好！這些事情就讓那死丫頭頭疼去吧，我就當在這院子裡療養，等著看她焦頭爛額！」徐氏連說了三個好字，末了更是咬著牙怨毒無比地加上了一句：「等著看她怎麼死！」

徐氏正咬牙切齒，下人來報，說是二公子來探望了。

徐氏一聽更是樂了，這可真是說誰誰就到，便連聲催促著：「領進來，趕緊領進來！」

如今徐氏這院子雖是封了起來，但安子良是長子，徐氏又是他親娘，旁人無法攔著。

兩人見了面，徐氏自是高興，安子良拿眼一看，只見徐氏頭上裹了厚厚的白色紗布，卻依稀看得出額頭上的腫脹。於是，他難得正經一把，規規矩矩地請安：「兒子給母親請安，聽說母親傷了，特來探望！」

徐氏等到安子良站起，一把將他拉了過來，高興地對著柳嬤嬤道：「瞧見沒有？到底誰的兒子知道向著誰，這時候就看出來誰是親生的了！我就說嘛，左右都是我身上掉下來的肉，便是別人不來，我這兒子還能不來看我？」

柳嬤嬤亦是高興，順著徐氏的話道：「那還能錯得了？公子自然是跟夫人親，那可是夫人的好兒子！」

徐氏拉著安子良一起坐下，還沒等安子良開口，便哭開了：「我的兒啊，你是不知道，你娘這次受了大委屈了！那個天殺的妮子……就是咱們府裡那個死了親娘的大小姐，可不是個什麼好東西，你瞧她生就一副短命相，她那親娘死得早，十有八九便是被她剋死的，如今這惡毒的妮子想掌家，在你娘背後使壞，害得娘連院子都出不去啊……」

徐氏見了兒子，一通亂七八糟地哭訴，可是說了半天也沒說清楚來由。

安子良聽得雲裡霧裡，憋了半天，終於忍不住問道：「大姊是怎麼給娘使壞了？」

「那小賤人你還叫她大姊？還能怎麼使壞？還不是那莊……」徐氏剛要說出城外莊子的事，一瞥眼卻見到安子良有個親隨在側，這半句話硬生生嚥回了肚子裡，猛給安子良打眼色，讓他把人支開。

安子良要說憨，那還真是憨得有水準。

徐氏這眼色打得眼皮子都快翻過來了，他還沒明白是怎麼回事。

安子良困惑地說道：「娘，您眼睛怎麼了？莫不是進了沙子？要不要兒子給您吹吹？」

徐氏既無語又氣結，衝著安子良乾瞪了半天眼，到底是敗下了陣來，氣鼓鼓地道：「總之，你就記得那死妮子不是東西，都是她壞她不好，她害得母親丟了掌家的位置，害得母親出不了院子，明白了沒有？」

安子良點了點頭，徐氏心裡有氣，乾脆也不搞那些花頭了，逕自說著我與二公子有事要單獨談，把那親隨轟出了屋子，這才又道：「母親雖然出不了院子，但也不能讓那妮子好過，你給我聽好了，你出去之後，要……」

徐氏心裡盤算著，既是兒子可以出入，這倒是一條路子。自己雖然出不去，但是遙控兒子給安清悠添些首尾倒是無妨，可她正說著話，冷不防安子良插話道：「母親，兒子此行來除了看望母親，還有一樁事。日前有批北胡的商人來了京城，帶了好多北胡特產的紅楓石大塊整料，兒子想在院子裡弄上幾塊，壘個假山……」

徐氏一怔，「你說什麼？」

安子良撓了撓頭，有些扭扭捏捏地說道：「最近有一批北胡特產紅楓石的大料到了京城，兒子的不少朋友都買了，擺在屋裡當真別有異域風情。娘，您是知道的，兒子平時就愛在院子裡弄些花草石頭，這別人都有了我沒有，太沒面子了不是？只是那紅楓石本就名貴，大塊的整料更是難得……」

徐氏這才回過味來，自己這寶貝兒子，通常只有兩種情況下會規規矩矩的，第一種情況是老爺考校功課的時候，第二種情況……

便是來她這裡要錢！

啪的一聲，徐氏一巴掌狠狠地抽在了安子良臉上。

「夫人！夫人息怒啊！」柳嬤嬤撲上來拉住徐氏的手，

「你這個沒良心的東西，我都被人關在院子裡了，你還只想著花草石頭，只想著要錢！」

安子良委屈地捂著臉，嘟嘟囔囔地道：「不給錢便不給錢……打人做什麼……」

徐氏差點被氣出了病，指著安子良對柳嬤嬤道：「妳聽聽！妳聽聽！這混帳孩子腦子裡都想的是什麼？我……我打死你這個沒良心的東西！」

柳嬤嬤拚死拉住徐氏，高呼道：「夫人息怒，公子不過是一時糊塗，莫要動手啊！」

眼下這時候，徐氏當真是經不起任何折騰了。

徐氏又氣又急，原本還指望著兒子能夠出面再和安清悠鬥上一鬥，誰知他來了是來了，卻是來要錢的。自己剛才還等著看安清悠掌家缺錢的笑話，誰知這笑話轉眼竟落到了自己身上。

柳嬤嬤好不容易攔住徐氏，徐氏卻餘怒未消，指著安子良的鼻子罵道：「你這個不爭氣的糊塗東西！現在是那個死丫頭掌家，你想買石頭，也該找你那個死了親娘的大姊要去！我……我怎麼生了你這麼個沒腦子的東西，你這滿腦子裝的都是漿糊不成？」

徐氏氣得一佛出世二佛升天，卻見安子良安猛地一拍大腿道：「對啊！眼下是大姊掌家，我要買石頭，該去找大姊，怎麼找上了母親？母親莫怪，兒子是以前找您要錢要習慣了，一時糊塗，我這就找大姊要銀子去！」

徐氏本待再罵，可是安子良溜得出奇的快，徐氏那隻指著安子良鼻子的手指剛剛舉起，眼前已經沒了人影。

「這……這小王八蛋真是我生的？」

徐氏看了看自己那隻懸空的手，又看了看柳嬤嬤，忍不住暴了粗口。

「那個小……這個……二公子當然是夫人的兒子，不過夫人也不用氣，公子這平日裡的情形……那個，您也知道。他去找大小姐要錢，大小姐又能如何？」

「對啊，這小王八蛋去找那死丫頭要錢，夠她好好喝一壺的！」徐氏登時轉怒為喜。

柳嬤嬤在一旁卻是冷汗直冒，公子當然是夫人生的，可是這「小王八蛋」四個字誰罵公子都行，唯獨夫人罵不得，自己要不要提醒一二？

「啊嚏！」安子良吊兒郎當地走在去向安清悠要錢的路上，忽然大大地打了個噴嚏。

「雖說過了立秋，可這天可還沒涼啊，怎麼會打噴嚏？莫不是誰在念叨本公子？」安子良撓了撓頭，自言自語地道。

「莫不是夫人在念叨公子？」旁邊的親隨，一臉諂媚地上來湊趣：「看來夫人在那院子裡，倒是想念公子得緊！」

「唔唔……」安子良含糊不清地哼哼兩聲。

徐氏出事之後，安府的下人變動不少，安子良原本的親隨被調去安德佑書房聽差，這親隨是安七從府外的莊子新調進來的。

此刻他見安子良不置可否，還以為自己說中了安子良的心事，當下打蛇隨棍上地說道：「看今日夫人這樣，好像不是在養病，而是另有隱情，難道真是大小姐使了什麼手段，才把夫人逼到了院子裡？嘖嘖嘖，還有老爺也是，說到底這長房將來還不是公子您繼承家業？便是夫人有什麼錯處，也得想想夫人是公子您的親娘啊……」

安子良默然不語。

從來這做親隨跟班之類的差事，最重要的便是猜中主子心思。主子高興的時候，要跟著主子一起高興，主子罵娘的時候，要先替主子把對方的祖宗十八代一起問候。

事事想在前頭辦在前頭，自然前途無量，更易成為主子的心腹。這親隨本是個聰明人，見安子良默然，更覺自己猜中了安子良的心思，待要再往深裡說上幾句，卻見安子良突兀地蹦出了一句：「我弄死你，你信嗎？」

那親隨聞言一愣，愕然道：「您說什麼？」

「我說，我弄死你，你信嗎？」

安子良一字一句地說著，那親隨登時變了臉色，卻見安子良看著他，冷冷地道：「夫人如何，大小姐如何，甚至老爺又如何，也是你這奴才敢打聽敢說的？今日去母親院子裡看了什麼，聽了什麼，若是有半分傳了出來，不論是不是你說的，少爺我都會第一時間弄死你，你信嗎？」

那親隨驚恐地拚命點頭，轉眼又見這位一身肥肉的二公子恢復憨憨的樣子，掰著手指頭說道：「你說那紅楓石怎麼那麼貴呢？單是拳頭這麼大的一塊便要幾十文錢，花盆這麼大的就要半兩銀子，少爺我要是想在院子裡堆個假山，哪怕只是小小的弄上一個，再加上人工，怎麼著也得一百……不，得要二百……不，得要二百五十兩銀子，你說夠不夠？唉！連這麼個東西都搗鼓不明白，你說少爺我是不是很笨？」

那親隨立刻從點頭變成了搖頭，大聲說道：「不不不！公子不笨，公子胸有城府，精明強幹，耳達目通，一身的智慧萬中無一，絕對不笨……」

這親隨本是能說會道，剛剛動錯了腦筋，被安子良嚇得都快尿褲子了。

此刻有了一個拍馬屁的機會，便拚命往回找補，讚美之詞說得是又急又快。

「連你這樣能說會道的聰明人都說我不笨，看來少爺我是真的不笨！」安子良彷彿很享受的樣子，笑咪咪地看著那親隨，良久才嘆了口氣，極為認真地說道：「少爺我這叫不著調！」

而此時安清悠正錯愕著，看著帳本，一臉的不可思議。

「什麼？府裡已經連著六年入不敷出了？」

「這也是沒法子的事啊！」負責管帳的婆子苦笑著說道：「大小姐，您之前或許不知，咱們長房比不得其他幾房，老爺不懂……老爺不像別人有些撈錢的手段，便靠那朝廷的幾兩俸祿又有多少？除此之外，便是靠城外幾個莊子的田租撐著，可這府裡上上下下有一百多口人，哪裡是不需要錢的？老爺在官場上那些往來應酬更是花錢……」

安德佑是禮部的散官，比不得人家三年清知府，十萬雪花銀，偏偏他又自命清高，不肯收受各方贈禮，還動不動把「君子不談錢」之類的話掛在嘴邊。不僅上司不喜，同僚亦是嫌他又臭又硬，這麼多年來肥差不曾做過半個，那點家底自是遠遠比不得其他幾房。

「唉！別家做官都是掙錢，倒是咱家越做官越往裡面貼補……」

那婆子絮絮叨叨說著，安清悠冷冷地道：「照妳這說法，是嫌咱們家老爺沒有做貪官了？」

那婆子登時嚇得變了臉色，跪下駭然道：「大小姐，老奴沒有半點這個意思，您知道，府裡這般模樣，老奴也是著急……」
旁邊另一個婆子連忙幫著打圓場，遞過來一張單子道：「就是就是，大小姐我們這也是替老爺著急，替府裡著急，替大小姐您著急不是？如今這帳上本就沒多少銀子，可是您瞧，眼下還有一堆事情要花錢，真是叫人為難了……」
安清悠接過那單子一看，只見上面林林總總，列了至少十七八項花銷之多。
什麼入秋後要買冬儲的糧菜之物，老爺的書房需要修繕，還有小公子安子墨今年八歲，需要聘請名師，諸如此類。
「還有，今兒老爺說的老太爺壽宴，這雖是各家合辦，攤到咱們頭上，那一份估計也少不了，小姐，您說這可怎麼辦才好……」
安清悠只覺得一個頭兩個大，這還真是不當家不知柴米貴。帳上銀子就那麼多，闔府上下還有百來口人等著吃穿用度。
便在此時，有個憨憨的男聲遙遙響起，隔著這院子屋子兩道門都能聽到。
「大姊！大姊！妳在不在啊？弟弟又來找妳啦！」
安子良的大嗓門離得老遠便能聽見，他也不等人通報，就這麼大大咧咧地走進來。也不等安清悠招呼，逕自拎了把椅子一屁股坐下，笑嘻嘻地道：「大姊，忙不忙啊？弟弟來找妳敘話了！」
安清悠微微一笑，逕自放下手中的帳本道：「二弟這又是要做什麼？是又要大姊給你調個新香，還是功課不好被父親罵了，讓大姊給你出主意？」
安子良難得露出了些嚴肅的神色，一本正經地道：「都不是，中午咱們吃飯的時候，父親不是說了嗎？母親要養病，打今兒起，大姊掌家。弟弟想著大姊平日這麼照顧我，如今大姊掌家，怎麼也是個喜事，不過來賀喜怎麼行？這不緊著忙著過來了。」

旁邊兩個管帳婆子面色各異，心說夫人那邊是假病了也好，真出事也罷，沒聽說二公子去探望，怎麼巴巴地倒趕著來向大小姐道喜了？

安清悠對這弟弟倒是看得明白，知道這不是他平常的做派，只怕是又有了什麼其他事情，當下嘆了口氣道：「大姊這是個操心的差事，哪裡談得上什麼賀喜不賀喜？二弟既有這份心意，大姊領了二弟的情了。」

說完這話，安清悠奉著茶，悠然地啜著。

安子良遲疑了一陣，到底先漏了氣，迅速恢復了那不著調的本色，「大姊，京城裡有批北胡的商人弄來了紅楓石，那可是罕見的整料大料！大姊，妳是知道的，弟弟我這不是一直想在院子裡弄個假山嗎……」

安清悠忍不住苦笑，剛剛還在為了銀子發愁，如今這要銀子的倒找上門來了。當下也不客氣，直接打斷了安子良的話道：「要多少？」

安子良大喜，伸出三根手指頭，想著不對，又把一隻手指頭屈起來。

「三百兩？」

安清悠皺起了眉頭，以長房現在的情況，三百兩不是小數目，真要讓安子良拿去買石頭造假山，那可真是浪費。

卻見安子良大義凜然地站起了身來道：「大姊哪裡的話？弟弟雖然書讀得沒那麼多，可是也知府中銀錢來之不易。不過是修個小小假山罷了，哪裡用得到三百兩銀子？大姊沒見弟弟最後又屈起了半根指頭嗎？」

安清悠皺著眉頭道：「那到底是多少？」

「二百五！」安子良挺胸凸肚，中氣十足地說道：「弟弟我就要二百五！」

安清悠聽得這句正氣凜然的「弟弟我就要二百五」，一口茶差點噴了出來。

安子良兀自央求著道：「好姊姊，妳就幫弟弟一把吧！我那些朋友好多人都買了，弟弟我若是不弄個比他們大的，讓我把面子往哪擱啊？男子漢大丈夫，一言既出，駟馬難追，我保證多一文不要，說是二百五就是二百五！」

安清悠瞧著他那副憨態，忍俊不禁，輕咳了幾下，忽然想起了一樁事來。

「罷了罷了，姊姊我不照顧你，照顧誰來著？這買石頭造假山的銀子，答應你了！」

安子良喜得連聲道：「我就知道大姊最疼我了！只要大姊許了我這銀子，有什麼用得到弟弟的事情，弟弟我是水裡水裡去，火裡火裡去……」

安清悠搖了搖頭，「水裡火裡什麼的倒是不用，只是大姊最近遇上了一樁難事，這樁事情棘手無比，只有二弟你才能做得成……」

安子良正在興頭上，聽了這話，立刻把胸口一拍，大叫道：「大姊有事儘管吩咐，莫說是一件事，便是十件百件弟弟也給辦了！到底是什麼事？難道是外面有誰欺負大姊不成？弟弟這便招呼我那幫朋友，殺他個一乾二淨！」

話說到最後，安子良連戲文裡的唱腔念白都嚷了出來，只是這架勢擺得十足，卻又覺得不對，大姊平日大門不出二門不邁，便是偶有外出，去的不是官宦家的宴請，便是女眷們的聚會，哪裡會有人欺負？

安子良眼珠子轉了一轉，想起一個人來，湊近安清悠，神神祕祕地低聲道：「到底是什麼事？莫不是大姊想讓我從中牽線聯繫沈兄？姊姊放心，弟弟我口風緊，你們有什麼飛鴻傳書的……」

「飛你個大頭鬼！」

安清悠沒好氣地著安子良翻了一個白眼，真不知道這不著調的弟弟怎麼老把自己和那沈小男人聯想在一起，一揮手叫過了芋草道：「芋草，去把我床頭那本書拿來，便是那本有藍線縫裝著的！」

「書？」

安子良一聽這書字，心裡咯噔一下。

沒一會兒，芋草把那書拿來，安子良偷偷瞧去，眼睛都直了。那書冊封面上寫著兩個無數文人都熟悉的大字：《論語》。

「大、大姊，好端端的，拿本《論語》出來做什麼？」心驚膽戰地看著那本書冊，一向神鬼不敬的安二公子，此刻連話都有些說不利索了。

「這可不就是大姊要請二弟幫忙的事情嗎？」安清悠微笑著說道：「下個月初六就是祖父的大壽，二弟前幾日不也是被父親抓去讀書了嗎？如今既是我掌家，祖父的壽宴自是我代表咱們長房去辦，到時候祖父必是要考察我們這些晚輩的學問，二弟若是肚子裡沒些貨色，姊姊這主事之人可是頭一個要落一身不是，這事除了弟弟，還有誰能幫得上忙？」

「難……難道是讓我背書？」安子良臉都綠了。

「正是要你背書！」

安清悠把那本書冊拿在手上晃啊晃的，悠悠地道：「說起這學問來，咱們家老太爺便是治《論語》的大家，《論語》共有二十篇四百九十二章，在老太爺壽辰之前，二弟你每背下來一章，姊姊便給你十兩買石頭的銀子。古人都說半部論語治天下，弟弟若是能背下一半，估計這二百五十兩銀子也就馬馬虎虎了。」

安子良看看安清悠，又看看她手上那本論語，哭喪著臉道：「大姊，您讓弟弟我幹什麼都行，就是這四書五經……弟弟我一碰之下便是頭昏眼花，天旋地轉，要我背書……您這不是……這不是要弟弟我的命嗎？」

「大姊不讓你背，父親也要你背，左右都是要背書，大姊不過是給你點動力而已，說是幫大姊，其實也是幫你自己不是？」

安清悠見他仍要耍賴，臉色沉了下來，「我說，二弟，你這石頭還要不要買了？假山還要不要修了？」

「要，這石頭假山就是我的命啊……」

「那就背書，背一章十兩銀子！」

「可是……可是背書也是要我的命啊……我不背書！」

「不背書就沒有買石頭的銀子，這銀子你還要不要了？」

「要！石頭就是命根子！」

「那就去背書。」

「不……」

安清悠氣極反笑，這等坐地打混的招數，也只有這二弟能夠使得出來了。

不過，這等事若是也能被難住，那安清悠也就不是安清悠了，啪的一聲，帳本被拍在了安子良的面前。

「帳本在這裡，二弟你自己看！」

「看什麼？」安子良本能地感覺不妙。

「今年上半年，二弟引入諸多江南花草，像這萬丈騰吊空蘭等等前後九十八株，足足花了三百二十兩。去年冬天，二弟在院子裡堆土坡造亭子栽花植樹，花了五百一十兩，還有那更早些時候，挖池塘、栽荷花，修那九曲十八彎的迴廊，花費更是超過六百兩……一筆一筆，帳上記得清清楚楚，大姊可說得有錯？」

「錯是沒錯，可是這和我這次買石頭造假山有什麼關係……」

「關係可大了！」安清悠雙手交叉盤在胸前，以一個舒服的姿勢靠在自己的椅子上，似笑非笑地道：「如果我沒記錯，二弟的月例銀子不過十二兩而已，對不對？」

安清悠隨手撥弄了幾下算盤珠子，笑咪咪地對著安子良道：「真按著規矩，除了一干吃穿用度、房屋修繕、下人工錢，各院子的其他費用便是各自掏腰包，可若真按這麼算的話，二弟最近五六年來所花費在修院子買花草壘石頭的錢就超過兩千兩，帳上記得分明，這用的可都是府裡公中的銀子。不背書可以，買石頭造假山自然是不用想了，先把這些銀子還來！」

安子良聽得瞠目結舌，自己是來找大姊要銀子的，怎麼繞來繞去，變成大姊向自己討債了？

還沒等他反應過來，卻聽安清悠又劈里啪啦打著算盤說道：「還有，二弟你請朋友在府裡辦燈會的銀子，買古玩字畫的銀子，以及在外面辦酒宴的銀子……這些銀子按規矩可都該是二弟自己掏腰包，怎麼反倒都成了公中的花銷？唉，就算是從這個月開始扣二弟的月例銀子抵帳，那也得扣到……五十年後？也不知父親知道不知道這些事……」

「大姊莫說了莫說了！」安子良哀求道：「再說下去，弟弟我就要去當鋪賣褲子了！」

「那就背書去！只是如今這行情漲了，只背半部論語可不夠，要背就背下來整部！只要書背得好，不但前帳一筆勾銷，這次的石頭假山大姊也讓你照造不誤，可若是不背……」

安清悠把臉一板，冷冷地說道：「那便還錢，從這個月開始你的月例銀子沒了！」

「啊？整部？」安子良哭喪著，「大姊剛才不是說半部論語治天下，只背半部就行了嗎？」

「唉，大姊原本還有個弄銀子的法子想教你，這法子若是成了，莫說是一座紅楓石的假山，便是多造幾座也不算什麼，沒想到二弟居然還要跟大姊講價？」

安清悠幽幽嘆了一口氣，抬手招呼芋草道：「芋草，我床頭還有《中庸》和《大學》，也拿來給我，看來這行情又要漲了……」

「別啊，大姊！」安子良手忙腳亂地攔住。安家老太爺以治《論語》而名震天下，安德佑平時抓安子良背書，也多以《論語》為主，便是安子良再怎麼不愛讀書，《論語》好歹也在戒尺的威懾下背過一些，若要再加上《中庸》和《大學》，那豈不是要了命？

「大姊真有弄銀子的法子？真的多造幾座紅楓石的假山也不算什麼？」安子良苦著臉問道。

「真的！大姊答應你的事情，哪一樣沒做到？告訴過你的法子，哪一次不好使過？居然連大姊都不信！」安清悠佯怒道：「芋草，還有《孟子》也在我床頭，都給我一併拿來……」

「我信我信，我要是不信大姊，我就是這個……」安子良手上比劃了一下某種長著硬殼行動極慢的生物，咬牙道：「不就是背書嗎？左右是個死，還不如搏它一博！不就是《論語》嗎……我跟它拚了！」

安清悠微微一笑，「二弟這可是自願的？成交？」

「成交！」

「成交什麼啊？小小年紀不習聖人之道，竟學那些遭人瞧不起的商賈之事！」忽聽得門外有個略顯蒼老的男子聲音傳來，卻是老爺安德佑不知道什麼時候來到了門口。

「見過老爺，老爺萬福。」

屋子裡的下人慌忙行禮，安德佑由安七扶著，面色不豫地走進了屋子。他剛在門口模模糊糊地聽到了「成交」二字，不由得便是眉頭一皺。

進屋來又見安子良也在此處，更覺這不著調的兒子定沒有什麼正經事，心情頓時不暢起來。

安清悠見狀，連忙打了個馬虎眼，「沒什麼事，女兒不過是在說些府中採買之事，說到哪一家供貨的商人給的價低，便與哪家成交……」

「嘖！這幫銅臭味的商人，都是眼睛裡只有銀子的逐利之輩！」安德佑臉上閃過一絲鄙視和輕蔑的神色，又轉頭對著安子良問道：「你大姊是在這裡忙府裡的事，你又來這裡做什麼？」

「父親，我要讀書！」安子良說出來的話石破天驚。

「什麼？」安德佑幾乎懷疑自己的耳朵出了毛病，這不著調的兒子平日裡追著打著他讀書尚且偷懶，今日居然主動說要讀書。

「父親，兒子要讀書！」安子良肥軀一震，猛然高舉著論語大吼道：「兒子要背《論語》！兒子要背整部《論語》！」

安德佑只覺得一股磅礡氣勢撲面而來……

這連論語都高舉在手了，難道是天降福音，聖人之言忽然就感動了兒子的心靈？

正覺得這幸福來得太快，忽聽安子良紅著眼睛說道：「不背不行啊，過去這幾年兒子欠帳太多，大姊這裡都一筆筆記著呢，若是再不背書，以後連月……」

「若是再不背書，以後連二弟自己都覺得說不過去了！二弟這是長大了，明白事理了，二弟自知過去幾年荒廢的光陰太多，要在以後發憤圖強，刻苦攻讀《論語》，是不是啊，弟弟？」

眼看著安子良說漏了嘴，安清悠趕緊把話圓了過來。

安子良憋了半天，憋得滿臉通紅，卻還是只能照著安清悠的話，悲憤地說道：「沒錯！兒子自知過去幾年荒廢的光陰太多，要在以後發憤圖強，以前的欠帳……以前的欠帳把《論語》讀好就沒有了！讀好了《論語》還能有許多好處……有銀子，有石頭，有好幾座假山……」

安子良這話說得雜七雜八，安德佑覺得古怪，但一想這兒子平時顛三倒四慣了，此刻既說要讀書，總還是應該給些鼓勵才是，當下點了點頭道：「書中自有顏如玉，書中自有黃金屋……只要把書讀好了，有了功名，什麼銀子之類的倒是小事。你既如此看重《論語》，那便不要只嘴上說說，當苦讀不輟。你祖父便是以治論語而名聞朝野，古人云：半部論語治天下……」

這句半部論語治天下說到一半，安子良忽然激動無比地說道：「半部啊，大姊，妳聽到了沒有，是半部啊！」

安清悠微微一笑，心說這弟弟到了這時候還想討價還價，正要說話，卻見安德佑又犯了那掉書袋的老毛病，搖頭晃腦地道：「不錯！這《論語》博大精深，真要研習到了爐火純青的境界，便是半部論語而治天下又有何不可？不過，我兒讀書之時卻不能以偏概全，不但《論語》要整篇整部融會貫通，還有那《中庸》、《大學》、《孟子》、《禮記》、《尚書》、《春秋》……四書五經不能漏了一個！嗯，若是有閒，這歷代大儒的註解文章也要多學一學。子曰：三人行必有我師焉，聖人尚且如此……」

安德佑念叨了好一會兒，安子良早已變了臉色，不等安德佑再說下去，大叫一聲道：「父親莫要再說了！時間不等人，祖父的壽辰就快到了，兒子……兒子先行告退，背書去了！」

說著也不等安德佑再發話，逃也似的低頭狂奔出了安清悠的屋子。安德佑正發愣間，只聽外面安子良的聲音遙遙傳來：「大姊，弟弟我跟《論語》拚命去了，我若是讀書讀死在了桌前，大姊定要在我的墳前立一座假山，要用西域的紅楓石，大塊的，整料……」

胡言亂語之間，人已去得遠了。

屋子裡的一干人等面面相覷，好半天安德佑才對著安清悠道：「老太爺的壽辰和妳弟弟讀書有什麼關係？他……他沒事吧？」

安清悠抿嘴一笑，「弟弟身子康健得很，當然是一點事也沒有，父親可是忘了老太爺壽辰之時向來是要考校晚輩學問，前兩天您不也是抓著弟弟去背書來著？弟弟不過是急著想把書早點背好，讓父親放心而已……」

安德佑點了點頭，心想這兒子平日裡多少個先生都沒教好，難不成是女兒說了什麼，讓他自己知道念書了？

當下看安清悠越看越覺得這女兒賢慧懂事，讓悠兒掌家的一步雖是應變之舉，可如今看來，卻是塞翁失馬，焉知非福？

安德佑想至此時便道：「妳能說動妳弟弟讀書，這才是持家的正道，至於過壽之事，剛剛老太爺派人傳了話過來，說是各房若是定了這操持壽宴的主事之人，明日便去讓老太爺見見，他老人家若是覺得可以，那便定下來。」

安清悠第一次代表長房出面與各房議事，這又與老太爺有關，安德佑到底是不放心，此番過來，便是要給安清悠提點幾句。

「往年老太爺的壽宴都是各房搶著辦，哪一房辦成功了，哪一房自然受到老太爺的喜愛便多些，老太爺給哪一房的支持也更大。像妳那四叔父之所以能坐上戶部鹽運司的主事，便和四房連著三年把老太爺的壽宴搶到手裡有點關係，說起這老太爺的人脈來……嘿嘿！」

安德佑嘿了一聲，又嘆了一口氣，似是想起了以前的事情，又像是對安老太爺的某些做法有些怨言。不過，他終究沒把這等事情往深裡說，逕自出了一會兒神，這才繼續說道：「今年老太爺突發奇想，要求壽宴各房合辦，大家當面鑼對面鼓想必有一番較勁，妳一個晚輩，從來沒有操持這類大事的經驗，為父真有些擔心了。」

安清悠暗暗吃驚，沒想到老太爺的壽宴竟有這等干係，仔細想了一想，這才回道：「父親但請放心，合辦有合辦的好處。女兒料得各房操持之人十有八九便是各房的幾位嬸娘。女兒雖是第一次碰上此等事情，不求有功，但求無過，本本分分地把咱們長房該做的事情做到位了，這也就夠了。」

安德佑亦是如此想法，大女兒平日裡穩重謹慎，老太爺的壽宴縱是出不了彩，不出紕漏卻是九成可行。

別人都是正經八百的夫人，唯獨自家是女兒這晚輩出面，只要能打個平手，在老太爺那裡就算是贏了。

「為父也不求妳一鳴驚人，但求妳能平穩守成。」

「女兒知道了……」

轉過天來，安清悠早早地便坐車來到了安老太爺府上。

只見這府邸占地雖大，房子的裝修卻是略顯陳舊，有一些地方看上去有些破破爛爛，不由得暗暗納罕。

這卻是安清悠對於大梁官場的潛規則不熟悉之故。

安老太爺坐的位置是左都御史，雖然位高權重，卻是專替皇帝查驗百官，彈劾奸惡不忠、貪贓枉法等等犯事的官員，若是把府邸修得富麗堂皇，只怕第一個要被彈劾的就是自己了。

事實上，各處房屋舊是舊了點，卻是收拾得規整，尤其是後花園，雖只弄了些普通的花草亭子，不像安子良那般花銀子堆砌，可是布置得錯落雅致，自有一番清新脫俗的意境。

安清悠到了池塘邊的花廳之中，又是吃了一驚。

原以為自己這天一亮就出門已算是早的，沒料想二、三、四房的夫人都到了，倒顯得自己來得晚了。

「孫女清悠見過祖父，祖父福安！」

安老太爺樂呵呵地笑著道：「咦？小清悠？有趣，有趣！這次爺爺要過壽，難不成長房那邊是妳代表出面不成？」

安清悠規規矩矩地答道：「回祖父的話，正是如此。孫女才疏學淺，又沒經驗，若是有不妥之處，還請祖父看在孫女是小輩的分上，多多包涵。」

當下又去向各房夫人見禮。

二夫人劉氏客客氣氣，三夫人趙氏與安清悠生母是好友，徐氏不來，改成安清悠，她自當高興，可到了四夫人藍氏那裡，這給老太爺做壽本是四房的強項，此番合辦更是立意要壓其他幾房一頭的，如今卻……

受了安清悠一禮，藍氏臉上雖帶著笑，話語卻帶著三分諷刺道：「大侄女越發長進了，如今竟是能獨當一面。大伯還真是肯給晚輩機會，老太爺做壽這麼大的事情，也肯拿出來讓大侄女出來試手，讓我這做嬸娘的佩服不已。」

這話聽著親熱，話裡話外卻批評了安清悠沒經驗，又暗指長房太過托大。

還好安清悠本就早有準備，知道以自己的身分，冒然說些什麼，反倒應了藍氏那沒經驗沉不住氣的評價，當下微微一笑，並不言語。

倒是旁邊坐著的趙氏，與長房素來交好，此刻聽著藍氏擠兌安清悠，便不樂意了，笑著說道：「大侄女向來沉穩知禮，聰明懂事。眼瞅著孩子們都大了，也該給她們些歷練的機會。我就是沒這麼個乖巧女兒，若是有啊，這次定也讓她來代表三房出面呢！」

藍氏聽得這話，嘴角一撇，正待再說幾句刺兒的，忽聽安老太爺笑呵呵地說道：「小清悠，香囊帶了沒有？爺爺可是惦記妳那新做的香囊許久了。我那幾個老友真是貪心，上次給了他們幾個還不夠，居然厚著臉皮還想再蹭幾個去。回頭壽宴上的時候，爺爺就拿著在他們面前晃，若有人問，我就說是孫女做的，不給他們！哈哈，我這孫女一亮出來，那還真是拿得出手，上得了檯面！」

安老太爺誇耀地自說自話，藍氏立刻把到了嘴邊的話嚥回肚子裡。

安老太爺這話裡的意思再明顯不過了，拿得出手是什麼意思？難道老太爺一直覺得長房的徐氏是姨娘的出身，拿不出手？還是老太爺之前就有讓安清悠代表長房出頭的心思？

安清悠卻是連稱不敢，又奉上了新做的香囊。

安老太爺拿在手裡把玩幾下，悠哉悠哉地道：「那就這麼辦吧！這次妳們三個做媳婦的一個孫女的好好商量，看看這事到底怎麼辦！小清悠，妳是第一次加入，爺爺可是想看看有什麼新人新氣象喔！」

眾人點頭稱是，安老太爺施施然回了自己的屋子，留下一干人等在這裡商議。

藍氏見安老太爺又一次提到安清悠，心裡暗暗警惕，這大侄女難道在老太爺面前竟是受寵如斯？

藍氏早就對安清悠留上了心，這時候更是提防。眾人坐下商議，她冷不丁劈頭問向安清悠道：「我還當今兒會是大嫂來，不意換成了大侄女，難道長房內宅裡出了什麼事情不成？」

安清悠卻是穩穩當當地回道：「四嬸有心了，夫人最近身子偶有小疾需要靜養，父親又對侄女頗為提攜，知道三位嬸娘都是操持事情的能手，便讓侄女跟著來學習，還望幾位嬸娘多多指點。」

這話說得滴水不漏，幾人挑不出不妥來。

藍氏心中狐疑，可見安清悠有了防備，知道這位大侄女不像徐氏那般好對付，再問也問不出來什麼，眼珠一轉，笑著道：「沒事沒事，妳年紀小，缺些閱歷也是必然，總之，嬸娘們說些什麼交代些什麼，妳跟在後面學著做著便是。有嬸娘們在這，還能讓妳吃虧了不成？」

藍氏這算盤打得響，這事要真按她這麼說，安清悠便成了打雜的小跑腿，做得再好，長房也比其他幾房矮了一頭。

安清悠如何聽不出這話裡的門道？

雖是打著不求有功但求無過的主意來的，可終不能淪落到跑腿打雜的地步，當下搖了搖頭道：「如能這樣當然最好，可四嬸您剛才也聽見了，老太爺那邊讓我搞些推陳出新的事情出來，這又該如何是好？」

藍氏碰了個軟釘子，她自然是不會去幫安清悠出主意，盤算了一下，又撇開了話題，說道：「既是各府合辦，咱們便商量商量怎麼辦。要我說啊，我們四房這邊京城裡倒是有不少人手，這採買和邀請賓客兩項，就由我們四房包了如何？」

這壽宴之事，最重要的便是採買和邀請賓客。前者自不用提，誰拿住了錢袋子誰便掌握了主動權，後者更為重要。這既是為老太爺做壽，出去請人發的亦是老太爺的帖子，以安瀚池貴為左都御史的地位，誰敢不賣面子？這卻是打著老太爺的旗號去拉自家的人脈了。

「這個……誰都知這兩件事重，都壓在四房身上，怕是不妥吧？」

說話的竟是二夫人劉氏。

二老爺安德經一門心思鑽研學問，如今身為翰林院的翰林，腦筋卻有些不靈活。不過，雖然二老爺有些書呆，其夫人劉氏卻是個精細人，別看平日裡二房不聲不響的，可是偶一提出什麼意見來，還真沒有人能夠小看。

「要我說，這採買之事由我們二房擔了，邀請賓客之事則由三房來做，四弟妹妳看如何？」

劉氏不但不傻，還精明得很。

過去幾次老太爺的壽宴多由四房搶了頭籌，四房已是得了不少好處，如今改成合辦，若是四房再將這最重要的兩項搶了去，那與四房來辦何異？

其他幾房倒成了陪襯，還不如一家獨辦呢！

看看代表長房的安清悠年紀還小，便把三房推了出來，這兩項誰做都行，就是四房不行！

藍氏自是不肯，她本是志在必得，當下酸溜溜地道：「二嫂這片好心，弟妹心領了。只是有一事不明，咱們老太爺何等人也，既是做壽，這吃的穿的使的用的，無一不是要用上品，二房那邊採辦這些東西誰來供貨？要不要咱們一起琢磨琢磨？」

這話卻是打二房的臉了，二老爺是翰林，清貴是清貴了，可是這家裡的銀子莫說比之四房，便是比起這兩年日趨勢微的長房還略有不如。

那些高檔貨平時家裡既是用得少，對於這些京城裡採買的商戶聯繫就更少，真要問那閩浙的金鱗黃唇魚哪一種才叫上品，江南的十字金針繡又有什麼講究，劉氏還真不一定答得上來。

不過，二房過得苦，三房可不苦。

三老爺安德成雖不似四老爺那般有著鹽運司的肥缺兒，家裡銀子也從沒缺過。

想當年安德成外放過一任學道的實缺，如今又是刑部議訟司的正印堂官，那品級比四老爺還高了一檔。

趙氏早對藍氏頗多不滿，此刻見她拿銀子壓人，心裡更是不忿，當下拔刀相助道：「四弟妹可是嫌二嫂平日裡這高檔物件用得少了？也罷，這採買之事我來當了如何？二伯那邊別的如何不敢說，那學問可是響噹噹的，平日裡來往的更有不少文人雅士、當世大儒，這般宗師巨匠若能在老太爺壽誕之日請了來，那才叫咱們安家真正有面子，老太爺想必也會高興。四弟妹若是沒有異議，咱們就這般定了？」

藍氏哪裡肯依，這下自然又是另找說辭。

三位夫人你一言我一語，這個說我們這房的人脈廣，那個說我們這房銀子多，這話裡話外，漸漸有了火藥味。

安清悠在一邊看著聽著，到了這時她才真正感受到什麼叫做大家族，什麼叫做各房夫人之間的明爭暗鬥。

老太爺的一個壽宴，裡面竟有如此多的道道，還涉及了各房的利益。眼看著三位夫人各擺優勢，各說自家的好話，合辦尚且如此，還不知道當初搶著辦的時候又爭成了什麼樣子呢！

「三位嬸娘，侄女有一言，不知當講不當講！」安清悠忽然輕聲說道。

「說！」三位夫人誰都說服不了誰，此刻安清悠有話要說，便異口同聲地應下。

「咱們安家各房各有長處，比如四嬸在採買之事上經驗豐富，不如由她請那供貨的商家過來，咱們一同品評。比如咱們要買絲綢，不如約上四五家做絲綢的商人帶著樣品過來，咱們四房一同品評。哪家的貨好價便宜，咱們便買哪一家，所需的銀子四房均攤，不知三位嬸娘以為如何……」

安清悠說的是統一招標，集中供貨的法子。現代雖是常見，但在古代卻甚為新奇。眾人微一琢磨，便想到這其中的諸多好處來。

趙氏率先贊同，藍氏卻是不依，心想這若是一同驗看，那大房和三房一向走得近，二房看來也不願自己得了彩頭，到時候三方對一方，哪裡還有自己說話的份？當下又另找說辭，只是不肯。

眼看著三房和四房又要吵起來，劉氏出來和稀泥，兩邊安撫著道：「大侄女這法子雖然新奇，但是咱們之前都沒這麼使過，要不，回去仔細想想，或是找幾家供貨的商戶在自家府裡買東西時試試，改日再行定奪如何？」

幾位夫人確實吵得累了，這番互不相讓，到底還是依了二夫人這「改日再議」的說法。

安清悠多看了劉氏一眼，見她雖是兩邊安撫，目光卻是閃爍不定，便知這也是個有算計的。

雖不願四房將這做壽之事主導了去，但這番和稀泥的用意卻未必就是一心要當和事老。估計著是從自己那一同品評的法子裡又想到了什麼，此刻正琢磨著如何突顯出二房來呢。

眾人各回各家之際，安清悠有些意興索然，心道果然是家業越大人情越涼，雖是一家子親戚，可是莫說團結，光是老太爺做壽，便快讓人打破頭了。

四房的掌事人聚在一起談了一個上午，卻只談出了一個「改日再議」的結果來。

當真是一團亂麻！

不過這等局面卻不是自己一個小小的晚輩能改變的，安清悠嘆了一口氣，看看天色已近中午，轉身上了馬車，逕自奔著自家府邸而歸。

臨到家門，卻見安七帶著幾個家丁正在附近轉悠，有的守在門口，有的卻在街角觀望，似是在尋覓著什麼。

安清悠心下疑惑，連忙叫車夫停了車，掀起簾子，向那安七問道：「七叔，這是怎麼了？可是家裡出了事？」

安七識得大小姐的車馬，如今安清悠的身分不同往日，便先行了個禮，這才笑著說道：「回大小姐的話，府裡沒出什麼事，只是大小姐莫不是忘了？今日是科舉放榜之日，在咱們府裡借助的沈公子這次可是參加了大比．小姐一早便去了老太爺府上，老爺便命我帶著幾個人，守在街上，等著報子來報喜呢！」

安清悠嗯了一聲，心道自己滿腦子都是老太爺做壽之事，以及如何應付其他幾房，倒把這件大事給忘了，

當下急匆匆地趕著進了自家府裡，逕自叫過了幾個管事的婆子道：「擺酒！抓緊時間備出一桌上好的席面！」

安家對於沈雲衣極有信心，鞭炮紅紙之類的物事早在許多日前便備妥，此刻安清悠回得府來，

眼看已近中午，第一件事就是趕緊招呼下人們擺上慶功的喜宴。

宴席擺上，沈雲衣推卻不過，坐了首位，安德佑親自在主位相陪。安子良、安青雲等一干晚輩在下首相陪，安清悠如今掌了家，當下也是陪坐在旁。

安德佑樂呵呵地對沈雲衣道：「十年寒窗無人問，一舉成名天下知。今日是賢侄大喜之日，想來那功名之事，必逃不過賢侄的手掌心。若是得中一甲，怕是以後老夫見到賢侄也要禮敬三分了。」

沈雲衣連稱不敢，站起身來自謙道：「天下聰明才智之士甚多，功名皆為朝廷恩典，若能得中已是萬幸，又豈敢妄想一甲之位？承蒙伯父吉言，薄敬水酒一杯，晚輩先乾為敬。」

下首坐著的安青雲搶著說道：「沈家哥哥也太小心了，你學問當然是最好的！家世背景更是不用說，沈老太爺那可是實打實的一方督撫，進一甲有什麼了不起？說不定還能中個狀元呢！」

安青雲搶著在沈雲衣面前說好話，只是這水準太差，這話說得倒像沈雲衣是靠著長輩餘蔭才中舉的一樣。

沈雲衣略顯尷尬，安德佑也是皺眉不喜，指著幾個兒女說道：「妳們也都一天比一天大了，平日裡少搞些不著調的事情，多學學人家沈公子，沒事多讀讀書才是正道，尤其是子良……子良！」

安德佑正在訓話，點到安子良時，卻見這個兒子低著頭不知在偷看著什麼，嘴裡小聲地嘟嘟囔囔，雖聽不清他到底在念叨些什麼，但如此場合下居然當眾做出此等舉動，怎叫安德佑不怒？

「子良，你也是老大不小了，怎麼還是這麼不務正業？站起來！」

安子良磨磨蹭蹭地起身，一臉迷茫，似乎對安德佑剛才說的話還沒有反應過來，一隻手放在桌子底下，藏著些什麼。

安德佑喝道：「手裡拿著什麼？拿出來！」

安子良扭扭捏捏地把手中之物拿出來，安德佑剛要喝罵，卻見那書的封皮上露出兩個大字：《論語》。

一桌子的人你看看我，我看看你，都覺得不可思議。

二公子居然在這個時候苦讀《論語》？

這簡直是比老母豬爬樹更稀奇！

沈雲衣也是驚訝，適時出來打圓場，「安賢弟本就天資聰穎，之前不過是少年人玩心重。如今既知用功，便是晚輩看了也自愧不如，這實乃安家之福，伯父之福。」

安清悠也是笑道：「是啊，父親，二弟知道讀書是好事，您應該高興才是。我聽人說，這男孩子小時候玩心重，可是長到一定歲數，開了竅，那可是讀書用功得緊。短短時日內便突飛猛進也是常有的，說不定今日二弟沾了沈公子的喜氣，他日咱們長房也能多一位金榜題名之士呢！」

說起來，安德佑最大的心病便是兒子讀書之事，此刻見安子良居然真到了手不釋卷的程度，不由得老懷欣慰。

安德佑微微點頭道：「既讀聖人之言，當知做事也要分場合，今日沈賢侄大喜的日子，你這般卻是有些失禮了，坐下吧！」

安子良唯唯諾諾地應了，轉眼又把安德佑的話當成了耳邊風，低頭看著論語繼續小聲背誦。

安德佑說歸說，見兒子仍一頭鑽到論語裡，什麼失禮不失禮的也只當沒看見，只是眼光一掃，免不了多看了安清悠一眼，心道原想著那不著調的兒子說要讀書不過是一時戲言，這女兒倒是用了什麼法子，竟能讓他用功用到這個分上？

安德佑心下高興，與旁邊坐著的沈雲衣更是談笑風生起來。

安清悠微微一笑，安子良坐在自己身邊，那小聲嘟囔的是什麼，父親離遠了不知道，自己可是聽得清清楚楚。

安子良念叨的是：「子曰：成事不說，遂事不諫，既往不咎……嗯！既往不咎……銀子啊！」

「子曰：君子懷德，小人懷土；君子懷刑，小人懷惠……銀子啊！」

「子曰：君子喻於義，小人喻於利……銀子銀子銀子啊！」

這酒席眾人吃得其樂融融，酒過三巡，沈雲衣抬頭看了看太陽，嘆了一口氣道：「正午了，那三榜的同進士該是已經放榜了吧……」

這話說得雖輕，飯桌上卻人人聽得真切。

安清悠見沈雲衣面上不安之色一閃而過，嘴角幾不可查地輕輕一撇，心道這沈小男人果然真是小男人，剛才還故作沉穩，到了放榜之時，卻又有些沉不住氣了。

按大梁禮制，放榜之時是考試之後的第七天正午，選在太陽升得最高之時放榜，取烈日當空，國勢正盛之意。

只是這放榜卻是倒著來的，最先揭榜的是三甲同進士，也就是大舉之中最末的一批。

皇榜貼出一個時辰之後，才輪到二甲進士的報子們出來報喜，至於一甲的三人，卻是最後的壓軸大戲。

安德佑是過來人，知道讀書人從小到大等的便是今日，便溫言安慰道：「賢侄莫要心焦，現在揭榜的不過是三榜同進士，以賢侄的才學家世，想來必不會落到那三榜之列。賢侄年紀輕輕，如此沉穩已是了得，想當年老夫於放榜之日，那可是坐立不安，心裡好似千萬隻螞蟻在爬啊，哈哈哈哈！」

沈雲衣苦笑，連稱自己養氣功夫不夠，倒叫伯父見笑了云云。

安府一干人等雖是說著吉祥話，可私下裡也不敢掉以輕心，自是早就安排了下人在貢院門口守著。過不多時，那看三榜的下人飛奔而回，稟報道：「老爺，小人看得真切，三榜上並無沈公子的大名。」

安德佑呵呵一笑，對著沈雲衣說道：「我說賢侄必不至落到三甲去吧？且等著瞧，說不定那過不多時，報子便要上門了！」

沈雲衣點了點頭，他對自家的情況亦是有數的，那一甲三人是今上欽定，成與不成乃是聖裁，強求不得，若說中個二甲之位，那還是有把握的。

只是這一等又是一個多時辰，沒有人上門來報喜，偶有一個報子路過街口，安七過去搭話詢問，卻是路過。

不一會兒，貢院門口的下人回來，卻道這二榜的進士裡又是沒有沈公子。

沈雲衣有些坐不住了，安德佑也是眉頭微皺，卻還是笑著安慰道：「賢侄不必擔心，依賢侄的才學人品，那自是萬中挑一的，沈家的家世更是不用提，此次又有我安家鼎力相助，指不定是中了一甲，自古好事多磨啊！」

沈雲衣連聲稱是，勉強笑了笑。

他一會兒覺得自己必是中了一甲，十年寒窗一朝揚眉吐氣便在今日，一會兒又擔心會不會名落孫山，那便無顏回家面見江東父老了。

時間便在這等猜想與忐忑之中慢慢過去，孰料這一等又等了將近兩個時辰，眼看著天都慢慢擦黑了，仍是沒有報子前來報喜。

安德佑也坐不住了，按慣例，這二甲報子出盡之後半個時辰，一甲的報子也就該出貢院了。那一甲不過三人，斷無兩個時辰都沒音信的道理。

這一桌慶功宴上的菜品早就換了幾波，原本定了沈雲衣得中之後，除了鼓樂鞭炮之外，更要好好地飲酒唱戲熱鬧一番。

如今莫說這飲酒唱戲，便是一邊站著的吹鼓手等了一天都有些提不起精神來，更有人開始竊竊私語，說道莫非沈公子竟是沒中？

沈雲衣的手已經在微微顫抖，放榜的規矩他熟得不能再熟，直到現在連個報子的人影都沒見，這說明什麼？

安德佑瞧著不忍，安撫道：「賢侄莫心急，那貢院外盯著的家僕還沒回來，許是這一期頭甲榜放得晚，那報子出來得慢了。」

這話雖是安慰，可連安德佑自己都不怎麼相信，又等了一個時辰，天已經完全黑了。

沈雲衣臉色慘白，忽然拿過一杯水酒狠狠灌了下去，起身對著安德佑道：「伯父莫要等了，這次大舉晚輩卻是……卻是……」

話說到一半，沈雲衣再也說不下去，安府又不是什麼偏僻地方，都這般時候還不見喜報，這結果還用得著問？自己名落孫山了！

「賢侄，你可要放寬心些。勝敗乃是兵家常事，老夫當年也不是第一次大舉便中了進士的……三年之後咱們重整旗鼓，下次大比你還住在老夫這裡，咱們一起等放榜……」

安德佑亦是有過落榜經歷，知道這是個什麼滋味，此刻嘴裡雖然說著安慰的話語，心下卻也不禁黯然。

「下次？還有下次嗎？這一科如此準備都沒有中，晚輩真不知道怎麼回去見鄉親父老……」

沈雲衣慘然一笑，從桌子上一把將那酒壺抄了起來，酒盅也不用了，竟將那酒壺的蓋子往旁邊一撥，對著寬口狂飲起來。酒水順著嘴角滴流到他的衣襟上，弄得到處都是。

「這次多蒙伯父照顧，如今……實是無顏……無顏再見伯父和老太爺，我這就收拾好，連夜回江南去了……」沈雲衣的聲音裡已帶上了幾分哽咽，強自撐著向安德佑拱了拱手，跌跌撞撞地向自己的屋子走去。

安德佑想勸，可不知說什麼才好，便在此時，忽聽得一個女子高聲叫道：「沈小男人，你給我站住！」

沈雲衣抬頭一瞧，卻是安清悠攔在了自己身前，「大小姐有話要說？是了！沈某昔日對大小姐多有得罪之處，今日一敗塗地，大小姐若有什麼恨的怨的，不妨一併……嘿嘿！漠視功名如糞土？考得中是功名，考不中便是糞土……」

啪的一聲，一記清脆的耳光抽在了沈雲衣臉上。

「悠兒！」安德佑見女兒居然跟沈雲衣動了手，不禁驚呼出聲。

卻見安清悠打了這一巴掌還不夠，更是指著沈雲衣罵道：「沈雲衣啊沈雲衣，我本當你雖是個氣量狹小的小男人，還有幾分才華，誰料想一朝不中，就失魂落魄到了這般模樣。男子漢大丈夫，自當百折不撓，越挫越勇，便像我二弟……」

說著，安清悠拿手朝安子良一指，「從小到大，不知遭多少人取笑捉弄……你不是也捉弄過他嗎？可是他如今還不是知道要讀書了？」

安子良迷迷糊糊地正和論語較勁，忽然聽得有人提到自己，抬頭道：「大姊？叫我啥事？我已經在背書了……」

「沒你的事，一邊兒讀書去！」安清悠一瞪眼，安子良哦了一聲，趕緊低頭，卻見安清悠轉回頭，對著沈雲衣接著罵道：「天下之大，聰明才智者不知凡幾，便是一科不中又怎樣？江東子弟多才俊，捲土重來未可知！沈小男人，你若真是還有半分血性，便給我回到座位上去坐好，今天該喝酒喝酒，該聽戲聽戲，明天踏踏實實上路回家，三年後再搏個名聞天下，這還算你有幾分氣魄！」

沈雲衣自幼一帆風順，無論童生秀才舉人，一層層考了上來皆是頭名得中，孰料最後這最關鍵的一試反而落第，受的刺激過重，才失魂落魄到了這般模樣。

此刻被安清悠抽了一耳光，反而清醒過來，愣愣地看了安清悠一會兒，忽然一揖到底，再起身時已是一臉肅容。

「承蒙大小姐金口玉言，沈某受教了！他日定當再鼓餘勇，捲土重來！」說罷，沈雲衣又向著安德佑行了個禮道：「三年之後，晚輩再來伯父府上借住叨擾，不知當得？」

「當得當得，有什麼當不得？」安德佑連聲道，他在禮部為官多年，落第的舉子見過不止一個兩個，眼看著沈雲衣這般模樣實在嚇人，直到此時才算鬆了一口氣。

「點炮！奏樂！唱戲！」安清悠大聲下令道：「咱們開開心心地應考，落榜了也不要那半點愁雲！小女子在這裡恭祝沈公子三年之後馬到成功，金榜題名！」

「多謝小姐吉言！」沈雲衣又是深施一禮，待要再說話，安子良猛地抬起頭來，一臉茫然地道：「怎麼有鞭炮聲？咱們家的鞭炮好像還沒點上吧？」

眾人一怔，齊齊轉頭看去，只見安清悠這令雖是下了，那鞭炮卻剛掛在竹竿上挑起，此刻還真是尚未點燃。

一陣隱隱約約的鞭炮聲從街角傳來，與此相伴的還有越來越多人的呼喊之聲：「恭祝杭州府沈氏老爺諱字雲衣，高中辛卯科金榜一甲！」

「大喜！大喜！沈公子……不，沈老爺大喜啊！」

安七一臉激動地跑了進來，高聲叫著：「中了中了！沈老爺中了！是一甲！是一甲啊！」

便在此時，安府挑起鞭炮，燃放起來。

安府的院子裡瞬間變得熱鬧無比，眾人叫好的叫好，大笑的大笑，之前的壓抑氣氛此刻早就被拋到了九霄雲外。

沈雲衣只覺得天旋地轉，一身力氣像被抽空了一般，自己沒有落第？自己中了頭甲！

安德佑到底是過來人，自是比其他人鎮靜了幾分。只是，這天都黑了才見喜報，實是稀奇，當下叫過安七來細細問道：「你可曾看清楚問清楚了？真的是一甲的喜報？真的是沈賢侄中了？」

安七肯定地答道：「回老爺的話，的確是送喜報的報子，一身差役的官服還掛著貢院的腰牌，造不得假！小的在街口細細問了，中頭甲的的確是咱們府裡這位沈家公……沈家老爺，錯不了！」

安德佑這才放下了心，向著沈雲衣笑道：「恭喜賢侄，看來明日不用回你那江南老家，要上金殿見皇上奏對了！」

得知沈雲衣高中，安德佑心情大好，長房又得一強而有力的助力，向來嚴肅刻板的安德佑，也忍不住大笑起來。

沈雲衣這時才從恍惚中驚醒過來，連忙走到安德佑面前深施一禮道：「承蒙伯父這些日子來的照顧，晚輩銘感五內，他日若是有需要之時，定當湧泉相報。」

此次安家相助沈家，明裡暗裡出力不少。只是，沈雲衣在話語最後又刻意謝了安德佑一次，便是對長房另外看重了。

安德佑心裡更加高興，連說小事一樁，無妨無妨。接著，沈雲衣又走到了安清悠面前，略一遲疑，亦是拱了拱手道：「多謝大小姐，今日提點之恩，沈某沒齒難忘。」

這話說得誠心實意，那一巴掌抽醒了沈雲衣，亦是讓他成熟了不少。

大悲大喜裡走得一個輪迴，讓他氣度見長。

安清悠卻是吐了吐舌頭，笑嘻嘻地道：「謝我什麼？我可沒在你讀書之時出什麼力，倒是那一巴掌我可是發了狠打的，以後你做了大官，莫要報復於我才好！」

眾人大笑，安德佑更是笑罵道：「好悠兒！那兩句『江東子弟多才俊，捲土重來未可知』當真豪氣，只是不知道妳這一巴掌打下去，揍的是一位狀元公呢？還是一位探花郎？」

一甲前三名翌還要上金殿由皇帝陛下親自考校，這才定下狀元、榜眼、探花之位。

沈雲衣自嘲地笑了笑，隨手一摸，卻摸到了袖裡的一個香囊，正是當初進考場前安清悠所贈的，觸手生溫之際，又多看了眼前這安家大小姐一眼，心道：誰說妳沒出力？

眾人正喜悅間，安七神色古怪地繼續稟報道：「不過，這次一甲的報子與往年有些不同，乃是騎著快馬來的，想是便因如此，來得倒比咱們家守在貢院門口的家丁更早。他身後還遠遠地跟了些人，其中有一位穿得與旁人不一樣，小的仔細瞧著，倒像是……倒像是宮裡出來的公公！」

這事卻是有些怪了，莫說沈雲衣，便是安德佑都覺得有些愕然。

官場慣例，這一甲的報子出了貢院的門，定要慢慢行走，容得那貢院門口打探消息的家人回去報信。不但是讓得中之人待在家中早做準備，更是要弄得熱熱鬧鬧，人盡皆知，這才顯得皇恩浩蕩，哪裡有騎著快馬報喜的？

天黑才出一甲喜報已是罕見的異數，如今居然還快馬報喜，後面還跟著太監？

按大梁祖制，天一黑，太監未奉旨不可出宮，難道皇帝有了什麼旨意不成？

安德佑和沈雲衣對視一眼，兩人都感到困惑。

過不多時，那舉著喜報的報子果然到了安家門口，一進門便放開了喉嚨大叫道：「恭祝杭州府沈氏老爺諱字雲衣，高中辛卯科金榜一甲！」

這放榜報喜之事再怪，真到了接喜報的時候那份喜悅還是擋不住的。沈雲衣早有準備，從袖袋裡摸出一張足有二十兩的銀票遞了過去，微笑著說道：「有勞這位差爺了，卻不知沈某中了一榜第幾名？」

大梁國這一甲報喜之時，貢院的差官衙役們有個不成文的規則，進門之時只報一甲，卻不說是得了第幾。待那得中之人給了報子賞錢再問第二次時，才把名次報了出來，卻是又能再領一次賞錢，俗稱「二道賞」。

反正，這些得中一甲之人不是豪門旺族，便是世家子弟，手邊自是少不了銀錢。得中之人心情大佳，出手不會小氣，時間久了，倒成了某種慶祝儀式。

當然也有那不給二道賞的人，差役們也是沒轍，這等能中一甲的老爺們他們自是惹不起的，也只有捏著鼻子當晦氣認了。

沈雲衣今天倒是不準備尋這差官晦氣，另有一張銀票已在手裡捏著了。那差役接過第一張銀票高叫了一聲謝老爺恩賞，接下來卻是一臉尷尬之色，憋了半天才道：「回沈老爺話，這個名次小人……小人實是不知……」

沈雲衣也沒在意，還道這是差役們討賞錢的新花樣，隨手又多加了一張銀票出來晃了一晃，這才笑道：「這位差爺，現在你可以說了吧？沈某到底是考了一甲第幾？」

卻見那差官一臉苦笑，連連打躬作揖道：「回沈老爺的話，這賞錢小的可是不敢領，因為這沈老爺的名次，小的真是……真是不知道啊！」

沈雲衣這才發現那差爺真是不知，連忙接過喜報一看，卻見那大紅喜報上金字寫著：「大梁正朔壽光三十八年，江浙杭州府舉子沈雲衣，合議定論，評為辛卯科會試一甲。」

這「壽光」便是當今大梁皇帝的年號，聖上已在位三十八年，辛卯科便是沈雲衣這一科稱呼，比這一科再晚得中會試之人，便是名氣再大，見了沈雲衣少不得也要尊稱一聲沉兄。

可是這喜報上沒有寫著第幾名，只是含糊其辭寫了個會試一甲，卻是從未有過之事。

沈雲衣看得莫名其妙，把喜報遞給站在一旁的安德佑道：「伯父，您看，這個……這個當真是怪哉！」

饒是安德佑在禮部做了這麼多年的官，這張喜報看得也是稀裡糊塗，說是寫喜報的人一時疏忽忘了？不肯能啊！科舉會試那是什麼？那是朝廷取士的國之重典，誰敢犯糊塗，那是要掉腦袋的。

沈雲衣和安德佑兩人大眼瞪小眼，須知這會試之後雖有殿試，由皇帝御筆親點這狀元榜眼探花的座次，可是這會試亦是有名次的，誰是第一誰是第二，亦是殿試之時點士排座次的重要依據。

當今皇上優待士人，歷年來誰中了會試第一，便是狀元及第的胚子，可如今這喜報之上並無名次，難道陛下有別的意思，也學那大臣們遞上去的摺子一般來了個留中不發？

聖上三十歲登基，便是從那一眾皇子之中血淋淋地爭得了帝位。

如今在位三十八年，御下之道更是已達爐火純青之境，權謀之術天下無雙。兩人雖有疑惑，當著眾人面前卻是半點不敢再說，對視了一眼，沈雲衣到底還是把二道賞的銀票塞給了那報子，那差爺正千恩萬謝，卻聽尖銳的咳嗽聲驟然響起。

「這可是新科一甲貴人沈雲衣沈大人？咱家是宮中司禮監副事田令昌，給沈大人道喜了！」

一個白面無鬚的中年人從黑暗中緩步走了出來，瞧那身著打扮，還真是宮中出來的太監。

安清悠站在眾人之中，見了此人，微微一怔。這太監的長相不陌生，當初藍氏領著自己去王侍郎家賀壽，壽宴上替皇上傳旨封了王老夫人誥命的便是此人。

司儀監和禮部平日裡倒是有些往來，安德佑雖未見過田公公，卻是聽說過宮裡有這麼一號人物，當下抱了抱拳道：「在下禮部安德佑，久仰公公大名，卻不知公公光臨寒舍，有何貴幹？」

田公公抱拳回了一禮，這才笑吟吟地道：「可是左都御史安老大人的長子？咱家這廂有禮了！安大人您既是禮部的官，自然知道咱們非奉旨不得出宮，如今既是這時辰來到了您老府上，當然是奉了旨意的。閒話少敘，咱家這就把正事兒辦了吧。沈大人，皇上口諭！」

沈雲衣慌忙要跪下，田公公卻是笑著攔道：「沈大人不必多禮，臨來的時候，皇上說了，這口諭一不用問聖安，二不用行禮下跪，就當是皇上沒在一甲的幾位大人喜報上寫名次的補償，您找把椅子坐著聽就行，皇上他老人家給幾位賜坐。」

沈雲衣微微一怔，他出身世家，從小也見過些父祖輩領旨的場面，既是皇上說了是補償，那想來也不是什麼壞事。

田公公面南背北，雙手朝天一拱道：「皇上口諭：一甲三位愛卿，爾等皆我大梁之棟樑，君臣奏對不待明日，愛卿即刻進宮，陪朕聊上幾句。」

沈雲衣越聽越奇，心想這名次不發也就罷了，總是出不了三甲去，可連金殿奏對竟也從明日改到了今晚，卻又是什麼道理？

沈雲衣高呼了一聲臣沈雲衣恭領聖諭，吾皇萬歲萬歲萬萬歲。正要跟著田公公走，可是一看身上，不由得苦笑。

原來剛才自以為落榜，癲狂喝酒，一壺酒有半壺都落在了身上。此刻風一吹，雖已乾了一些，但是酒漬猶在，一身酒氣去見皇上，成什麼體統？當下苦笑著道：「田公公稍候，在下這便去沐浴更衣，再隨公公進宮面聖。」

田公公伸手一攔，急急說道：「別，臨來的時候，皇上下令，見到幾位大人時是什麼樣，大人們去見皇上就得是什麼樣。一不許沐浴更衣，二不可更換穿戴，三不能梳頭理髮，我說，沈大人，您可別難為我們這些傳旨的，這就跟咱家進宮去吧！」

沈雲衣張大了嘴說不出話來，皇上這般做又是為什麼？

自己以為落第，估計一甲的另兩位也好不到哪去，偏偏還不許更衣，難道陛下他興趣奇特，就愛看臣子的狼狽相不成？

這時候便看出歲數和經驗的差距了，安德佑走過來拉著田公公的手道：「陛下既是這般說了，沈賢侄又哪敢不這麼做呢？只是田公公傳諭辛苦，今天又是沈賢侄大喜的日子，何不喝一杯水酒再走，耽誤不了多少時間的！」

手上輕輕一抖，一塊隨身攜帶的古玉從安德佑的手裡轉進了田公公的掌中。只見田公公皺了皺眉，終是點頭道：「得！今兒咱家也沾沾沈大人的喜氣！不過，咱家可說好了，就一杯！安大人，您請……」

沈雲衣微微苦笑，安伯父這是在幫自己爭取時間，這等作態又哪裡看不出來？可是連沐浴更衣換穿戴都不許，便是拖延了小小一點時間，又有什麼法子？

便在此時，有個女子聲音在沈雲衣耳後響起：「別說話，別回頭，就這麼待著不動！」

這聲音沈雲衣自是熟悉無比，不是安家的大小姐安清悠又是誰？

心中一動，忽然脖頸之處幾不可查的一涼，有人把某些液體悄無聲息地弄到了自己身上。

一個人身體各處的味道有著微妙的不同，真正的用香高手，可以根據這些極小的差異，選用多種不同的香物來調試氣味。

所以，在現代，某些頂級客戶量身調香之時，往往不是把香水放在瓶子裡均勻噴灑，而是將諸多香水一字排開，由專業調香師用指甲背面蘸上各種原料，在身上該放香料的地方迅速輕彈，這才是真正的素手調香！

安清悠這素手調香的功夫已練得頗為純熟，此刻雖是時間緊迫，但要壓制沈雲衣身上的些許酒氣，盡是足夠了。

安清悠站在沈雲衣身旁，雙肩不帶半點晃動，暗地裡卻是出手如風。

一隻手藏在沈雲衣身後夾著四個裝有香液的細小瓷瓶，另一隻手猶如彈琴般飛快彈動，伸指入瓶沾香液，下一秒便都彈到了沈雲衣身上。

轉瞬之間，沈雲衣身上雖然酒漬，卻是酒氣盡去，清新如斯。

「好酒！可惜不能多飲！」田公公和安德佑對飲了一杯，忽然做了個嗅鼻狀，對著安德佑笑吟吟地道：「安大人，您這府上有高人啊！」

在宮裡頭做太監，首要的就是能眼觀六路耳聽八方，平時跟著隨侍之時固然要能觀察到主子們談笑之間的細微變化，周圍人的舉動亦是要留心觀察。

那司儀監名稱裡有個「儀」字，不光是幫皇家掌禮傳話，更是練規矩習行走的所在。

田公公能在司儀監做到副主事之位，這手功夫早就練得純熟無比，安清悠那邊雖然極力掩飾，可終究逃不過他這雙眼睛去。

安德佑微微一笑，知道這田公公收了自己的古玉，此刻倒也不會太過為難，索性指了指安清悠，笑著說道：「小女的一點微末手藝，讓公公見笑了。」

田公公上下打量了安清悠幾眼，忽然說道：「令嬡閨名可是叫做清悠？」

這話一說，不但安德佑，便連安清悠也是大奇。

田公公與安家素來沒什麼交往，怎麼連自己的閨名都知道得這麼清楚？

安德佑答了聲是，田公公卻只是點了點頭，再不肯往下說了，只對著沈雲衣道：「沈大人，這口諭也接了，酒也喝了，這便隨咱家回宮覆命吧！」

沈雲衣應了一聲，跟著出府，田公公肚子裡卻另有一番算計。

這安家的大小姐還真不簡單，這麼短的時間裡，居然能找出消除酒氣的香物，那手彈香液的功夫，咱家在宮裡前所未見。當初她選秀的畫像呈進宮中，不少人都說好，只是後來忽然風傳她得了疫病，渾身都是疹子，這才不被貴人們看好。可是，今兒一見，別說什麼疹子，便是個紅點兒也沒有，活生生一個大美人啊……

田公公尋思著，腳下卻是半點不敢耽擱，帶著沈雲衣進了宮，直奔北書房而來。

等到了北書房外，三甲之中的另外兩位也到了。

三人對視一眼，卻都是相對苦笑，另兩位身上比沈雲衣還不如，一個是滿面灰塵，好像剛從灰坑裡爬出來，另一個卻是渾身泥點，也不知道是上哪打滾去了。

沒等多久，有個太監從北書房裡走了出來，手中拂塵一擺，對著三人高聲叫道：「聖上有旨，宣新科一甲三人入北書房奏對！」

「臣遵旨！」三人齊聲應答，進得北書房來，卻見大梁國的最高統治者壽光皇帝端坐在龍椅上，此刻正閉目養神，忽明忽暗的燭火下，看不出有什麼表情。

「臣張文浩——」

「臣沈雲衣——」

「臣郭鵬——」

「叩見吾皇陛下，吾皇萬歲萬歲萬萬歲！」

沈雲衣等三人不敢多看，連忙跪倒行大禮參拜。

皇上慢慢睜開了眼睛，見了三人的狼狽模樣，微微一笑，慢慢地道：「三位愛卿平身，今日本是愛卿們大喜的日子，朕扣了三位的名次不發，又將三位這麼晚叫到了宮裡來，是有些不近人情了吧？」

皇上這是客氣，三人卻哪裡敢有半點拿大，連忙又跪下叩頭道：「微臣惶恐……」

「起來起來，朕這事做得的確有些過分，有什麼說不得的？三位愛卿再這麼說客套話，倒讓朕不高興了！」皇上又笑了一下，這才繼續道：「三位愛卿聽好，你們誰是狀元，誰又是榜眼、探花，朕可要出題了！」

三人同時心中一凜，不論皇上為什麼把金殿奏對挪到了今晚，這殿試都要全力以赴。

卻見皇上輕輕拍了下身邊的扶手，不知是對誰道：「這題目雖是朕擬的，主意卻是你出的，你賭贏了，出來吧！」

皇上話畢，一個年輕人從簾子後面的陰暗處走了出來。

沈雲衣拿眼看去，卻是曾有過一面之緣的人。

此人在京城乃至整個大梁國爭議極大，有人當他是英雄，有人視他為離經叛道之輩，更有人高呼應該砍了他的腦袋。此人不是旁人，正是當今皇后的親侄子，皇上御賜改名的天子門生蕭洛辰。

蕭洛辰此人交遊極廣，一甲三人倒是都和他打過照面。

只是見此人出來，三人不約而同皺眉，這蕭洛辰人稱京城裡天字第一號混世魔王，自詡「天子門生不讀書」，這殿試乃是科舉取士的一部分，卻找這等人物出來做什麼？

幾人正疑惑間，忽聽得皇上慢慢地道：「此次奏對，不論結果如何，爾等須守口如瓶，若是有半個字漏了出去，朕立時奪了他的功名，誅了他的九族！」

皇上忽然撂下重話，三人心中一震。

倒是蕭洛辰望著三人的狼狽模樣，臉上露出詭異的笑容，上前兩步，對三人拱手道：「此次放榜報喜之事，全是蕭某的主意，在這裡向三位大人賠罪。」

三人見狀又是一怔，聽說這蕭洛辰行事狂妄，今日一見，好像……也沒那麼狂啊？

肆之章 嬸娘包藏禍心

太陽慢慢升起，天已大亮。

安德佑帶著些疲憊的神色，伸了個懶腰，渾身上下有些酸痛。

昨夜沈雲衣被召進宮去，至今未歸，安德佑亦同樣一整夜沒有睡好。

「老爺！榜眼！是榜眼！外面貼出了皇榜，上面寫著沈公子此次會試合議的成績本是第二名，沈公子被皇上欽點了榜眼！」

安七一溜小跑前來報信，安德佑終於鬆了一口氣。

沈雲衣會試合議既是第二名，皇上欽點的又是殿試座次第二的榜眼，此乃過往慣例，陛下既是如此處理，此事當無大礙了……

沈家不僅僅是長房乃至安家的世交，更是官場上的一大助力。

安德佑昨夜輾轉反側想到了各種可能，從陛下為什麼扣了一甲的名次不發，到官場之中會有什麼變數，甚至連沈雲衣此科白考一場這種最壞的可能都想了，眼下一顆心總算放在了肚子裡。

無論如何，只要功名沒出問題就好。

拿起醒腦的香囊深深吸了一口氣，安德佑點了點頭說道：「既是點中了榜眼便好，沈賢侄此刻在何處？」

安七回道：「應是還在宮裡，一會兒想是該御馬遊街了。看那皇榜上說，陛下對本次奏對甚是滿意，不僅賞了金珠玉帶，還特賜一甲三人宮內留宿，這次的御馬遊街也給了特別恩典，三位新晉大人從宮裡正門走出來呢！」

安德佑的手又是一抖，原本自己還曾想過陛下對這次科舉是不是有什麼看法，沈雲衣的仕途會不會因此而受影響，可是這金珠玉帶、恩賜留宿，連御馬遊街都是從宮裡正門走出來的，這是多大的榮耀，多大的恩典，天威難測啊！

安德佑在房中琢磨著聖意的時候，安清悠卻一早就被安子良請到了院子裡，迴廊亭下，兩人剛剛泡上了一壺熱茶。

那些什麼君臣官場、朝廷功名之事，本就不是姊弟二人能插手的，此刻安清悠邊聽著安子良說話，邊偶爾走神地想著老太爺壽宴之事，而安子良則滿腦子都在琢磨著怎麼跟論語較勁兒，好早日完成自己買石頭修假山的重大工程。

「子曰：吾十有五而志於學，三十而立，四十而不惑，五十而知天命，六十而耳順，七十而從心所欲不逾矩……」

安子良一字一句背誦著論語，只是這模樣卻不像是普通讀書人提起聖人之言時的搖頭晃腦，而是兩眼通紅，雙拳緊握，滿臉猙獰，似那孔聖人與他有殺父之仇、奪妻之恨一般。

能把論語背得如此不共戴天的，整個大梁國裡，怕是也挑不出第二號人物來了。

「……子曰：非其鬼而祭之，諂也。見義不為，無勇也……又是一篇，銀子啊！」

安子良幾乎是咆哮著吼出最後兩句，腿上卻是爆發出了與他這肥胖身體極不相稱的爆發力，一蹦老高，閃電般地伸手到了安清悠面前。

「銀子銀子，大姊，趕緊給銀子！這一篇盡是些晦澀蹩腳的句子，弟弟我可是昨夜一宿沒睡背下來的啊！」

安清悠噗哧一笑，看來這弟弟不但不笨，相反的還聰明得很，短短兩天，一部論語已經被他背下來三分之一，銀子亦是掙了一百多兩。

安清悠笑著道：「你這背書進境倒快，只是大姊哪裡會隨身帶著這許多現銀？等一下批個條子給你，自己到帳上去取吧！」

待寫了條子，安子良自是當寶貝一樣珍而重之地妥貼收好，然後苦笑道：「進度不快不行了，那紅楓石本就是北胡才有的，這短短幾天，已經有幾塊弟弟我原本相中的整塊大料被人買走了，若是買不到石頭造不得假山，還不知道會被我那幫兄弟怎麼嘲笑呢……」

安清悠不禁莞爾，這弟弟從小就不著調，如今好不容易做了點看上去走正道的事情，居然還是為了一個更不著調的目標。

不知父親知道這十幾年沒能灌進兒子腦子裡的論語，被二百五十兩銀子搞定時，會作何感想？萬惡的銀子啊，連聖人也不是它的對手！

安子良收好了條子，又換上了一副神祕兮兮的古怪表情，貼過來嘀嘀咕咕道：「大姊，這時辰估計沈兄也該御馬遊街了吧？妳真不去湊這個熱鬧？」

看著安子良曖昧的賊賤模樣，安清悠很有想一巴掌抽在這張肥臉上的衝動。

自己昨晚前後幫了沈雲衣兩次，一次是怕他精神崩潰之下出了什麼意外，另一次則是抱著左右都是府裡相識的人，能幫一把幫一把的念頭，除此之外，別無半點別的念想。自己對沈雲衣一點兒來電的感覺都沒有，怎麼就許多人偏偏把事情往上面扯呢？

「我說，二弟，我的事情就不用你操心了，你大姊便是要嫁，也不會嫁沈小男人。以後你要是再拿這種事情煩我，那《中庸》、《大學》、《孟子》、《禮記》……」

「別別別，我不亂說了還不行嗎？」安子良嚇得連忙擺手，便在此時，有丫鬟來報：三夫人趙氏請大小姐過去商議為老太爺做壽之事，安清悠拿論語在安子良頭上輕輕打了一記，這便趕著走了。

「我這大姊，還真是……」安子良遙遙望著安清悠遠去的背影，臉上露出無奈的笑容，低頭小聲嘀咕道：「想嫁誰能由得大姊妳自己做主嗎？我扛了十幾年，到頭來還不是要讀這四書五經？且不說父母之命，媒妁之言，就算是過幾日老太爺的大壽操辦得好，大姊妳還有選秀啊……」

咕噥幾句，安子良到底還是長長嘆了一口氣，繼續跟論語較勁。

「子曰：甚矣，吾衰也久矣！吾不復夢見周公……銀子啊銀子！」

「子曰：志於道，據於德，依於仁，遊於藝……銀子啊銀子！」

沒讀幾句，一個古怪的念頭忽然劃過安子良的腦海，當初聖人在世的時候，好像是沒有科舉的？若是孔孟二位聖人復生來考科舉寫八股，不知道能得第幾名？

◉　◉　◉

「侄女見過三嬸，三嬸福安！」

安清悠向趙氏行了一個禮，掌家數日，身上不知不覺有了些在上位者的氣質，混合她原本的清雅，反而讓人覺得多了幾分貴態。

「快坐快坐，妳這孩子啊，三嬸不叫妳也不來，沒事就不能過來找三嬸說說話？」

趙氏本就喜愛安清悠，此刻嘴上雖然說著埋怨的話，手上卻是忙著把安清悠拉到自己身邊，桌上那零食果子早就擺得滿滿當當的了。

「早就想來，可是三嬸您也知道，我們府裡夫人正在養病，如今由我暫時掌家，侄女在這些事情上沒什麼經驗，生怕出了什麼差錯，當真是如履薄冰了！」

「還真是妳這孩子掌家了？那敢情好，最好是那人多病上幾年才好！」趙氏對於長房的事略知一二，對徐氏打壓安清悠早看著不爽，此刻見了安清悠掌家，心裡高興，最起碼不用受內宅裡的閒氣了。

見趙氏如此坦白說著希望徐氏多病幾年，安清悠倒是笑了，三嬸還真是直性子，如若是尋常婦人，恐怕只會在心裡咒罵，怎麼會如她這般直白？

兩人說了幾句親熱話，趙氏問道：「關於這老太爺的壽宴，大侄女有何想法？」

這本是此次見面的正題，亦是安清悠連日來思忖之事，當下便道：「一直想請教三嬸，上次侄女所提的合議採購之事，不知道三嬸有什麼看法？」

趙氏搖了搖頭道：「這法子初聽起來不錯，可是我回來後細細想來卻是不妥。既是合議，那各房都有說話的份，四房此次志在必得，必是會挑其他幾房找來商戶的毛病。這天下十全十美的東西本就難尋，四弟妹又是個見過世面的，真要挑毛病，又哪裡挑不出來？她挑了咱們的毛病，咱們也必會挑她的，到時候挑來挑去，只怕這心力都花在相爭上，那老太爺的壽宴怎麼辦？」

安清悠聽得心悅誠服，自己只想到合議採購的好處，卻不曾想到現代的法子在古代未必好使。三嬸掌家的經驗遠非自己可比，更是處處以壽宴辦妥為先，為人甚是持正。

安清悠不覺對趙氏的敬意又多了幾分，當下便道：「侄女年少無知，險些釀成大錯，有勞三嬸提點了。」

「妳不過是經驗少些，經得事少些罷了，真論聰明智慧，我這雙眼睛可是看得不錯，妳這丫頭是個有主意的，要不，哪能連老太爺都有了讓妳一起操辦的心思？來來來，過往那些年的壽宴如何做，三嬸好好說給妳聽！」

趙氏也不藏私，將歷年來壽宴流程之中何處拿住了便容易掌握全局，何處吃力不討好，何處做起來雖是繁瑣，卻容易討老太爺的喜，這種種關節講述得極為詳盡。

安清悠知道這都是經驗之談，便細細記下，用心體會，時不時插話問兩句，受益匪淺。

「……好了，三嬸所知就是這麼多，倒是妳聽了半天，如今可有什麼好主意？」趙氏一口氣說完，笑咪咪地看著安清悠問道。

這卻有考校之意了，安清悠思忖了一陣兒，這才慢慢地道：「依三嬸所言，上一次大家爭論不休的採買和邀請賓客兩件事是重中之重，侄女想推舉三嬸擔當這採買的重任，不知道三嬸以為如何？」

攥住了錢袋子，就是攥住了主動權，三房本就富有，趙氏的眼界人面亦是不比藍氏差，這採買之事自是做得，只是四房更富裕，豈會輕易放手？

趙氏細想了一陣兒，皺眉道：「我若是來做採買之事，自是不會出岔子，但妳四嬸定是不依，二房那邊態度亦是有些含糊，若是妳四嬸私下向妳二嬸許了什麼好處，那可是一半對一半，四房銀子又多，這事還真不一定拿得下來。」

「私下許什麼好處都沒用！」安清悠語出驚人，「若是我們力推二叔和二嬸做壽宴當天的司禮主事，那又當如何？」

這話一說，趙氏眼睛一亮，不由得叫好。

所謂壽宴當天的司禮主事，有點類似於今天紅白喜事上的主持人，但放在這古代大族之中，分量卻遠比壽宴主持人重了許多。

好比安老太爺這等德高望重的老臣做壽，自己是不能輕易離了壽星座位的，什麼念壽詞、陪賓客等等場面事，通常都是由兒子攜妻子完成，甚至是皇上賜了恩賞或是福壽字之類的，往往也會優待老臣，讓壽星不用行禮而由兒子代父接旨。

說白了，就是在壽宴當天代表安老太爺乃至整個安家出頭之人。二房老爺安德經雖是書呆子，但正因墨水在肚子裡存得多了，對這等講究禮節之事看得比命還重要。

二房多年來在搶老太爺壽宴的爭奪上是最不具優勢的一個，此次若是有了做司禮主事的機會，那是無論如何不會放過的。

藍氏想私下許給二房好處，無論是官宦人脈，還是銀錢田地，二老爺自有骨氣與脾氣，只怕會高喊著「爾等焉敢辱我氣節」之類的話，不把藍氏打出去才怪。

這壽宴裡最重要的關節，除了採買和邀請賓客，第三重要的便是這司禮主事之位，要光鮮有光鮮，要面子有面子，更是極易討得老太爺的喜。長房與三房聯手放下這個籌碼，不愁二房不就範。

安清悠又笑道：「只是，與二叔父和二嬸商談之時要小心些，若要弄得好似前去交易一般，反倒不美。」

「妳這個小鬼頭，想要長輩出馬明說便是，在這裡打什麼啞謎？」趙氏笑罵道：「放心，二伯的性子妳三嬸清楚得很，到時候我叫上妳三叔父同去，不談什麼分配交換，只說和大房一起推舉二哥。就他那又臭又硬的脾氣，不催著妳二嬸搞個投桃報李、禮尚往來的事情，那才叫怪了！說不定啊，不多支持咱們幾次，他還不好意思呢！」

安清悠微微一笑，這三嬸雖然直爽，但在關鍵事情上卻是毫不含糊，一說便說到了點子上。

趙氏繼續說道：「這採買和司禮主事都有了人選，妳四嬸必然會搶這邀請賓客的位置，我和妳二嬸都有了差事，剩下的只是些吃力不討好的打雜事，那四房人脈又廣，若要妳去與她爭……唉，孩子，這可真是難為妳了！」

「那日各房商議祖父的壽宴時，雖是沒有定論，但是三嬸有句話說得好，侄女亦是祖父親自定下的人選，遇事同樣該有資格參與。四嬸做得，憑什麼侄女做不得？為了父親和長房，說不得也要爭上一爭了！」

趙氏遲疑道：「妳真要爭？」

「爭什麼啊？」門口忽然有個中年男子的聲音響起，卻是三老爺安德成從外回來了。

剛回家門便聽得下人說長房的大小姐來了，正在與夫人說話，便也過來看看，不意卻正碰上這個話題。

既已定下了長房、三房聯手之事，趙氏也不隱瞞，全盤對老爺說了。

安德成對安清悠提議的請二房做司禮主事的主意讚不絕口，只是聽到趙氏說安清悠要和藍氏爭那邀請賓客之事，不禁眉頭大皺。

邀請賓客之事，整個壽宴裡利益最大的是它，風險最高的也是它，簡直就是一把雙刃劍。

說它利益最大，是因為既是給老太爺做壽，出去自然是打著老太爺的旗號，左都御史安老大人的壽宴，哪個能不賣幾分面子？其間拓展人脈，結交關係，自是對官場仕途之上有著極大的好處，遠非銀錢之類的物事可比。

說它風險最大，卻亦是因為如此，你一張老太爺的請帖遞了過去，人家一句沒空退了回來，那丟的可不是某一房的臉，而是老太爺的面子，整個安家的面子。

甚至可以說，這遞請帖邀賓客的事不是女人們能夠獨立完成的，而是各房的老爺親自出馬才顯得對對方的重視。

當然，那些肯定會不來壽宴卻又不能不發請帖的地方，老爺們自然是不會去的，頂多派個管家象徵性的邀請示意。而在這之前，哪家由老爺親自上門，哪家由管家走個過場，哪家連人也不用派，就全看女眷之間事先私底下溝通的功夫了。

「大侄女這份心思自然是好的，可是妳年紀太小，雖有過幾次出府參加宴會的經驗，可是和四弟妹比起來……三叔父說句潑冷水的話，便是爭到了這份差事，也未必能做得下，到時候徒惹老太爺不滿，對大哥也是不好，此事不妥，不妥啊！」

對於安清悠來說，爭這差使，不僅僅是因為長房的利益，對她而言也很重要，怎可輕言退卻？

她不想讓自己的命運操握在別人手上，不想盲婚啞嫁，所以才會極力爭取掌家之權，才會想在祖父的壽宴上做出一番成績，藉此得到更多高位者的看重，讓別人不敢任意擺布她。

更別說還有那選秀，縱是祖父說過選得上雖好，選不上亦是無妨，但這選秀之事中間的變數，怕是連祖父也難以預料。

萬一皇上要把自己指給某個癆病鬼的皇子，或是品行不佳的男人，安家真的會為她這麼個弱女子去和皇家爭嗎？

祖父的壽宴是她的機會，能夠讓她名正言順走出內宅的機會，縱使改變不了這個世界對女人的束縛，最起碼，能讓自己決定自己這一生的歸宿究竟在那裡。

這個差使我一定要拿到！

安清悠在心裡為自己打氣，對著安德成和趙氏道：「三叔父所說的道理侄女都懂，侄女雖然年少，但既是暫代了這掌家之事，便是再難，也要為長房爭上一爭，否則有何臉面去見父親？至於我有沒有能力辦好這差事，還請三叔父、三嬸給清悠三天時間，三日之內，清悠若是證明不了自己，以後絕不再爭，還請三叔父、三嬸成全。」

如此斬釘截鐵，便連安德成和趙氏也動容。

一個十六七歲的孩子，能為了自家去與那手腕不俗的藍氏相爭，這還有什麼可說的？

夫妻二人對視一眼，不約而同地點頭，安德成道：「既是如此，便以三日為限。三日之後，侄女若是沒什麼拿得出手的成績，此事也休再提。總之，我長房和三房聯手，終不能叫大侄女吃了虧去，大不了妳來做著採買的差事，那邀請賓客之事，便讓妳三嬸和妳四嬸爭去！」

安德成能說到這個分上，實已是推心置腹了。

安清悠對三叔父的相護之意，甚是感動。

趙氏亦是心疼安清悠，搶著說道：「妳這孩子歲數小經歷少，又是剛掌家，家裡只怕有不少事要忙。左右只是三日，若是有什麼三嬸能夠幫得上忙的，但說無妨。」

安清悠見三嬸對自己極是關愛，當下也不作態，逕自說道：「說起來還真有一事要求三嬸幫忙，侄女代為掌家一事，還請三嬸幫侄女放風聲出去，越快越好。」

趙氏雖不像藍氏圓滑，但人脈亦是不少，當下點頭道：「這事倒是不難，還有什麼？」

安清悠笑嘻嘻地說道：「沒了！」

趙氏詫異道：「沒了？」

安清悠點點頭，「沒了！三嬸已經幫了侄女許多，若事事都靠三嬸援手，侄女如何能夠成長起來？今兒天色已是不早，府裡還有不少事情等著侄女去做，就不打擾三叔父和三嬸了……」

趙氏挽留不住，夫妻二人一直將她送到了府外，看著安清悠上了車子，這才回轉入內。

「這孩子心善，不想給妳我多添麻煩！」安德成幽幽地說了這麼一句。

「像她娘！當年趙家姊姊也是這麼心善，而且既聰慧又有擔當！咱們倆當年的婚事，便是趙家姊姊從中撮合的……」趙氏故去的好友，心裡有些感慨。

「我怎麼覺得大侄女有點像老太爺呢？不論這差使爭得到爭不到，單是那推舉二房掌禮之事，便足夠看到她的謀算，小小年紀便有這等心計……唉，可惜是個女孩兒，否則大哥那房便算真正有了……」

「女孩兒又怎地？」趙氏卻是不幹了，不光是打斷了話，還用手指捅了捅安德成的額頭道：「我那趙家姊姊生出來的閨女，能差到哪去？眼瞅著過了老太爺的大壽便是選秀，指不定做了哪個皇子的王妃也不是不可能。等她那大富大貴之日，說不定你這個當叔父的啊，有一天還要求著我那侄女呢！」

安德成知道妻子的性子，聞言也不著惱，還故意在自家夫人耳邊調笑道：「好好好，是妳侄女，可也是我侄女啊！可是見人家的閨女生得好，自己也想要一個？」

趙氏聞言臉上一紅，露出了幾分熟女才有的風情，衝著老爺啐道：「你個不正經的，都老夫老妻了，還提這等事……」

「老夫老妻又怎麼了，閨房之樂有甚於畫眉者焉！古人都說得，我有什麼說不得？」安德成低聲嬉笑道：「莫不是怕自己年齡大了，生不出來了吧？」

趙氏登時大怒，一把抓住了安德成的領子就往院子裡拽，口中念叨著：「誰生不出來？便讓你看看我到底是生得出來還是生不出來！走走走，這便回我的院子，咱們生閨女去……」

安德成在外面雖以硬氣剛正出名，此刻卻是一點脾氣都沒有，相反的連連求饒：「慢點兒啊慢點兒啊，夫人！這有下人們看著呢……成何體統……再這麼下去，夫人妳生得出來，我可是生不出來了……」

這等場面在三房府裡已是二十年來常見的，下人們偶然見到，都會趕緊轉身，假裝沒看到，忍俊不禁之餘，卻也暗暗羨慕，都說這家業越大情越涼薄，可是自家老爺和夫人感情如此之好，當真是羨煞人了。

三房忙著生閨女，安清悠的歸宿卻又在哪兒呢？

安清悠不知道，她也不願多想，她如今的目的只有一個，那便是活著。

此一時，彼一時。

當初鬥倒了徐氏，為了安撫眾人的情緒，安清悠刻意壓下了自己代為掌家的消息，如今慢慢坐穩了掌家之位，為了在操辦安老太爺壽宴之中爭取主動之勢，安清悠便有意地把這個消息放了出去。

從三房歸來後，安清悠沒有停留，逕自去了父親的書房，把今天與三房商議之事向父親如實稟報，便連那三日之約，還有自己通過三嬸放消息的事情都說了，沒有半點隱瞞。

「……原本女兒也沒有這等打算，可四嬸咄咄逼人，女兒畢竟是代表長房，不能讓父親沒臉面，再者，三叔父與三嬸出言幫襯，如若做不好，他二人也會對女兒失望，因此，女兒在此之前還是要問一問父親的意見，不知女兒是否逾越了？」

爭取邀請賓客時，需要安德佑出面，她不能自專，故而須得和盤托出自己的打算。

安德佑聽了，默然許久，終是長嘆道：「四弟他這幾年混得好，可是有些事卻做得太過了。只想著一房獨大，處處要壓其他幾房一頭。他本是庶出，如今翻過了身來，眼睛裡只盯著幾個兄長，大有不把人踩下去就不行的架勢。唉，只想著讓老太爺多在官途上挺他……真當老太爺是看不明白嗎？都是自家人，何苦什麼事都要爭個你死我活？」

這幾個月來，安德佑身邊出了不少事，安清悠的崛起、徐氏的倒臺，甚至是安子良突如其來的轉變，都讓安德佑有莫名的感觸。

事情看得太多，聽得太多，終究是不如發生在自己身上讓人心有戚戚，如今這許多事情，倒是更看開了幾分。

安清悠聽得父親慨嘆，不由得輕聲道：「亦是四叔父和四嬸欲求太重，這次若是把心思都放在如何把壽宴辦得更好之上，老太爺怎麼會心裡沒數？只是偏要以一壓三，把其他幾房變成了陪襯，難免不讓大家起了同仇敵愾之心。」

三嬸已經直言不能讓四房全奪了去，顯然這事兒不是一次兩次，而是次次如此，但尋常沒有安清悠的事，這一次她既然插手，就必須要辦得漂漂亮亮的才行。

安德佑點了點頭道：「罷了，這件事也沒什麼可發牢騷的，三弟與我自幼親近，他那人又正直，既是說了要助妳，必然會鼎力而為，沒有虛假。二弟那邊把禮數名聲看得比命還重，讓他去做司禮主事是個好主意。那去各府送帖之事若能爭到，為父自然會出面，妳儘管放手安排便是。只是，要和四弟妹爭這等差事……卻是苦了妳了！」

安德佑鬆口，安清悠才放下了心，父親能點頭才是最關鍵的，就怕父親身為嫡長子的優越感太重，不稀罕與人爭勝，結果任何好處都撈不著，還落了個窩囊的名聲。

如今該做的鋪墊都已經做好，往下就要看她自己的了。

趙氏那邊行動力極高，安清悠走後的當天晚上，她便請了許多女眷到府吃茶打牌，看戲閒聊。這些女眷的夫婿官位未必多高，卻都是京城裡有名的長舌婦。

這幫女人一見了面，巴不得把近期所知道的事兒全都掏出來，不用旁人多問，最近各府的稀罕事就吐了出來。

趙氏含笑敷衍之間，故作不經意地便將安府長房夫人養病、嫡長女暫攝中饋之事透了出去。這家長裡短正是這些婦人們的最愛，當下七嘴八舌探問究竟。安家本就是大族，長房的事誰能不多豎起耳朵來？

趙氏卻語焉不詳，更激起了這些人的好奇心。

轉過天來，安清悠開始全力製作不少香囊，府外關於安家長房的事，卻像春季飛散的柳絮，傳向四面八方……

翌日一早，大門剛開不久，許多帖子紛紛遞進來，多是邀請安清悠參加女眷之間的聚會。

整整一個上午，安清悠案頭上的請帖，便積了厚厚一疊。

官宦女眷圈子裡有個不成文的默契，哪家官員的內宅換了掌事，女眷們彼此之間便要走動走動，以後萬一有事要替自家事先請託，見了面多少還能混個臉熟。

安德佑官位雖然不高，可到底是左都御史安老太爺的嫡長子，如今長房換了安清悠當家，自是得要走動起來。

眼下的安清悠已經有了幾次參加女眷聚會的經驗，又得趙氏悉心提點，對於京城貴女圈的情況早不是當初那般兩眼抹黑的無知模樣。

此刻見自己這法子果然見效，便翻起了那一大疊請帖，挨個琢磨起來。

左挑右選，終於選了一家明日便有聚會的帖子……

要去的這家女眷府上姓史，這史家老爺便是京城的通判。

官雖不大，不過正六品，但勝在位置重要。

尤其這京城的通判，輔佐知府處理政務，如兵民、錢穀、戶口、賦役、獄訟等州府公事，正是京城地方官的二把手，對於京城裡的風吹草動、朝野見聞，比誰都清楚，是十足十的地頭蛇。

像這等人家府上的宴會，是京城裡的女眷們最喜參加的，單是人多、消息多這兩件事，就足以讓人擠破頭地登門。

安清悠看著帖子上寫的「史家少奶奶孩子周歲」的邀約事由，微微一笑，心知這便是自己的目標。正琢磨著赴約之事，青兒忽然來報，說是沈雲衣剛回府中，在院子外求見大小姐。

「沈小男人？」安清悠微微一怔，這沈雲衣在安家住了大半年，卻從未主動找過自己。如今剛剛被今上欽點榜眼，正是春風得意之時，來自己的院子做什麼？

安清悠沒有將沈雲衣請進院子裡，而是帶著青兒與芋草兩個丫鬟親自迎出了院門。

沈雲衣一襲錦袍白衫，腰間繫了一條象徵新科榜眼的五爪麒麟紫腰帶。看著雖然精神，臉上卻不知為什麼略略有些忐忑之色。

「小女子安氏，見過沈老爺！」

兩人見了面，安清悠規規矩矩地行了禮，依著女眷見朝廷官身之人的禮法，改了稱呼。如今沈雲衣既中了榜眼，便不該叫沈公子，而該稱呼沈老爺了。

只是，這禮數雖然周全，卻甚是疏離。

沈雲衣聽得她如此稱呼，登時有些手足無措，乾咳了兩聲道：「這個……咳咳，安大小姐取笑了，沈某雖然僥倖得中，卻非那等得意忘形之人。這老爺老爺的，叫得沈某都覺得自己老了，大小姐就像以前那般叫我便是……或者叫我沈兄也行！」

這話脫口而出，連沈雲衣自己也覺出不對來，哪有催著人家女眷叫自己沈兄的？這豈非成了那等輕浮浪蕩子？

自己連皇帝這等九五之尊都見了，怎麼一見安大小姐，還是那般一張口就說錯話呢？

安清悠見他這窘態，心裡一樂，面上卻是裝作糊塗不知，皺著眉頭道：「那……我以前都是怎麼叫沈老爺的呢？小女子記性不好，實在是記不起來了。」

沈雲衣倒不是聽不出安清悠有意為難，只是這話怎麼答？

叫沈公子？如今自己既有了榜眼之身，這個好像於禮不合。

叫沈雲衣？直呼其名好像太不合適了。

要不，學著她妹妹安青雲，叫自己沈大哥？呸呸呸，這還不如剛才那個沈兄呢！

沈雲衣一臉尷尬地搓著手，心道這小小的稱呼怎麼比金殿奏對還難呢？當下有些期期艾艾地道：「這……這個……」

安清悠噗哧一聲笑了出來，恢復了平常的樣子，笑著說道：「得啦，不難為你了！說吧，沈小男人，來找我有什麼事？」

沈雲衣自進府以來，第一次見到安清悠的笑臉，剎那之間，只覺得眼前這陽光下的燦爛笑容猶如朝霞映雪，花兒吐豔，美得不可方物，一時之間，竟是看得癡了。

安清悠眉頭緊皺，心想這沈小男人不僅是小男人，還是個登徒子，自己難得給了他兩分好臉色，便露出了這急色模樣來，當下臉色一沉，冷冷地道：「沈老爺剛中了榜眼，想來必是貴人事多，今日來到小女子的院子，不知有何要事？若是無事，小女子還有家務要理，沈老爺請自便！」

這話一說，形同趕人了……

沈雲衣猛然醒悟，心裡暗罵道：沈雲衣啊沈雲衣，枉你學習聖人教誨多年，還是陛下欽點的榜眼，怎麼見人家女子生得美貌，便做出這等無禮的舉動來？該死！該死！非禮勿言，非禮勿聽，非禮勿視，聖賢書莫不是都讀到狗肚子裡去了？

沈雲衣狠狠地在心裡罵了自己幾句，再不敢抬頭直視安清悠，連忙長揖到地，「沈某失禮，大小姐勿怪。自借住安府以來，承蒙老太爺、伯父及大小姐等府中上下人等照顧，提點留宿之恩，沒齒難忘。如今承蒙聖上恩典，僥倖得中榜眼之位，沈某明日已在城內醉仙樓備下了水酒薄肴，想宴請酬謝長房諸位，還望小姐賞光。」

沈雲衣文縐縐地說了好大一通，接著便眼巴巴地等著看安清悠是不是點頭。

雖說是邀請長房，可他內心深處最在意的，卻是安家的大小姐。

安清悠微感躊躇，沈雲衣這邀宴，說起來該去，可是明天她偏偏要去史通判家，這件事在自己為老太爺做壽是極重要的環節，時間偏生就這麼衝突，讓她好生為難。

沈雲衣見安清悠有些遲疑，趕緊道：「沈某已經備了車馬，明日一早便來府前接大小姐和長房諸位，大小姐不吝賞光，沈某感激不盡。」

只可惜這話不說還好，一說倒顯得性急，惹得安清悠略微皺眉。雖說她沒有什麼戀愛經驗，但心思敏銳，沈雲衣這段日子裡面對她的種種言行有異，她焉能毫無所覺？

若是換了這時代另一家的女子，得新科榜眼熱情邀約，多半會臉紅心跳，可是安清悠對沈雲衣根本沒有感覺，再加上不喜別人強人所難，所以……

安清悠搖了搖頭道：「沈公子這般盛情，小女子愧不敢當。原本不該拒絕，可是清悠已經先接了另一處的帖子，實在分身乏術。左右這等事是諸位老爺的場面事，我一個小女子無足輕重，有父親和我二弟赴宴便是，還請沈公子多多海涵。」

安清悠回答得滴水不漏，聽在沈雲衣耳中，卻覺得兩人之間好像忽然隔了一道鴻溝。

沈雲衣雖有千言萬語，卻被那種疏離感沖刷得一乾二淨。

有心要說些什麼，卻覺得喉頭被什麼東西堵住，讓人幾欲窒息。

這種感覺讓他想起了當日金殿應試的情景……

「此次殿試之題便是：『盡收北胡之地，以何治之？』還請三位新科大人逐一道來。」

沈雲衣的腦海裡慢慢浮起了某個年輕人微笑著說話的模樣。

那年輕人便是蕭洛辰，之前和自己……還有安家大小姐有過一面之緣……

一甲三人均是世家子弟，或多或少靠著各自的管道得知了此次試題與北胡有所關聯，可是乍然聽到，仍是讓三人心驚。

開疆拓土，降伏四夷，歷來是帝王重視的大事，朝廷有用兵北胡之心也不是祕密，可是這「盡收北胡之地」雖只寥寥幾個字，分量卻也太重了。

這是萬千人頭落地的事，這是……這是滅國之戰啊！

如此重要的軍國大事，自然當得陛下那句誰傳出去就誅誰九族的警告，可是這怎麼會作為殿試考題？又怎麼會讓自己這等在官場之中全無歷練的新人作答？

沒有答案。

皇帝胸懷大略，權謀無雙，這殿試中的緣由，三人想不出來，也不敢去想。

好在能進一甲之人不是光有家世背景，一甲的會試文章那是要傳抄天下品評的，能走到殿試這一步，自然有幾分真才實學，三人又都是事先有了準備的，當下低著頭，各自振筆疾書。

不過，這文章做得再花團錦簇，亦離不開四書五經中的聖人之道。

三人做題之時，蕭洛辰就在一邊，那絲毫挑剔不出毛病的微笑，從未變過。

一個人臉上掛著微笑不稀奇，可若是整整大半個夜晚都如同雕塑般笑容不曾走樣，旁人不可能不心驚。

沈雲衣永遠也忘不了，就在陛下欽點出狀元、榜眼、探花之時，蕭洛辰眼神之中那一閃而過的變化。

那是一種不羈的放蕩，一種連聖人都不屑的挑釁，可是那微笑偏偏依舊如春風暖曦，一舉一動都沒有瑕疵。

那種彬彬有禮，鴻溝在前的感覺，今天竟然又再次出現。

只是和蕭洛辰不同的是，蕭洛辰是猶如天地之隔那般遙不可及，而安家大小姐卻是清秀佳人便在眼前，明明上前一步觸手可及，卻終究沒法讓人邁出這一步去。

就在沈雲衣走神的功夫，卻聽安清悠又說道：「沈榜眼貴人事多，小女子先行告退了。」話語說完，安清悠嫋嫋婷婷福身，逕自回轉的自己院子。

沈雲衣自幼循規蹈矩，從未做過半點逾越之舉，這次主動前來相邀，已是鼓起了莫大的勇氣，眼下對方已經拒絕，一時不知作何感想。

「安……」沈雲衣說出了半個安字，可連自己也不知道為什麼便停住了口，只見安清悠腳步微微一滯，終究沒有再做停留，翩然而去。

沈雲衣就這麼看著安清悠一步一步地走遠，一臉茫然。

過了好一會兒，沈雲衣才垂頭喪氣地向著來時路走去，隨身伺候的書僮侍墨卻是滿臉困惑，「這婚姻大事不都是父母之命，媒妁之言嗎？公子若是真對安家大小姐有意，便請咱們沈家的長輩直接向安家提親便是，兩家門當戶對，又是世交，哪裡用得著這麼費勁兒？」

沈雲衣心裡如同百年老湯般一個勁兒地翻騰的時候，安清悠卻沒有那麼多想法。

三房那邊可還等著看自己是不是真能撐得起擔當壽宴邀請賓客之事，若是扛不起，那便把採買的差事讓給她來做，改由趙氏和藍氏搶這個差使。

三房的叔父和嬸娘，對自己、對長房真是沒話說，可越是如此，她就越要把這件事情做成。

翌日清晨，有輛馬車悄然停在安家府門外。

「去京城通判史大人府上！」安清悠吩咐車夫。

自從安清悠掌家之後，便可自由出入府門，不過她也因此律己更嚴，最多只是挑起簾子的一條縫偷看街上風景。

「這等京城的聚會不過是比尋常大戶人家的宴會多些官宦女眷罷了，妳不用如此戰戰兢兢，放心吧。」馬車裡，安清悠帶著些許鼓勵的微笑，輕聲安撫道。

這一次出府，她既沒帶青兒，也沒帶芋草，反而帶了整天悶頭幹活，只會躲在牆角哭自己命苦的茶香。

「是……小姐……」

茶香畏畏縮縮地答應了一聲，有點兒像在風雨天被撿回來瑟瑟發抖的流浪貓。

茶香雖是害怕，卻也有那麼一點點期待，畢竟對於她這樣不得不賣身為奴的小姑娘來說，通判老爺家的府邸還是高不可攀的存在。

不知道她之前究竟經歷過什麼事，居然能把一個人壓得如此抑鬱畏縮。不過，這孩子的本性不壞，多帶著走走場面，未必沒有用處……

看著茶香眼神不明顯的渴望，安清悠微微一笑，還有希望就好，天下沒有不好用的人，只有用不好的人。

安清悠正思忖間，馬車忽然停了下來，車夫在外面低聲稟道：「大小姐，通判府到了！」

安清悠點了點頭，撩開簾子剛要下車，卻見史通判府門口有個僕人跑過來幫著車夫牽馬，另有一個婆子早早便在下車凳上鋪了絨墊過來伺候著。

這下人動作之快，令茶香完全來不及反應，那婆子更是笑著問候道：「這位可是安府的大小姐？老奴給您請安了……」

安清悠心裡微微吃驚，這史通判家裡的下人還當真有些門道。

「有勞嬤嬤了，還請前頭引路！」

安清悠客氣了一句，那婆子立即謙虛道：「安大小姐這般說可折殺老奴了，安大小姐請。」

安清悠微微點頭，往通判府內走去，沿途一邊打量著通判府裡的光景。

前來參加宴會的賓客，不僅有京中官宦，還有士紳商賈。

「史通判雖然只是六品官，卻是京城裡極為有名的地頭蛇，更何況能夠坐上京城通判這個位置的，焉能沒有後臺？這史家府上的聚宴……倒也值得一去，是個好機會……」

臨來之前，安清悠曾和彭嬤嬤私下裡對史通判一家詳細探討過，彭嬤嬤當時的評語不禁又悄然浮上了心頭。

大梁國這二十九個行省三百零七個府城裡，京城的知府是唯一一個正三品的府官，僅比官居二品的一省巡撫低了一頭。

可是，這京城的知府卻又是最難做的，天子腳下高官顯貴一抓一大把，天上掉塊磚頭都能砸中官轎，就算只是個雞毛蒜皮的小案子落到頭上，誰知道原告或被告都和誰沾親帶故？

這做通判卻不然，看著是排在知府和府丞之後的三把手，可是分管多事，手中該抓的事情幾乎沒有一樣不是肥缺，碰上那些京城中各有靠山的苦主時，還有一句刀槍不入的護體真言：「知府大人，您看這事怎麼辦？」

過去三年裡，這京城知府換了四任，其間不乏有被朝野之爭波及而滿門抄斬者，倒是這位史通判的位置坐得穩如泰山，正如人言：「一家殺頭苦知府，千金不換肥通判。」

這史通判到底有多大的本事和背景，自然不是安清悠這麼一個小女子所能深究的。

引路的婆子陪著安清悠到了後院，後院占地面積極大，等那引路婆子領著她落座之時，她卻皺起了眉頭。

今日史通判府上有喜事，後院自然妝點得喜氣洋洋，可這酒席座位卻是三六九等涇渭分明。頭幾桌裝飾華麗，席面講究，自己的座位卻排在了最後幾席，陳設簡陋不說，竟是連那後院的正廳都沒進去。

「這位嬤嬤，您確定我是坐在這兒？」看著桌面上那粗布和半舊的筷架，安清悠問道。

怎麼說她的頭上還有個安家長房嫡長女的名分，父親安德佑亦是禮部堂堂五品官員。

若論品階，比史通判只高不低，更別說往上還有身居左都御史之位的安老太爺，這史通判既是京城裡出了名的地頭蛇，又怎麼會把安家人安排在這般的座位上？

那引路婆子連忙陪著笑道：「安大小姐是吧？這小少爺的周歲禮是敝府大事，各方賓客座位在發請帖時便定好了的。老奴只是個上不得檯面的婆子，哪裡敢給您帶錯位置？您是不知道，我們史府的家法可嚴著呢……」

安清悠見那婆子說話順溜，心知這還真不是帶錯位，便也不為難對方，逕自坐了下來。

看看四周，自己倒是來早了，周圍各席雖坐了人，但空位更多，自己這桌更是一個人也沒有。

安清悠微微一笑，轉頭對茶香道：「茶香，人家今兒可是安排我們坐了末席呢！妳家小姐今天來可不是想坐這等座位的，等一下賓客齊至，單看這座次，咱們便比人家矮了一頭，妳說這要如何是好？」

茶香本來就是個沒主意的，第一次跟著大小姐出場，卻碰見了這等事，她哪懂得該怎麼辦？一張小臉六神無主般憋得煞白，茶香半天才道：「這……這……這是人家主人家早就安排好了的，咱們……咱們也是沒法子……這都是命，誰讓咱們命苦，這都是老天爺……」

「老天爺要敬，可是這命苦不苦的，卻不能都怪他老人家！」

安清悠毫不猶豫打斷了茶香的話，目不轉睛地看著茶香，笑著說道：「記得妳也是識過字的，今兒小姐便教妳一句話，妳坐在哪裡不重要，誰安排妳坐的也不重要。老天爺他老人家在天上盯著瞧著的，只看妳這個人做了什麼才是最要緊的——自助者，天恆助之！」

「自助者，天恆助之……」茶香小聲重複了自家小姐的話，抬起頭來，依舊是一臉的茫然、麻木和膽怯。

茶香畏畏縮縮地說道：「小姐，老天爺真在天上盯著我們做什麼嗎？我們拚命努力去做點什麼，他老人家真的會幫我們？」

「妳信嗎？我可是信的！」

安清悠嫣然一笑，就坐在這桌鋪著舊絨布的席面旁，就在這個不入後院正廳的位置上。

雖是遠離那些豪門旺族大家女眷們的席面，卻在陽光的映照下，另有一份屬於自己的精彩。

大侄女啊大侄女，妳來史通判府上，為的不就是這裡人面夠多、管道夠廣？不過，連廳都入不了，妳又能去和哪家的女眷交好呢？可惜啊，這次不是四嬸帶著妳來赴宴的了！如今妳既然做了長房的掌事，也就得替長房扛著這倒楣，誰讓老太爺的壽宴，妳擋了四嬸的路呢？

便在安清悠和茶香說話的時候，史通判府裡正廳的某間屋子裡，有個人正在紗簾後面望著後院，露出得意的微笑。

此人不是別人，正是安家四房的夫人藍氏。

「安夫人，那位安大小姐怎麼說也是你們安家的長房嫡女，給她安排這麼一個位置，會不會有些不妥？」

說話之人是史通判家的少奶奶甘氏。

安家的四老爺安德峰本就和史通判家有往來，藍氏亦是史家的熟客，今日藍氏來得比安清悠還早，閒聊時聽甘氏說起長房也會有女眷來，立時上了心，一番斡旋之下，到底是把安清悠安排在了末席。

「無妨，不過是個沒怎麼出過門的晚輩，來貴府也就是見見世面，長長閱歷罷了，左右不過是小孩子尋耍子而已……對了，最近京城裡的鹽價波動得厲害，不知道史大人那邊有什麼想法沒有？」

藍氏隨口便把安清悠這一節帶過，那邊甘氏登時轉了念頭。

大梁國鹽鐵皆歸朝廷，鹽利之巨無人不知，這幾年史通判弄了不少官鹽私販的勾當，與安家四老爺安德峰有些往來。

聽得藍氏提起這個話題，甘氏精神一振，兩個女人瞬間親密地笑談起來。

至於安清悠……這種官宦小姐京城裡多了去，安清悠是誰？

兩人聊了一陣子，私下通了幾件合作販鹽的意向，藍氏越發高興，再一轉念，想起安清悠被排在末席的樣子，差點當著對方的面笑出聲來。

這史通判府上的宴會固然人多，更是人雜，那些正廳之外的末座之人，只怕除了那些沒地位的京中小吏，便是商賈之流，說不定再加上幾個三教九流的女人，嘖嘖嘖……大侄女，妳苦練了規矩這麼久，這等人中又有幾個識貨的？至於妳那最擅長的調香……對於這等婦人而言，豈不是茉莉花餵牛？

這樣妳還能做什麼呢？這一次，怕是連老天都幫不了妳了！

藍氏正感得意之時，安清悠那邊卻是倍感震撼。

隨著時間的推移，賓客陸續到來，安清悠這一桌不再只有她一個人，坐了一桌小吏商賈之家的女眷後，終於迎來了一位重量級的客人。

「啊，姐兒幾個來得早啊，今兒倒是我來得晚了！」

一個粗聲粗氣的聲音震得席上眾人的耳朵嗡嗡直響，安清悠抬頭一看，只見烏雲壓頂，一個寬闊的肩膀和偉岸的身軀如鐵塔般矗立在眼前，陽光下的影子幾乎遮住了大半個席面。

這身板……虎背熊腰對於男人來說是強壯的象徵，可女人若是生成這般，那可就是悲劇了。

「岳大小姐好！」

「岳大小姐，妳來晚啦！」

「岳家妹妹，瞧妳這一臉的煞氣，今兒是不是又去和哪個男人比試拳腳了？」

一時間，席上女眷紛紛打著招呼，此人正是京城裡金龍鏢局總鏢頭岳震山的長女岳勝男。

眾人客氣地寒暄，岳勝男也笑著客套了一番，一眼瞥見安清悠坐在一旁，著實眼生，不由得問道：「咦？這位倒是從來沒打過照面，不知道是哪個府上的姊妹，家裡混哪條道上的？」

安清悠微微一笑，既然來了史通判府，早對在這裡會見到各式人等有了心裡準備，倒是這位岳小姐的出場真是讓人震撼。

壓下心底的驚訝，安清悠笑道：「小女子的祖父是左都御史安老太爺，家父安德佑，現為禮部擇書郎，小女子清悠，見過諸位姊姊妹妹。」

這話一說，桌上眾人瞪大了眼望向她。

這席上的人不是城中小吏的家眷，便是商賈士紳的女眷，卻都聽過安老太爺的名頭。

禮部擇書郎雖是閒職，卻也是個五品官，單論級別，比這史通判還高上一些，怎麼這樣家族裡出來女子，竟是坐到了這正廳外的末席？

大梁國最重門第出身，平日裡那些名門官宦之家的夫人小姐們見了這些小吏商賈之家的女子，多是鼻孔朝天，莫說同坐一席了。

一時間，不少人露出了詫異之色，包括慓悍的岳勝男。

這位孔武有力更勝男子的岳小姐走慣了鏢，頗有幾分江湖兒女的豪邁之氣，一愣之下，隨即大笑道：「似妳這情況倒是少見，嗯……莫不是在家裡受了排擠，才被長輩發配到我們這等末座？無妨無妨，見面一杯酒，喝了便是有緣的姊妹！我岳勝男先乾為敬，來！」

說話間也不客氣，抄起酒杯，一飲而盡。

岳勝男再瞧對面的安清悠，卻見這位安大小姐微微一笑，兩根手指捏著酒杯，紗袖輕掩，啜飲幾口，舉止之間半點聲音也無，極是秀氣。

只是秀氣歸秀氣，安清悠的動作並不似某些官家女眷般的作態。一杯酒飲罷，手腕微微一斜，亮出杯底，自有一番落落大方的風範。

此等末席原本就沒有那些大家閨秀的過分講究，一干人等齊聲叫好，熱鬧極了。

鏢局幹的是市井江湖的營生，真論起來，比商賈之流還要低上幾分。

岳勝男見安清悠這一杯酒水喝得絲毫沒有矯揉造作之態，對安清悠更是好感大生。

兩人閒聊上幾句，安清悠也不似有些人般一聽出身便低看她，竟是越聊越發投機起來。再一論年紀大小，安清悠年長一個月，岳勝男咧著嘴，笑道：「得，敢情還是位姊姊！安家姊姊莫要煩心，打今兒起，若是有什麼無賴找妳麻煩，只管報了妹妹的名字便是！誰敢惹我安家姊姊，看我不打他個人仰馬翻！」

說完，還提起拳頭晃了晃，惹得眾人一陣哄笑：「我說岳家妹子，安大小姐可是個斯文人，妳當像妳般整天喊打喊殺的啊！」

「沒錯！人家講究的是什麼大門不出二門不邁，平日裡連府門都出不了幾次，哪裡會和什麼市井無賴扯上關係？」

「就是就是，那些小混混誰敢去找安家的麻煩？倒是岳家妹子妳啊，多學學安大小姐這舉止做派才是，小心將來找個漢子想嫁，人家離著八丈遠一聞妳身上這股練武練出來的汗氣就嚇跑了……」

這一桌都是些小門小戶之人，又大半和岳勝男相熟，便也不似高官望族之家的女眷那般講究規矩，紛紛插話調侃。

岳勝男也不著惱，只是聽到有人提到什麼汗氣，臉色微微一滯。

她的神色變化極為細微，轉瞬便恢復了那嘻嘻哈哈的模樣，可這微小的變化卻沒能逃過安清悠的眼睛。就算是沒人提起，安清悠原本也想找個機會搭上兩句這類話頭。

事實上，岳勝男不僅是身材不輸男子，身上的氣味也是比某些臭男人還要……還要有味道。此刻縱然是酒桌人多氣息雜，儘管岳勝男用了香粉之類的物事做了遮掩，可是仍有一種略帶酸腥的氣味從她的腋下傳來……

「岳家妹妹，今日第一次見面，我這做姊姊的沒什麼好東西，倒是我平日喜愛調香，前不久親手做了些香囊，就此送給妹妹一對，權當見面禮如何？」

岳勝男猛地一愣，再怎麼粗線條，女孩子終究是女孩子，腋下的怪味一直是她最大的心病，眼見著安清悠一送便是一對，目光更是有意無意掃過自己的腋窩，登時臉色大變。

同樣變了臉色的還有席間與岳勝男相熟的幾個婦人，人家練武的女子長得誇張也就罷了，腋臭之事卻是最大的短處，妳這面生的安大小姐見面沒兩句就送出這般物事，卻又是何意？

不知道罵人不揭短嗎？

「安家姊姊……這個……」

岳勝男一雙牛鈴般的大眼直愣愣地看著安清悠，兩條粗大的濃眉漸漸豎了起來，心道：這安家小姐到底如那些官宦女眷一般的瞧不起人，我誠心相交，妳卻送香囊這種物事來做什麼？

「安大小姐是大家出身，久居深宅，女紅繡功必然極好，香囊嘛……對於我等人來說就是個形式，我們說些針線上的話兒倒也不錯……」

席上有那心善之人看著岳勝男的臉色越來越青，暗道這安大小姐不知深淺，莫要攪出什麼大事來才好，便插話極力把香囊的事情往其他事情上引。

安清悠見席上驟然冷場，心知岳勝男疑心自己當眾揭她的短，落她的面子，當下也不分辯，索性順著那圓場之人的話說道：「這話倒是真的，調香本是隨便擺弄罷了，繡功才是咱們這些做女子的該做之事，還請諸位看看這香囊繡得如何？」

說罷，安清悠也不待眾人再說什麼，逕自讓旁邊的茶香拿了一件裹得嚴嚴實實的皮口袋來。

這皮口袋乍一打開，旁邊一個婦人脫口而出：「好香！」

真的是好香！

那看起來極平常的皮口袋中，此刻散發著無窮的香味，其香味之濃烈，氣息之醇厚，登時便將滿桌酒氣菜味壓了下去。

這次安清悠帶來的香囊與之前的不同，其中一種之所以要用皮口袋封存，便是因這香氣太過濃郁之故。

眾人呆呆地看著那個皮口袋，彷彿這驟然打開的袋口有著無窮的魔力一般，尤其是岳勝男，多年來她為了那腋味之症，除了尋醫，更是跑遍了京城裡大大小小的香粉鋪子。

可莫說是京城，便是江南幾處行鏢曾經走過的盛產水粉胭脂之地，又哪裡見過如此的物事？

一時間，眾人心裡不約而同轉過了同一個念頭，這究竟是什麼香物？放在皮口袋中已是滿座皆聞，若是拿了出來掛在身上放在鼻下，那又會香到什麼程度？

安清悠微微一笑，兀自從皮口袋內挑出兩個香囊，對著岳勝男道：「妹妹請看，姊姊這刺繡的手藝可還瞧得過去？」

「瞧得……過去……相當地……瞧得過去！」

岳勝男睜大了眼，直勾勾瞪著那對香囊。

這對香囊一經拿出，登時香氣四溢，莫說滿座皆香，便是旁邊席上也是有人循著香味望了過來。此等香物若是放在身上，莫說那小小的腋味，什麼氣味都能壓下去了。

岳勝男眼見困擾自己多年的問題有了解決之道，早把安清悠是不是有心落自己面子的猜測扔到了九霄雲外。

她喜盈盈地接過了香囊，再瞧著安清悠那只裝香囊的牛皮袋子時，已是滿臉的豔羨之色。

「安姊姊，姊姊的繡功當然是……當然是極好的！只是，小妹心想，這調香之道對我們女兒家來說……那個……也是很重要的！小妹今日想向姊姊多討幾個，回去也好揣摩學習……當然，若是姊姊什麼時候有空，能給些指點更好，就是不知什麼時候能夠拜會一下姊姊……」

岳勝男的臉上居然泛起了幾分薄紅，扭扭捏捏之際，說話居然還帶上了幾分嬌嗔的味道。

「噗……咳咳咳咳……」某位婦人正拿著一杯淡酒喝到一半，猛然嗆在了喉嚨，咳嗽不已。

「討厭！人家和安家姊姊說正事呢，做什麼怪！」

岳勝男望著咳嗽之人，故作嗔怪狀。眾人齊齊往椅子背上一靠，只感覺到一股強大的氣勢撲面而來……

到底是女孩子啊，再威猛的外表下，也藏著一顆會撒嬌的心……

安清悠心裡感慨著，面上卻是沒什麼變化，輕拍著手中的團扇說道：「妹妹既是有心學調香，姊姊哪裡有不教之理？不過，這等事情卻是個水磨功夫，難以速成。我看不如我把香囊內的香物弄上十幾二十斤，妹妹用皮囊蠟封放在家中慢慢揣摩把玩。我看妹妹是習武之人，平日裡打熬身體想必也是辛苦的，這等香物若是在洗浴時放上一些，倒也有養氣去疲之效……」

這話一說，岳勝男登時心花怒放。

安清悠這回答簡直是太貼心了，當真是生我者父母，知我者安家姊姊也！

岳勝男瞪了安清悠半天，忽然一把抓過她的手，大聲叫道：「姊，以後安家姊姊您就是我親姊，誰敢和我姊姊過不去，小妹我和他玩命！」

這一把抓得有些重了，安清悠頓時感到手腕傳來的疼痛，岳勝男有些不好意思，忙賠禮道歉，忽然一轉身，向著院中的另外幾席高喊：「姐兒幾個都過來，有大事啊！」

這一嗓子喊得當真是……雌壯昂揚，滿院皆驚啊！

「這些坐在外院之人就是沒規矩，亂喊亂叫的……」

岳勝男在外廳中高喊著幾家相熟的小姊妹們的時候，那吼聲也傳到了正廳裡坐著的史通判家少奶奶甘氏的耳朵裡。

只見她斜眼瞥了一下外面，說話的口氣中帶著滿滿的輕蔑。

「原本我也是嫌這些亂七八糟的人吵鬧，可是我家老爺既然是坐了通判這位置，少不了得和京城各色人等打交道。這三教九流的女人們不懂禮法，讓諸位見笑了。」

坐在首席的甘氏，一邊說著場面話，一邊皺著眉頭，像是外面那些人給史府丟了多大的面子。

「無妨無妨，那等小門小戶的婦人，又哪裡能像咱們這等身分的人？」

笑著幫襯的是安家四夫人藍氏。

那位岳總鏢頭的獨生女岳勝男，亦是她刻意攛掇著和安清悠安排在了一桌的，此刻聽著院外的叫嚷之聲，心中甚是高興。

像岳勝男這種女子，旁人只要看了一眼，不印象深刻也難。

聽說她還有腋味之症？嘖嘖嘖嘖，大侄女，妳最擅長的便是調香，只是妳若送給那位岳大小姐香囊，那不倒成了故意揭人家短處了嗎？這嗓子喊著出什麼大事了……莫不是那個好武的女人要對大侄女妳動粗？

藍氏笑吟吟地找了個藉口離席走向門口，心裡卻是在思量，安清悠也是安家的人，這番逼她坐在外院不在正廳，也算封了她的交際之路，若是真有人動粗，自己管還是不管？

嗯……還是先不管，最好那姓岳的把她打成重傷，自己再出去驚呼一番，送她回長房，那才顯得自己對晚輩慈愛。

藍氏的如意算盤越打越興奮，走到門口，隔著薄紗簾向外望去時，笑容卻凝固在了臉上。

外院席面之間，幾個平日裡唯岳勝男馬首是瞻的女孩子正盈盈下拜，岳勝男如同護法天尊一般站在安清悠身邊，兀自說道：「……正好藉著史大人家辦宴的喜氣，今兒我便認姊姊了！以後安家姊姊就是我的親姊，也是妳們的親姊，誰要是敢對安姊姊不恭敬，哼哼……」

「都起來吧，勝男妹妹是和妳們開玩笑的，多了幾個妹妹我高興還來不及呢！」安清悠連忙扶起那幾個岳勝男帶著的小姊妹，笑著說道：「姊姊我可是窮人，沒有什麼值錢的見面禮，來來來，這是姊姊親手做的香囊，見者有份，一人一個，都拿著！」

藍氏原想看安清悠出醜，如今這熱鬧見是見了，卻讓她憋得差點一口氣閉過去，狠狠喘了幾下粗氣，用力閉了閉眼，努力平復情緒，心裡又生出不祥的預感：「壞了，這丫頭又開始發香囊了……」

安清悠的確是又開始發香囊了，只是這香囊一出手，便如那滔滔江水連綿不絕，又似黃河氾濫一發不可收拾。

在現代，單純提高香味濃度實在是很沒有技術含量的事情，因為在現代的工業基礎條件下，這種東西的進入門檻很低，好比香水，如果只是單純依靠香味濃度，最後只會變成隨處可見的地攤貨。

好在就是因為工序簡單，自從工部的某個瘋老頭搞出了最原始的萃取提純設備後，提高香味濃度在安清悠這裡就變成了重複、重複，再重複的機械動作，而且經過安清悠的指點之後，便是丫鬟僕婦也能操作。

此次出行，安清悠帶的香囊，除了種類繁多之外，其中這種簡單易製的「超濃香型」香囊是最多的，那輛正停在史通判府外的馬車裡，幾十個皮口袋正靜靜地躺著呢！

當初之所以選這史通判府上的宴會，看重的便是這裡什麼人都有。

這些坐在外院的商賈小吏或是三教九流出身的女眷地位雖低，卻勝在人數多。

此次前來，安清悠本就有那麼幾分要為自己造勢的心思，對於這些非官宦貴婦的基層女眷，早就做了充分的準備。

便是沒有坐在外院，沒有遇見岳勝男這般身有異味的人，安清悠也是準備要與這些人打交道的。京城裡若想讓某個消息傳得飛快，這些女眷比那些養在深宅的女人們效率高多了。

「好香啊……」

「真的是好香！」

「怎麼會這麼香呢？京城裡的香粉鋪子我也常去，怎麼從來沒有遇到這麼香的香囊啊？」

幾個被岳勝男招呼過來的小姊妹，本就多是性格跳脫之人，見安清悠做派不像官家千金那般高高在上，便放開了性子，圍在她身邊嘰嘰喳喳個不停。

骨子裡是現代人的安清悠，本就沒有門第之見，再加上之前入不了正廳，心裡早就憋了一肚子火，眼下既有了岳勝男攬出來的這個機會，不如放手行事。

「既是諸位妹妹們喜歡，那便多拿幾個，回頭姊姊再做便是……」

安清悠出手大方，除了岳勝男帶過來的幾個姑娘，席上其他婦人見獵心喜的，亦是照送不誤。這等香味重的大眾型產品，還真就不怕多送。

東西送出去了小半個皮口袋，帶來的效果著實驚人。

這種濃香型的香囊一旦曝露在空氣中，那種濃重的香味便會隨風飄散，四面八方，無孔不入，尤其是臨近的幾桌，不管是與安清悠這席的人們熟不熟，全都轉頭向這邊看了過來。

「瞧這一個個驚叫的樣子，席上如此之香，莫非是妳們幾個小丫頭又得了什麼新奇物事不成？我說岳大小姐，怎麼也不招呼我這做老姊姊的一聲？」

院外席次沒有正廳那麼講究，很快就有人過來閒聊。

最先來的婦人姓金，丈夫是京城北門的城政查按，說白了就是管城門的頭兒，道地的九品芝麻官。雖是京城裡最不起眼的小官，可是與走鏢的岳家常來常往，與岳勝男極為熟稔。

「老姊姊，妳也來了？我這不是今天新認了個姊姊，心裡高興嗎？正好正好，我為妳介紹，這是安老大人家的長房孫女，我剛認的姊姊……」

岳勝男倒也不客氣，伸手就拉著金氏介紹給安清悠認識，聊了幾句，金氏便得了安清悠的香囊。只是這位金氏的心思，那岳勝男這等粗線條之人不同。聽得安清悠是左都御史安老大人的孫女，心裡就活動開了。

這安大小姐有如此背景，怎麼也該是在正廳中落座啊，怎麼落到這院外來？嗯，十有八九是在家裡不受寵，遭了排擠，可是這等人家出來的女兒若是嫁了人，到底還是要配個門當戶對的人家，到時候不是夫人便是個奶奶，誰知道會不會一朝翻身呢？

錦上添花兩相忘，雪中送炭一分情。

金氏年長，這等道理卻是清楚得很，當下便存了結些善緣的心思。得了安清悠所贈的香囊，金氏有心要回贈，可是在身上摸來摸去，實在沒什麼像這香囊一般如此有意思的物件。

金氏這一琢磨，索性也別玩什麼花招了，直接來個實際的，當下從袖子裡拿出一個二兩多的小金元寶來，笑著說道：「讓妹妹見笑了，今兒咱們初次見面，本該是我這做老大姊的先給妹妹見面禮才是！咱沒讀過什麼書，只重實在，一點兒小意思，妹妹別嫌少！」

金氏的夫君雖然官小，但這京城乃是天下一等一的繁華所在，每天進出的車馬貨物何止成百上千，巡檢盤查之間自然是油水豐厚。這金氏確實如她自己所說的沒讀過什麼書，這等黃白之物一出手，登時形象上就差了幾分。

俗！

真的很俗！

不過，安清悠完全不反對這種俗物，現在全府上上下下都缺錢，送些首飾玉佩之類的物件還要拿去變賣，既然人家給了小金元寶，當然要收，還要收得乾脆。

金氏這邊俗了，卻惹得那邊岳勝男一拍腦門，對啊，這安家姊姊可是我剛認的親姊，怎麼把回禮這事給忘了？

岳勝男立刻表現出了她那直來直去的豪爽性格，從荷包裡抽了一張三十兩的銀票出來一拍，「姊，這是小妹我的！」

岳家妹妹，妳也俗了……

安清悠同樣豪爽地收下了，俗點兒就俗點兒，勝在實用啊！

周圍的氣氛慢慢起了變化。

有了岳勝男和金氏帶頭，席上一干人等紛紛拿了回禮出來，大家有樣學樣，元寶銀票轉眼成堆擺在一起。

再者，有了金氏過來串席，便有第二、第三個人來走動，岳勝男那些小姊妹回到各自席上亦是閒不住的。這等香氣極烈的香囊除了拿在手上把玩，還成了她們顯擺炫耀之物。舉起手來，迎風一晃，登時滿座皆香。

於是乎，無論是得了香囊的金氏等人，還是岳勝男的那些小姊妹，身邊幾乎都出現這樣的寒暄：「那位安大小姐這手藝當真特別，妳既與她相熟，要不也幫我等引見一下？」

一來二去，圍在安清悠身邊的人漸漸多了起來，十有八九是衝著這種從未見過的香囊而來，對於這種加工簡單的香囊，安清悠也不吝惜，隨手發了不少，還讓茶香回馬車上取貨。

香是足夠了，可是場面有點超出想像……

一干外院女眷們居然漸漸有了血拚的架勢，眼瞅著安清悠同席之人都是拿了香囊再回贈些真金白銀，自然也不好意思空著手向人家索要，便跟著掏出俗物來，就為了不落人後，也要討得香囊把玩。

女人真的是一種很容易衝動的動物，場面一時變成了女眷們排隊付錢領香囊，安清悠面帶微笑，端坐在自己的位置上。

便在此時，身邊那位剛認的乾妹妹岳勝男，挽起了袖子，上來幫忙道：「姊，妳是不是忙不過來？這等黃白之物最是沉重，要不要小妹搭把手？姊姊，妳就放心，咱們金龍鏢局是百年老字號，絕不會竊占客人半點東西，何況京城裡光天化日之下也沒什麼匪盜，這趟咱們便是走明鏢也不懼有什麼危險。這等簡單之事，我們只收妳鏢額總價的半成即可，人在鏢在，鏢到付錢……呸呸呸，我這是說什麼呢？幫姊姊的忙，怎麼能提什麼鏢銀？」

岳勝男說順了嘴，竟是把那走鏢慣常的套話都說了出來。安清悠噗哧一笑，心道這乾妹妹倒是熱心，這下莫說是收銀，便是運鈔押解都全了，還是一條龍服務到家的。

對於安清悠而言，操辦老太爺的壽宴也好，應對即將到來的選秀也罷，都有個致命的劣勢，那就是在貴女圈中，自己的人脈實在是太不足了。

如安家的三夫人、四夫人，都是在京城裡走動多時的，走出去不用介紹，便有很多人認識。而她只參加過幾場聚宴，京城中根本沒幾個人知道她安清悠是誰。

正因如此，安清悠才有了在史通判府上這些下層女眷們中間揚名的心思。

要想讓傳播的速度加快，少數的精英階層固然要重視，卻更需要依靠金字塔底部那個數量龐大的群體。

這些院外的女眷，來自各個階層，對於這樣有些底子卻又難登大雅之堂的群體來說，真要玩什麼清淡雅致，反而不一定有多大的效果，要想製造點騷動，那味道就要夠重。

安清悠在外席發香囊收回禮，熱鬧得一塌糊塗，正廳裡的貴婦小姐們卻是渾身不自在了。

原因無他，就因為她們此時此刻的鼻子裡，似乎都只能聞得到同一種氣味，就是從外席飄過來的濃重香氣。

秋花起處滿園香，即便是在自然條件下，花兒開多了都能讓一個院子到處都是香味，更何況是安清悠馬特製的數百個經過處理的濃香型香囊？

院子裡到處都是佩戴香囊之人，此刻迎風一吹，正廳之中便瀰漫著濃濃的香氣。

這廳裡不比廳外，味道散不出去。

裡面的人被這等無所不在的濃香包圍，猶如掉進了香粉缸裡。

強大的嗅覺衝擊力之下，身上的胭脂香粉算是白撲了，眾人身上都是同一個味兒，與院外那些她們看不起的商賈小吏的女眷沒有半點不同。

就連桌上的菜肴味道都怪怪的，管你是雞鴨魚肉、酒水河鮮，這一刻都是那香囊的氣味，嘴裡嚼著翡翠青瓜，鼻子裡卻滿滿的濃香，彆扭極了。

那位史通判家的少奶奶甘氏，臉上的顏色已經變了。

外面的種種景象，甘氏哪裡又能不清楚？可是妳說眼下這情勢要管，卻又怎麼個管法？那安大小姐就是與其他女眷互贈些物品，又沒有逾矩，如何能轟她出府？更別說這麼做是連安家的面子一起掃了。

安老太爺畢竟是左都御史，別說是她了，就是通判大人也惹不起，這等事情不是她一個孫媳婦能夠做的主。

可不許她發香囊？如今這場面已經成了勢，只怕外席那些女眷們即便嘴上不說，心裡也要大罵史府不通人情了。

甘氏坐在那裡彆扭來彆扭去，最終還是把目光落在了同席的藍氏身上。

這位大小姐是你們安家的人，更是妳的晚輩，當初是妳攛掇才故意將人排在了外席，如今鬧出了這等狀況，妳不收拾又是誰收拾？

藍氏的笑容僵在臉上。

於情於禮，這時候都該她這做嬸娘的出面，可是自家知自家事，她與大侄女打過幾次交道，知道她不是那麼好相與的。

之前既是刻意迴避了她，此刻出去，指不定被安清悠怎麼擠兌。

便是退一萬步來說，要是她拿出長輩身分強令她回府，不許她再往外送香囊，史通判這邊倒是落得乾淨，外席那些女眷們便會把她埋怨死。

想像那些商賈小吏的女眷們在京城的街頭巷尾埋怨自己的場景，藍氏就忍不住打了個哆嗦。

藍氏咬著牙，低頭做專心吃東西狀，假裝沒看見甘氏的目光。

甘氏心裡氣極，心說妳安四夫人家裡的男人管著鹽運司，富得流油，什麼好東西妳沒嘗過？這時候倒埋頭品嘗起菜肴來了，還吃用得這麼專心，三天沒吃飯了怎麼著？

可是氣歸氣，藍氏能躲，甘氏是這次周歲禮小少爺的親娘，身為主人家，壓根兒就躲不了。如今這場面搞得甚是尷尬，讓她的面子往哪擱？讓史家的面子往哪擱？

藍氏指望不上，甘氏開始向她相熟的幾個女眷打眼色，盼著有人能夠幫她解了這個圍，可是能進正廳之人，十個有九個是自恃身分的，要她們去外席與那些低等女眷周旋，沒人願意。

一時之間，大家見了藍氏埋頭吃東西的樣子，便有樣學樣起來。

一桌子的人滿鼻子濃香彆扭歸彆扭，吃得卻是歡實。

甘氏為之氣結，心說平日裡一個個見了面，有說有笑，這麼點兒小事，就全縮頭了！

這又不是平常姊姊妹妹地叫著一家親的時候了？

這卻怪不得旁人，對這些貴女們而言，身分、臉面和利益才是她們看重的。

至於情分這玩意兒，不過就是那麼回事，家大尚且情分薄，更別說平時裡那些所謂的交往，甘氏倒是比那些場面上打滾過來夫人們嫩多了。

便在甘氏彷徨之時，忽聽席上有個聲音說道：「這香味真重，各位慢用，我也去外席轉轉，瞧瞧熱鬧去！」

這話一說，眾人都覺得有些納罕，什麼人居然會在這個時候往自己身上攬事？不懂規矩！自甘墮落！

幾位貴婦齊刷刷轉過了諸如此類的念頭。

之前在史通判府上的其他聚會中，也不是和那些下層女眷們全無交集，可那也是要等正廳眾人應酬完了，閒來無事時才看看有沒有外席的人前來請安，送錢送物來求自家老爺們辦事。

今日正禮還未過，卻有人主動要到外席去轉悠，這不是自甘墮落是什麼？

只是一干貴女循著那說話之人的聲音望去，盡皆愕然。

說話這位，還真就沒人能說她不懂規矩，這位可是從小就在宮裡跑大的，是誠老郡王的嫡外孫女，現任太僕寺卿錢老大人家的孫媳婦錢二奶奶。

伍之章 郎君粉墨登場

甘氏正是焦急的時候，眼下可顧不上別人怎麼想錢二奶奶到底懂不懂規矩，眼見著這位在京城大族之中極為有名的錢二奶奶要出面，當下高興得如同溺水之人抓到了浮木，連聲說道：「錢家姊姊要出去逛逛？那可是再好不過，這外面有些熱鬧得過了，既如此……倒是有勞了！」

這等事情當著眾人也不好說得太白，甘氏只好把「熱鬧得過了」這幾個字說得極重，外帶著擠眉弄眼，使眼色。

錢二奶奶卻是微微一笑，逕自說道：「我這人就喜歡湊熱鬧，在外席轉轉卻是無妨，更何況，據我所知，全京城裡能把香調到這分上的人只有一個。如此妙人兒，既是也來到了貴府，不見上一見，豈不是虧大了？」

說話之間，錢二奶奶的視線在藍氏的身上有意無意地掃過。

藍氏心中猛地一動，這錢二奶奶倒好像與大侄女認識，她這番舉動，反倒是在此時此刻賣給了甘氏一個天大的人情。

把安清悠放在外席，到底是對還是錯？

藍氏在那邊反覆思量，錢二奶奶可是沒理她這麼多，出了正廳門，引起了一片譁然。

平日裡都是外席的女眷們待到正禮之後才能想法子進正廳巴結那些貴婦，今日有個安家大小姐坐在外席已是異數，怎麼又多了個主動往外席跑的？

錢二奶奶卻是不同於安清悠這等生面孔，在貴女圈裡極是有名，坐在外席的女眷，當下便想趕著上來巴結。

錢二奶奶偶爾點頭示意，腳下卻不停留，一路來到了安清悠這席前，打著趣道：「安家妹子，妳也來了？姊姊我還想找個時候去妳府上尋妳，誰知擇日不如撞日，今兒倒是在這裡碰見了！」

「見過錢家姊姊，多日不見，錢家姊姊依舊是這般精神漂亮。」安清悠微微一笑。

「哎呀呀，妹妹還是這般客氣，姊姊我可是人老珠黃了，比不得妹妹這等二八年華，越發出落得水靈動人了！別的不說，單是這端莊有禮的氣度，在咱們京城便是一等一的！」

錢二奶奶對安清悠出乎意料的親熱，旁人看得覺得奇怪，更有那腦筋沒轉過彎來的便想，莫非是這香囊太香，連錢二奶奶也動了心思，想來討上一個？

還有人看錢二奶奶和安清悠似是早就認識，暗地裡上了心。

原以為那安家大小姐是個在家裡不受待見的，才被打發到了外席來，可看著錢二奶奶對她如此親近，難不成是她們想差了？

一干女眷在那裡左右猜測，卻不知錢二奶奶和她們想的並不同。

錢二奶奶在宮裡玩大的，嫌今日的香囊氣味濃重，失了兩分雅致，拿來在史通判府上的外席大把撒可以，卻不是上層貴女的心頭好。

她對這等濃香型的香囊沒興趣，對於安清悠調香的手藝卻是有興趣多了。

當初安清悠到她府上小聚之時，錢二奶奶便以給婆婆安神為名，拜託她做香囊，只是後來那香囊沒送給婆婆，而是送進了宮裡。

某位貴人對那能有安神功效的香囊很是滿意，連帶著錢二奶奶也得了不少好處。

今日錢二奶奶前來與安清悠相見，其實是另有打算。

錢二奶奶牽起安清悠的手，面上的親熱之意更甚，笑著道：「許久沒見到妹妹，還真是有不少體己話想說說。前幾日進宮，聽幾位貴人談起了選秀之事，我可是一直很看好妹妹的，走，到姊姊那席吃幾杯酒，咱們再開個閣子好好聊聊！」

所謂「開閣子」，便是指在這等宴聚的場合，若是哪兩家女眷有不方便被旁人聽到的事情要談，便向主人家討個清靜房間私聊。外席的女眷雖然因為門第之故難入正廳，對於這等關節倒大多都是懂的，只是錢二奶奶這話一出口，卻又是引起了騷動。

選秀？

錢二奶奶剛才說的是選秀！

似她這等宮裡面都通透著的人，居然也要找安清悠開閣子私敘，莫不是這安大小姐在宮裡面有底子？

許多人都倒吸了一口涼氣，大家巴巴地趕著來史通判府上做什麼，還不就是為了多拓展些人脈，搭上些路子？如今這麼一條大魚就在眼前，居然沒有好好地說上幾句，實在是大大的失策。

當然也有心花怒放的，好比安清悠新認的乾妹妹岳勝男，此刻就有一種被天上掉下了大元寶砸中的喜悅，自己這位安姊姊……那可不是一般人啊！

一時間，岳勝男咧開嘴，傻笑了起來。

眾人臉色各異，安清悠卻仍然沉靜如水。

看到小半個外席的女眷手裡都有了香囊，心知此行的目的已經達到了一半，只怕不出幾日，安家出了個會調香的女兒之事便會傳遍京城。

至於錢二奶奶要和自己開閣子，說的還是選秀之事，這倒也有點意思，當即應了下來。

今日前來赴宴，另一半的目的不就在那正廳之內？

「小妹多日沒見姊姊，亦是頗為想念，少不得要到席上敬幾杯水酒，至於那選秀之事，能得姊姊提點更是求之不得，這便叨擾姊姊了。」

錢二奶奶隨意的兩句話，便替主人家解了圍，又輕輕巧巧地把安清悠拉到了自己身邊。

眼見安清悠應下，錢二奶奶沒半點猶豫，直接把安清悠從人堆裡摘出來，笑著道：「走走走，咱們姊妹倆好好聊聊去……」

兩人邊聊邊往內廳走去，冷不防那位第一個給安清悠遞元寶的金氏，緊著在旁邊說道：「安大小姐這次要入宮選秀？我家老爺之前承蒙安家諸位老爺們提點照顧，若有什麼用得著的，派個下人過來招呼一聲便是。改日大小姐若是得閒，我再到安府上向您請安。」

這金氏雖只是小吏之妻，卻是個敢冒險搏好處的。

如今既有這等人物，不趁著人家還在做姑娘的時候先巴結個臉熟，還要怎地？若是有一天真的發跡了，她們這些小門小戶的女眷，怕是連人家的門進不了了。金氏那話語中的稱呼不知不覺變成了您，請安一詞更是轉瞬便蹦了出來。

只是安清悠想來想去，到底也沒想起來安家究竟是哪一房和這位城政查按有交集。不過，人家管著城門，要說究竟和安府中人打沒打過照面，還真難講……

既當客套的場面話聽，安清悠也不作態，點頭應了。而錢二奶奶對這等主動巴結的事見多了，卻也不以為意，道了一句妹妹人緣真好，兩人便繼續邁步向正廳走去。

這邊安清悠在外席功德圓滿，便要入內廳，那邊的藍氏卻是發了愁。

好不容易把大侄女排擠在外席，誰想到她不但弄出了這番場面，而且最後還是登堂入室了。兩人見了面，尷尬自然不說，可莫要讓她在這貴女圈裡又弄出些什麼事情來。

好在藍氏總是長輩，琢磨來琢磨去，還是覺得這嬸娘的身分能壓安清悠一頭。

況且，這等濃重的香氣在廳內揮之不去，弄得這些貴婦小姐們不自在，再加上那甘氏本就和自己相熟，這幾個條件用好了，說不定反倒能在眾人之前好好地踩她一頓。

藍氏盤算已定，當下不再有那埋頭吃菜的作態，擦了擦嘴，正襟危坐，擺足了長輩的架子，等著安清悠來向自己請安問好時，先在氣勢上壓她一壓。

可是，人算不如天算，安清悠來是來了，一進門大家最先注意到的卻是錢二奶奶親親熱熱地拉著她的手，對著諸位介紹道：「這位妹妹不知道大家看著是不是眼生？今兒咱們卻是來對了！這是左都御史安老大人家的長房嫡孫女，如今掌著安家長房的內宅。新科榜眼沈公子大家可還記得？那便是借住在安大人家裡的……」

錢少奶奶說話爽利，短短幾句，已經透給席上眾人不少重要訊息，安老大人家的嫡親長孫女、執掌內院，這兩個籌碼已經足夠引起其他人對安清悠的重視，再又提到沈榜眼，卻是順帶連沈家的勢也借了。

席上的女眷們登時對安清悠多瞧了幾眼。

自有幾個婦人轉過念頭，介紹這位安大小姐也就罷了，刻意提起沈家做什麼？安沈兩家本是世交，沈雲衣是今科榜眼，將來自然是前途遠大，難道這兩家要聯姻不成？許多人便向藍氏看來，藍氏繼續微笑，事實上，她也只能就這麼乾笑。

這話頭說的都是長房的事，到底是有沒有內情或怎麼個內情，她也沒法回答得明白。

正尷尬間，卻聽錢二奶奶又有意無意地說道：「說起咱們這位安家妹子，那可是有真本事的！這次宮裡的選秀也遞了名字上去，要我說啊，單是那一手調香的手藝，宮裡都挑不出這麼好的來，這次選秀我可是很看好她的！」

這讓眾人更是在意了。

古代的女眷們，很少有像安清悠那般盼著選秀落選的。

不少人赴宴，看重的便是通判府上消息靈通，關於選秀的事，哪怕是些小道消息也好，知道了總比不知道的強，更別說這位錢二奶奶是什麼人了。

這位可是誠老郡王的外孫女，在宮裡打滾了那麼久，她都說看好安家大小姐，那這位面生的安家嫡長孫女，未來的前途可是繫在皇親國戚上？可是，既是這般人物，剛剛又怎麼會被安排在了外席？

看著眾人望過來的詢問目光越來越多，藍氏只覺得壓力極大，正在暗呼糟糕之際，忽見安清悠緩步走了過來，規規矩矩地福身道：「原來四嬸也在這裡，之前怎麼沒見到？侄女見過四嬸，四嬸福安。」

藍氏剎那間竟有些失神。

這大侄女目光越來越犀利了，這才邁入廳門幾步，就發現了自己，更在轉瞬之間，在自己倍感壓力之時前來見禮問安。

這哪裡是十六七歲的小姑娘，分明是眼光銳利、手段辛辣的老手啊！

不過，藍氏畢竟是老油條了，回神極快，當下收拾了心情，看了安清悠一眼，拿出了長輩的姿態，笑道：「喲？大侄女，妳也來了？這史大人府上高朋滿座，妳們這些做晚輩的來長些見識也不錯，尤其是這廳裡都是些有身分有臉面的夫人小姐，有空還是多和人家學些正經的規矩為好。」

這話雖是笑著說，卻極是陰損，不但踩實安清悠是晚輩，還抬了自己和廳內眾人一道，更有意無意暗指安清悠之前在外席和那些低層女眷交往有失身分。

安清悠如何聽不出來，當下也不爭辯，只說了句多謝四嬸教誨。先守住了自家禮數，這才與身為的主人的史家少奶奶甘氏見禮。

甘氏看了坐在一邊的藍氏一眼，心中對兩人的對答有些詫異，敢情妳們雖然都是安家的人，臨來我們府上卻是事先沒通過氣的？

怎麼說我才是主人，便是妳要打壓晚輩也招呼一聲啊，那安大小姐既掌了中饋，又要入宮選秀，這樣的人放在外席，不是讓別人笑話我史家待人缺了章法嗎？

不過，在甘氏的眼中，畢竟還是藍氏的分量更重一些。

兩人在開席之前又達成了某些交易，即使心中不快，也只能先放下。

甘氏又打量了安清悠幾眼，今兒被這安大小姐一搞，弄得正廳之中人人不自在，她越想越不爽，當下露出了一絲冷笑道：「安大小姐可真是好手段，我家這廳裡院子裡，此刻都成了您那香氣的天下。我還道安老大人家出來的女子都如四夫人一般重禮數，怎麼安大小姐淨顧著那些外席的人，也不管這些真正坐在廳裡的夫人小姐們愛不愛聞，就這麼不管不顧到處送香囊呢？」

甘氏身為主人家，這話說出來自是很有分量的。

藍氏在旁邊聽得心裡大樂，暗道這次既有主人幫襯，還不踩死了妳這小丫頭？當下把那長輩的架子端得更大，板著臉，幫腔道：「我說大侄女啊，妳這事做得實在不太像話了，還不快向人家少奶奶賠禮？我說妹妹啊，妳也別往心裡去，都是這孩子年紀小不懂事，我們安家家教可是極嚴的，妳看在我這做姊姊的面上，甭跟她一般見識……」

藍氏這話看著像是圓場，可是數落安清悠的意思任何人都聽得出來。剛才錢二奶奶既已說了安清悠如今執掌長房中饋，這一番數落，可是連整個長房都損了進去。

安清悠也不慌亂，逕自向甘氏又福身道：「這事確是我做得唐突了，在這裡給少奶奶和各位夫人小姐們賠罪了。只恨我年紀小沒經驗，更是沒不知道四嬸也在此處，若是早有四嬸提點，斷不致有如此孟浪之舉。」

這話一說，眾人又把目光移向了藍氏，心說：是啊，小輩不懂，難道妳這做長輩的也不懂事？自家晚輩坐在外席妳不提攜，剛才她發香囊的時候妳又幹什麼去了？早過去提點，犯得上弄得這香味滿天飛嗎？

這時候可沒人想到剛才自己亦是不願出頭的，當時便有人對藍氏的看法鄙夷了幾分。更有那精明之人看著兩人對答的樣子，隱隱猜到了藍氏和安家長房不和。只是這越是猜到，心裡越發不爽，你們自家人鬥來鬥去也就罷了，幹麼把我們都繞進去啊？

藍氏氣極，大侄女，妳行啊，這時候倒「倚小賣小」起來了。這不是逼著咱們有錯一塊兒錯嗎？我是長輩，別人有氣都先衝著我來不是？妳想躲得乾淨，門都沒有！

藍氏正要說話，見安清悠又是趕在了前頭道：「那些商賈小吏家的女眷們喜歡濃香，放在這正廳，不免失了雅致。此事既是因我而起，亦當由我而息，諸位稍待片刻，我這就還諸位一個清靜。」

這話一說，人人覺得好奇，此刻外席上數百個香囊環伺，順著風把那濃重的香氣吹了進來。妳這小孩子有什麼手段還個清靜，難道還能將這香氣盡數消了不成？

安清悠還真就能把這香氣都消了！

只見安清悠微微一笑，拿出了一個瓷瓶，對著甘氏輕聲道：「煩勞少奶奶命下人將這瓶消香液用十斤清水兌了，噴塗在廳門臺階窗棱處，若是想要這香氣去得快些，還可將這廳中地上也略略灑上一點，不出三刻，自然氣味全無。」

甘氏雖說是看著安清悠頗為不爽，可畢竟還要照顧到廳裡的客人，當下命下人按安清悠所說之法噴灑塗抹那所謂的消香液。眾人極為納罕，這等濃烈至極的香氣，當真能在三刻之間消去？

說來也怪，史家下人按照安清悠所說的法子噴灑塗抹之後，外席的香氣雖是依舊濃厚，風也依舊是向廳內吹來，可是每到正廳門口處，卻猶如被過濾了一般，風過而無香，竟是再沒有什麼氣味飄進廳裡。

原本滿廳之中香氣濃烈得讓人發昏，可是不知怎麼的，地面上灑了那些液體後，居然真的在三刻之間，氣味全無了。

眾人目瞪口呆，心中泛起了四個字：神乎其技。

當真是神乎其技！

看著滿臉不可思議的眾人，安清悠微微一笑，這種東西在現代並不稀奇，放在古代卻是玄之又玄。許多東西之所以氣味濃烈，便是裡面具有某些刺激人嗅覺的化學物質而已。而越是氣味濃烈的化學物質，越容易溶於水，好比切洋蔥時把砧板和菜刀打濕，在周圍放上一盤子水，便能減少對眼睛鼻子的刺激，用的便是這個原理。

更何況，安清悠的手段還不止於此。

那些外席上送出去的香囊之中，本身就是選了那些香氣容易被水吸收的原料，那瓶所謂的消香液看似無色無味，卻是安清悠精心調製的，含有一種長時間揮發卻能強力中和香囊中材料香氣的物質。雙管齊下，登時便將廳中濃香去了個乾乾淨淨。

消香除味，對於現代的專業調香師而言，不過是基本功罷了。

廳中人人震驚無語，直到錢二奶奶領頭誇了一聲妙，這才讚聲四起。

唯有藍氏驚疑不定。

對安清悠調香技法之高超，她自是知曉，可消香如此卓絕的手法，卻遠遠超出了她的認知。

安清悠嫋嫋婷婷地走了過來，衝著藍氏微微一笑道：「讓四嬸見笑了。說起來，這事還得多謝四嬸之前的照顧，如若不是您勞心費神地求著工部那位老大人做出了些新的工具器皿，今兒這幾種香，侄女便有天大的本事，那也是調不出來的。」

安清悠這是在道謝？

藍氏差點沒被安清悠的話給噎死。

有了剛才這手，只怕是這廳中人人都會記得安家長房大小姐調香的手藝有多麼高超，想忘都忘不了了。再加上那些外席上的三教九流女眷一宣傳，安清悠更是徹底在貴女圈中揚名了。

這一炮打響的事，竟然還有自己的出力在裡面，讓藍氏彆扭到了極點，偏偏人家這般客客氣氣地道謝，她又沒法再說什麼。

安清悠甚至有意無意點了藍氏一下，妳也有調香的事情求著我，在外人面前咱們好歹都是安家的人，誰也別對誰太過分。

藍氏臉上的表情越發精彩，憋了半天，愣是沒有想出什麼好應對來，只好強笑著道：「這個……這個還好啦！都是一家人……不用客氣！」

安清悠微微一笑，忽聽得那位今天一直很配合自己的錢二奶奶拍著手笑道：「妙妙妙！這等把香氣玩弄於股掌間的本事，我看莫說京城或宮裡，便是咱們大梁國也找不出第二個來！此次安家妹妹進宮選秀我可是很看好的，我說史家妹妹，回頭正禮過了，我等著向妳這做主人的借個閣子，和安家妹妹好好說點體己話！」

錢二奶奶要和安家大小姐開閣子？

廳內的夫人小姐們又是一陣驚異。

像安清悠這等世家嫡女，若是參加選秀，說不定便是指給皇子皇孫的命，熬個幾年，便是王爺正妻。就算落選，以安家這等門第，怕也會欽點給個世家當正妻。更何況，剛才錢二奶奶提了選秀也就罷了，為什麼還要提沈家？安沈兩家聯手使勁兒，皇帝也要給幾分薄面吧？

若真是如此，錢二奶奶要和安清悠單開一個閣子也不稀奇。一時之間，反倒有不少人心裡冒出了兩個字：內定？

選秀之前，宮裡的貴人先和某些參加選秀的府上私下談好，選秀不過是走個過場而已。

適才看了安清悠調香的本事，莫說安家本就是名門望族，便是哪家貴人真想招攬幾個身懷絕技的女子作為在宮裡的臂膀，又有什麼稀奇？

內廳裡的貴女們不比那些外席上的女眷，許多人家中還有要參加此次選秀的晚輩。

眼下選秀的日子越來越近，各種謠言滿天飛，大家來到這史通判府上，圖的就是能得個消息。就算是消息有錯，也總比沒消息好。

最起碼，這蛛絲馬跡是從錢二奶奶這等人身上露出來的，極是可靠。

不過，覺得最奇怪是安清悠，錢二奶奶這番行為，分明就是在幫自己這個新人拉抬身分，自己和她不過是一兩場聚會的交情，就算是那次聊得再開心，相處得再好，也斷不至於讓她如此幫襯自己啊！

安清悠不明所以，旁人卻開始想著如何能與她拉上關係。

有選秀這等大事在前，還管剛才那些舒服不舒服的勞什子做什麼？

當下便有熟人看著錢二奶奶拉著安清悠坐到她那席上，便湊過來笑著說道：「我說錢二奶奶，您和這安家妹妹似是極為熟稔，我們可是跟人家頭一次見面，也不給引見一下？」

錢二奶奶也不作態，逕自把安清悠介紹給其他女眷，言語中更是頗多稱讚。

這正廳中不比外席，史通判這等京城著名的地頭蛇，早就把賓客的背景家底摸了個通透，如今能坐在這裡的，一個頂著一個，都是些實打實的宦門望族。

安清悠雖對錢二奶奶的言行感到疑惑，可此時不是打破沙鍋問到底的時候，便順勢規規矩矩地向著眾人請安問好。

正所謂，遠觀歸遠觀，近談歸近談。

廳中貴女們見安清悠舉手投足端莊大方，倒是更高看了她一眼，似是忘了她剛才坐在外席，身分差了一籌，何況有錢二奶奶在，誰又敢小覷她？

安清悠順水推舟，該怎麼交往便怎麼交往。

「今兒和安家妹妹雖是初見，卻甚是投緣，什麼時候到我府上小聚一番？正好我家那邊有個侄女也是要入宮選秀，妳們多親近親近！」

「清悠與姊姊亦是一見如故，正好再過幾天便是祖父的壽辰，回頭我請家父給姊姊家裡親自送個帖子過去。他們男人聊他們的，我們女子自到一處說說體己話，大家湊在一起熱鬧，豈不更好？」

「喲，眼瞅著這就到安老大人的壽辰了？姊姊卻是要沾沾喜氣的，甚好甚好……」

安清悠寒暄之間，不動聲色地邀請起了世家貴女們參加安老太爺的壽宴。

受邀之人渾然不覺，卻不知此刻另一位安家女眷卻是看得咬牙切齒。

原本藍氏打算晚一點再邀請這些貴婦，沒料想殺出個安清悠，先以調香的微末技藝成了眾人的焦點，再有錢二奶奶不知道為什麼極力幫腔，最後竟是把這事情搶了先。

藍氏緊緊盯著安清悠，只覺得心裡在淌血。

自己與史通判府上才是熟客，怎麼這大侄女來走了一遭，事情就變成這個樣子了？

就在藍氏心裡翻江倒海之際，忽聽得院外一陣喧鬧，隨即有高叫聲傳來：「欽差大臣到！」

「欽差大臣虎賁都尉蕭洛辰蕭大人到——」

原本吵鬧的院子裡瞬間出現了幾秒鐘的冷場，夫人小姐們面面相覷，都露出了古怪的神色，連安清悠這等閱歷尚淺之人都瞧出了不對勁。

前不久王侍郎老母做大壽，陛下賜了誥命，那是對即將大用的重臣、近臣推崇孝道，示以恩寵聖眷的手段。

可是，這史通判不過是六品小官，辦的又是孫子的周歲禮這等尋常之事，皇帝犯得著派欽差大臣來嗎？

錢二奶奶本就是宮裡長大的，此刻倒是沒其他人那麼錯愕，只是皺著眉搖了搖頭，嘆了一口氣說道：「陛下縱是要下旨傳口諭，派個司儀監的公公過來也就罷了，怎麼還派了這麼個混世魔王來做欽差？」

錢二奶奶正在那裡皺著眉頭自言自語，忽聽得旁邊有個聲音問道：「對了，適才見姊姊之時，姊姊說這幾日本欲來尋小妹，卻不知有什麼提點？」

錢二奶奶轉頭，見安清悠帶淡淡的笑容，臉上如和煦的陽光一般溫暖。

她本就精明通透，自然知道安大小姐明白自己剛才的做法是在有意拉抬她的身價，明白人須說明白話，當下也不再刻意隱瞞，只是這裡不是說話的地方，當下笑著說道：「哪裡談得上什麼提點，倒是姊姊這裡有事求著妹妹，一會兒看戲的時候，咱們弄個小閣子，好說些話。」

安清悠心裡有些詫異，錢二奶奶身分不俗，她有什麼事情需要求到自己頭上？

兩人在這裡小聲說著話，旁邊席上可沒這麼安靜。

蕭洛辰的到來，對於這廳內的女眷們來說，猶如在平靜的水中投入了一顆石子，蕩起的漣漪正在一波一波地泛了開來。

「蕭洛辰耶，居然能見到他！」

一個年紀與安清悠相仿的千金小姐，明顯對蕭洛辰有傾慕之意。

「蕭洛辰有什麼好？不過是個不學無術的混混罷了，仗著陛下恩寵的弄臣……」

另一個同樣是沒出嫁的女孩子顯然持反對意見。

「蕭洛辰是不學無術的混混？妳怎麼不說說他槍挑北胡勇士的本事！啊啊，想想他那個白袍駿馬的樣子就讓人心動……」

「不過是個武夫，聽說他連聖人都敢罵，不是不學無術的混混又是什麼？」

兩位小姐在那裡低聲地爭來爭去，安清悠聽了啞然失笑。

這蕭洛辰的爭議怎麼就那麼大呢？

女眷們聊著某些很難說是誰對誰錯的事時，史通判府上正院裡的男人們，對於官場權力和皇帝心思的興趣遠遠超出了蕭洛辰個人的爭議。

身為此間真正主人的史通判，此刻正眉頭緊鎖，陛下這個時候莫名其妙派了個欽差來，到底是個什麼章程？

天威難測啊……

史通判在心裡長長嘆了一口氣，抬起頭來再瞧著滿府的賓客時，不知道為什麼，總是有些忐忑不安。

史通判這邊翻來覆去地思量，欽差大臣卻是帶著皇命來的，迎接之事可是半點耽誤不得。好在史家的下人們精明，隨著史通判一聲令下，鑼鼓樂聲四起，還放起了鞭炮，迎接欽差大臣。

「史大人，令孫周歲，大喜啊！」

悠然的笑聲伴著蕭洛辰的腳步走進了史家大門，蕭洛辰依舊是玉帶白衣的翩翩少年樣兒。神情氣質，不似某個殿試之夜那般冷中帶傲，卻也不像欽差大臣該有的樣子就是了。

「微臣京府史全忠攜全家，恭迎欽差大人，吾皇萬歲萬歲萬萬歲！」

史通判闔府跪迎欽差大臣，那禮數規矩做得十足。史家的一干男丁跟在他的身後，黑壓壓地跪倒了一片。

蕭洛辰卻是不在意規矩，反而對著史通判道：「我說史大人，今兒我雖是欽差，可也更是給你賀喜來的。如今離吉時還有些時候要等吧？你不請我這做賓客的喝杯水酒，卻弄這副陣仗做什麼？難道你就那麼急著搞公事？」

這個混不吝，怎麼連聖上的差事都敢這般兒戲？

史通判暗暗不爽，臉上卻是不敢露半點異狀。

蕭洛辰是有皇上撐腰的主兒，那實在是惹不起的傢伙。

暗地裡罵了一句，史通判硬擠出了笑容，「蕭大人哪裡的話？下官也是聽聞皇上派了欽差大臣來，心下激動得有些亂了分寸。今日蕭大人光臨寒舍，當真是令敝府蓬蓽生輝，要不您先請上座，咱們先吃兩杯水酒再好好聆聽皇上的教誨？」

「別啊！史大人，您是正六品的通判，我蕭某可不是什麼大人，不過是皇上身邊的小人物罷了，您怎麼能自稱下官呢？這話若是讓御史聽了去，那又要參蕭某一個不敬的罪名了，這可是天大的麻煩……」

蕭洛辰有一句沒一句地扯東扯西，史通判心裡大罵不已，心說你蕭洛辰還怕被參？每個月御史參你的摺子沒有十本也有八本，什麼時候見你在乎過了？不敬算是個狗屁罪名，若不是皇上保著你，十個腦袋也都砍了！

不過在心裡罵歸罵，史通判可不敢得罪蕭洛辰，當下陪著笑道：「蕭……賢弟教訓得是，那依著蕭賢弟說該怎麼辦？」

「唉，還是先上桌吧，久聞史大人府上菜品可是一等一的，京城裡各大酒樓飯莊，誰敢不賣史大人的面子，蕭某勤於王事，今兒可是肚子空空還沒吃半點東西呢！」

史通判立刻抬手做了個請的姿勢，道：「正所謂天子尚且不差餓兵，這也是人之常情，蕭賢弟請上座！」

一干史府的男丁登時站起了來，跟在史通判和蕭洛辰身後向著席間走去，只是，沒走兩步，蕭洛辰卻停下了腳步，向著史通判問道：「不對啊，史大人，您說，是皇命重要，還是吃飯重要？」

史通判哪裡有第二個選擇，笑道：「當然是皇命重要！」

蕭洛辰一拍大腿，驚道：「這樣啊！既是皇命重要，那咱們便不能為了吃飯，連皇命都不顧了，要不咱們先辦正事？」

史通判立刻又帶著一干男丁跪了一地，「臣史全忠率全家恭請……」

只是這話還沒說完，蕭洛辰又搓著下巴念叨：「不過，史大人說得也有理，正所謂天子尚且不差餓兵，要不咱們先吃飯……」

這次不僅是史通判，就連史家上上下下的人全都在心裡破口大罵，但凡有些眼色的人都看得出來，這蕭洛辰哪裡是什麼肚子餓想吃飯，分明就是在消遣史家來著。

眾人當下跪在那裡不肯動了，一起來你就說要頒布皇令，一跪下你就說要吃飯，拿我們當猴兒耍呢？

要說這史通判到底還是高出其他人一籌，心裡雖說已經把蕭洛辰的祖墳都刨了，手上卻只是微微一抖，不動聲色地從袖袋裡摸了一張八百兩的銀票出來，眼看著蕭洛辰兀自念叨著吃喝，便湊上去笑道：「蕭賢弟……」

只是，蕭洛辰卻不待他說話，忽地轉過身來，面南背北，雙手朝著天空一拱，朗聲說道：「陛下口諭！」

史通判那隻捏著銀票的手都伸出去一半了，不得不又縮了回來，手忙腳亂地趕緊跪倒，口中第三次高聲呼道：「微臣史全忠攜全家聆聽聖諭，吾皇萬歲萬歲萬萬歲！」

蕭洛辰朗聲說道：「京城通判史全忠聽諭：聽聞愛卿之孫兒今日周歲，朕甚欣慰。不知愛卿這官做得如何？家人可好？今日舉宴是否熱鬧？孩子可還健壯否？」

史通判立時恭恭敬敬地大聲答道：「微臣史全忠得陛下愛惜，感激涕零。臣自執此印以來，每思皇恩，從不敢有半分懈怠，唯兢兢業業以報陛下朝廷矣！我大梁正逢盛世，臣闔家平安，今日賓朋故友盈門，臣之孫兒碩壯康健，全蒙陛下洪福也！」

皇上傳口諭，遣欽差代為應對也是有的。

這兩句話亦是平常至極的開場白，史通判大聲答了，心裡卻是安穩了不少，似這等拉家常的話語，反倒顯得皇上待自己看重，當下抖擻精神，等著蕭洛辰繼續說那下文。

只是，史通判卯足了勁等著，蕭洛辰那邊卻是把手一拍，笑嘻嘻地說道：「史大人請起吧，皇上的口諭就這麼多，蕭某可是都傳完了！」

「這就完了？」史通判簡直不敢相信自己的耳朵。

選個蕭洛辰這樣不著調的人來做欽差就罷了，誰讓皇上寵他呢！可是這叫個什麼聖喻？就這麼一沒營養的開場白，然後就完了？

可是千漏萬漏，皇上的心思卻是無論如何也漏不得。

皇上雖然年事已高，可是心思深沉，行事往往出人意表，前些日子不是連科舉那等大事都弄了些沒人看得懂的名堂？

皇恩浩蕩，還是君威難測，全在那一線之間，這一節若是搞不明白，那可是大大的不妥。

史通判額頭微微見汗，卻是把那八百兩的銀票又從袖袋裡抽了兩張出來，用力攥住了蕭洛辰的手道：「蕭賢弟，陛下這口諭實在是……實在是大有學問。陛下之高深，非我等駑鈍之臣所能明白，蕭賢弟久在陛下身邊，萬望……萬望提點兩句。」

說著伸過手去，不聲不響便把那銀票交到了蕭洛辰手中。

蕭洛辰來者不拒，看著史通判，極為認真地點了點頭，可是再開口時，話題卻歪到了他處：「差事辦完了，這裡就沒我什麼事了，席上的飯菜還沒涼吧？蕭某為了皇命奔波，都餓得前胸貼後背了……」

史通判呆若木雞地立在那裡，當真是要多糾結有多糾結。

「午時已快過了一半，吉時眼看就要到了，各位都是我史家的貴客，這便請一同觀禮吧，也讓我那孩兒沾沾諸位的富貴氣！」

關於那道莫名其妙的聖喻究竟該如何解讀，內廳中的女眷們卻是沒份參與的。

隨著甘氏的招呼，大家都站起了身來，周歲禮就要開始了。

「好耶！」那位仰慕蕭洛辰的千金小姐低聲歡呼，這大梁國仍是有禮教大防的，女眷們只有藉著觀禮之名才能去正堂。周歲禮圖的是沾福氣，觀禮之人越多越好，男女之間倒沒那麼拘謹，這個時候便能見到蕭洛辰了。

安清悠微微一笑，倒也沒說什麼，只是到了正堂之時，情形卻是又有不同。

貴女們各自去找自己的丈夫或父親，便是那些外席的女眷們也回到了自家男人身邊。相形之下，倒顯得安清悠一個人有些孤單了。

「吉時已到，行正禮！」

唱禮之人一聲吆喝，甘氏自去抱了史家小少爺出來。這嬰兒倒真如史通判之前回覆聖諭時所言，生得白白淨淨，肥頭大耳，當真憨態可掬。

所謂周歲禮，不過就是先有人念上一篇祝福孩子吉祥如意的話，再行抓周禮。

史通判既是這孩子的祖父，又是此次宴會的主人，吉祥話自然是不能由旁人說，只是他心裡還惦記著那古怪的聖喻，這吉祥話念得有些心不在焉。好不容易一陣廢話說完，回到席上時，不禁吃了一驚。

「蕭欽差到哪裡去了？」

史通判看著那張空了的椅子發愣，連忙叫過了下人來問，得到的回答卻是蕭洛辰說聽吉祥話太過無趣，逕自到賓客席間走動去了。

史通判苦笑著搖了搖頭，此事若是放在別人身上，那是對著主人家失禮的行為，可是蕭洛辰是什麼人？他連聖人都敢罵，連過來傳聖諭都敢這麼不著調，能幹出這等事情，一點都不奇怪。

「吉時到，周歲平安，一生大運……」

接下來的抓周禮即將開始。

「稍等稍等，我也來湊個份子！」

眾人眼前一花，蕭洛辰不知道又從哪裡竄了出來，手持一物放在那嬰兒抓周的小床之上。安清悠定睛看去，啞然失笑，居然是自己不久前在外席上送出去的那種濃香型香囊。

適才蕭洛辰離了席出去亂竄，不知從哪位女眷那裡弄來了這等物事。

按說這攪人正禮自是不妥，可蕭洛辰卻毫無自覺，笑嘻嘻地說道：「今日來得匆忙，沒有準備什麼禮物，誰想到在史大人府上卻尋得件有趣的東西。借花獻佛，便算是祝貴府小少爺吉祥如意了。」

唱禮之人在一邊有些不知所措，史通判無奈地擺了擺手，那意思是你和這等人較個什麼勁啊，趕緊往下走禮吧。

「小少爺抓周！」唱禮的人高喊，甘氏親手把孩子放在了小床之上。

這史家小少爺也不認生，眼見著人多熱鬧也不害怕，邁動肉呼呼的小胳膊小腿向前爬去。

「抓紙筆！抓紙筆！」甘氏在心裡暗暗叫著。

大梁國文貴武賤，紙筆象徵著讀書做才子之意，紙筆便被放在了小床正前方最顯眼之處。

史家小兒半點不停留地爬過了紙筆，小腳丫還把一張上好的花箋宣紙踩破了。

甘氏忍不住有些失望，不過好在前面不遠處還有一條史通判親自放上的朝服綬帶，當下又在心裡暗叫：抓綬帶做官，抓綬帶做官……

孩子繼續越過綬帶，顯然對這玩意兒也不感興趣。倒是前方有一錠銀元寶，在陽光照耀之下閃閃發光，他爬到這個看似有趣的東西前停了下來。

居然是選銀子？

甘氏大為失望，雖說做個富家翁也不錯，可她卻是個頗有野心的女人，指望著能藉著兒子得到誥命。銀子？史通判家裡還真不缺銀子。

誰料想小少爺在銀子前只停留一陣兒，又一路爬到了小床的最遠處，小鼻子抽動了一下，一把抓起了那個散發著濃烈氣味的香囊。

對於只憑本能辨識物品的小孩子來說，很難忽略香氣濃郁的物事。

「怎麼是個女子的香囊？難道這孩子長大了會是個花花公子不成？」眾人哄堂大笑。

甘氏漲紅了臉，憋了半天，才對著史通判勉強笑道：「公公，這抓周不過是行個彩頭，孩子不懂事，將來會長成什麼樣子，要看他的造化……」

史通判亦是覺得尷尬不已，點點頭便要安慰兒媳婦兩句，只是話沒出口，站在一邊的蕭洛辰大搖其頭地插話道：「不然不然，須知人生起伏皆有定數，老天既定了這孩子喜歡泡在脂粉堆裡，那便就如此的了。更何況，妻妾成群，依紅偎翠的大享美人恩，有什麼不好？」

甘氏大怒，她一生所想便是有朝一日能成個誥命在身的貴婦人，自己的夫婿沒什麼做官的本事，希望全寄託在下一代，今日正逢兒子周歲禮，偏偏蕭洛辰這混小子來攪局不說，竟然還說出這等話來？

甘氏當下向蕭洛辰狠狠瞪去，想要回敬兩句。

只是，此時此刻的蕭洛辰哪裡還有半分適才的吊兒郎當樣兒，整個人站在那裡宛如一桿長槍般筆直，那張如同刀削出來的臉龐，猶如凝起了一層寒霜。

尤其是那雙眼睛，雖說連正眼都沒給甘氏一眼，可是僅憑餘光，便讓甘氏有了一種不寒而慄的感覺。斥責的話語，不知怎麼就全都嚥回了肚子裡。

史通判亦是察覺有異，轉頭再看向蕭洛辰時，忍不住渾身一震。

殺氣！

這是手底下有過大把人命之人才有的殺氣，史通判掌管京府地面多年，各式各樣的亡命徒見過不少，卻從來沒見過殺氣如此之盛的。

蕭洛辰此時整個人彷彿一柄出鞘的利刃般鋒利，臉上不經意露出了絲詭異的笑容，俯下身在史通判耳邊，用極低的聲音說道：「史大人，剛才您不是說要蕭某提點兩句？要蕭某說，您府上的酒宴倒是一年比一年熱鬧了，知府都熬走了四任，唯有史大人巍然不動，卻不知有一天萬一有點什麼事，這京城地面上大大小小的地頭蛇是聽您的呢？還是聽誰的呢？」

史通判臉色大變，瞬間想起了那沒頭沒腦的聖諭來。

官兒做得這麼樣？這是皇帝嫌自己把這京城的地面掌握得太久太牢了。

家人怎麼樣？孩子怎麼樣？這……這……

史通判有些不敢再想下去，蕭洛辰都提點到了這個分上，若還不明白，就不是一個能在京府通判位置上做了這麼久的人了，一時間只覺得全府傾覆便在眼前。

不過，他做了這麼久的官，總算能勉強鎮定，手腳發寒之際，仍知唯有蕭洛辰才是活命之人，當下顫聲問道：「還請……還請蕭賢弟指點迷津。」

蕭洛辰卻是直起了身子，之前的殺氣轉瞬之間消失得無影無蹤，又恢復了吊兒郎當的模樣，樂呵呵地指著那還坐在抓周床上的嬰兒說道：「蕭某不是已經說了？人生起伏皆有定數，過著依紅偎翠的風流日子不也挺好？我說史大人啊，您說是也不是？」

史通判怔怔地看著蕭洛辰，半晌終於長長地吐了一口氣，衝著蕭洛辰低聲道：「蕭賢弟說的沒錯，人生之樂不一定為官為宦，趁我這身子還能折騰兩年，多弄上幾房妻妾享享齊人之福亦是一樁美事。我有意這幾日便上表辭官，蕭賢弟以為如何？」

蕭洛辰嘻嘻一笑，「倒也不用這麼著急，過一兩個月也無妨。史大人在京中做了這麼多年的官，想來產業卻是不少。我曾聽聞西北那邊有云，米脂的婆娘綏德的漢，史大人若是對美女感興趣，不妨帶著全家去甘陝那一帶轉轉？」

史通判整個人都癱軟在了椅子上，良久才艱難地吐出幾個字：「甚好……甚好……」

史通判和蕭洛辰二人之間似是扯閒般的說著話，旁邊伺候公公的甘氏早已駭得面無人色。這蕭洛辰自打進府之後便是不著調的樣子，可是就短短正經了那麼一瞬之間，居然就讓公公自己主動說出了要辭官的話？

這到底是個什麼樣的人啊！

他在公公耳邊到底說了什麼，轉眼之間就把自己全家趕出了京城，打發去了西北？

此刻甘氏的眼中，蕭洛辰就像一個來自十八層地獄的惡鬼，不過蕭洛辰卻全然沒有一點惡鬼的形象，兀自叫嚷道：「這正禮可不是做完了？我說史大人啊，什麼時候開園子聽戲？早聽說您府上的戲班子唱作俱佳，我們這些來賀喜的可是都等著啊！」

眾人又是一陣大笑，自然也有人看著蕭洛辰滿眼的不屑，還欽差呢，這麼大呼小叫的，懂不懂規矩禮數了？

「響鑼！開戲！」史通判有氣無力地說道，再看那蕭洛辰，卻見他又跑到眾人之中廝混去了，幾下鬧騰便沒了蹤影。

安清悠的興趣本就不在史家，對正禮也就是看看而已，倒是記掛著錢二奶奶說要開閣子之事，便要往她那邊走去，只是這還沒邁步，陡然覺得耳邊一熱，有人在自己身後輕輕吹了那麼一口氣。

「那種香到讓人聞不進其他味道的香囊，聽說是妳做的，對不對？」

一個男子的聲音在她腦後響起，安清悠大驚之下，急忙轉身，兩張面孔近到呼吸可聞，鼻子都快碰在一起了。

「大膽！」

饒是安清悠學了那麼久的規矩，陡然之間被一個男子欺近了身前，也忍不住有些亂了方寸。當下無暇細想，退後之際，幾乎是本能反應，一巴掌朝那輕薄男子的臉上揮去。

只是這一下卻沒有打著，那男子微微後仰，安清悠這一巴掌便落了空。

拿眼看去，卻不是蕭洛辰又是誰？

這人當真是如鬼魅，剛才還在上頭喊著開鑼聽戲，轉眼之間，又悄無聲息來到自己身後。

安清悠滿面怒容道：「蕭公子，你也是陛下親自教出來的，卻做這等輕浮之舉，不堪至極！」

蕭洛辰卻是充耳不聞，伸過鼻子在剛才她手掌劃過的空氣中做勢一嗅，這才斜睨了安清悠一眼，笑道：「好香，咱們又見面了，上次在王侍郎家壽宴遇見時，妳正要動手打人，這次又是如此，難道妳有打人耳光的特殊偏好不成？」

安清悠毫不客氣地反唇相譏道：「不敢！小女子雖是弱質之流，卻只打那該打之人！蕭公子能夠一槍挑了十七名勇士，當有一身好武藝。只是，男子漢大丈夫既有這麼大的能耐，自當好好建一番不世功業，卻又在女人面前抖什麼本領？當真是好煞氣、好威風嗎？」

蕭洛辰眼角肌肉微微一跳，似是她說中了他的什麼心事。

簫洛辰搖著頭笑道：「倒是伶牙俐齒！罷了罷了，蕭某不與妳這等女流之輩一般見識。聽說妳能把院子弄得到處都是香氣，又能在瞬間消除氣味。我且問妳，妳可有什麼法子能夠讓人身上的氣味消失？記住，是把人身上的氣味弄沒，可不是用什麼香味蓋住！」

安清悠本就在氣頭上，此刻又見蕭洛辰語氣極為倨傲，哪裡有心情和他討論什麼消除人身上的氣味問題？當下冷冷地道：「蕭公子儀表堂堂，怎地為人如此不堪？驚擾了女眷，難道不該道歉賠禮嗎？向人請教，難道不該虛心客氣嗎？你可知世上有禮法規矩？可知世上有男女大防？可知世上有請教這個詞？要想問我什麼可以，先道歉再說其他！」

蕭洛辰本就自傲，又有皇帝和皇后兩處天下最硬的撐腰之人，早不在乎別人對自己的看法，如今被一個女子板起臉來劈頭蓋臉地數落，自是不願。

更何況，安清悠又說了他最不屑的禮法規矩，當下面色一冷道：「禮法？妳和我說什麼禮法？沒聽說過天子門生不讀書嗎？說的便是我蕭洛辰！我大梁無數的事情，壞就壞在那禮法規矩幾個字上。那北胡倒是沒有禮法規矩，卻逼得我大梁嫁公主送錢帛來買平安……算了，妳一個女流之輩，這些東西跟妳說了也是不懂！哼，小小女子，頭髮長見識短，不知軍國大事，張口便言陳規腐禮，可笑可笑！」

蕭洛辰脾氣上來，說話可比沈雲衣那些藏頭詩之類的直白辛辣多了。

安清悠嘴角一撇，還了一個更輕蔑的眼神，冷聲說道：「好一個天子門生不讀書！我看是輕浮浪子難成器才對！堂堂丈夫，傲氣多實幹少，只知胡作非為，遊手好閒，不堪不堪！」

兩人相互譏諷，鬥了個旗鼓相當，偏在此時，忽聽得旁邊有人高叫：「蕭家兄弟，我說你放著好好的戲文不去看，怎麼在這裡欺負起我安家妹妹來？你可別忘了，她祖父是那位專門參人的左都御史安老大人，當年那是連上十八道血書摺子脫朝服告御狀的事情都做過的，你要是盼著那位鐵面老爺子跟你死磕，那就自便吧！」

聲到人到，卻是錢二奶奶來尋安清悠開閣子了。

蕭洛辰不怕被人參，卻不想被安老太爺這樣的人纏上。不過，錢二奶奶出面，以他那心高氣傲的性子，自也不肯當著別人的面再和一個女子糾纏下去。當下冷哼一聲，負手立在一旁。

錢二奶奶似與蕭洛辰相熟，笑著說道：「我說蕭家兄弟，你若是欺負安家妹妹，我這做姊姊的可是不依。這次史通判家的孩子過周歲，怎麼陛下居然遣了欽差，卻還派了你來？」

蕭洛辰微微一笑，那氣質卻又變得與之前不同，既非吊兒郎當，也不是冷傲自大，倒多了幾分沉穩含蓄之態，淡淡道：「倒也沒什麼，還是老路數，有些事情陛下覺得沒必要下旨鬧出動靜，自然是我這個無所事事的閒人代勞了。姊姊只當是他老人家隨手出了一題，考校考校我這個不成器的傢伙吧！」

以他們這種人來說，話說到這個分上已經足夠，錢二奶奶點點頭，也不多問，逕自拉著安清悠去某個借來的廂房說私房話去了。

「這蕭洛辰當真可惡，什麼人啊？」安清悠最討厭的便是輕浮的浪蕩子，此時仍是憤恨不已。

「來來來，喝杯茶，那就是個不著調的人，妹妹不用放在心上。」

錢二奶奶安撫著安清悠，忽然起了打趣之意，笑吟吟地道：「這人雖說放浪形骸了點，本性倒是不壞，得陛下親自教導，又是皇后娘娘的親侄子，京城裡想嫁他的姑娘家大有人在，怎麼著？要不我替妹妹去宮裡走動走動，嫁這麼一位郎君也不錯！」

「就他？」安清悠差點叫出來，一眼瞥到錢二奶奶偷笑的模樣，頓時知道對方是在跟自己開玩笑，當下故作不喜道：「姊姊可莫要開這等玩笑，妹妹我雖不是什麼金枝玉葉，但也絕瞧不上這等人。此事莫要再提，妹妹便是嫁豬嫁狗，也絕不嫁蕭洛辰！」

錢二奶奶噗哧一笑，連忙說道：「好啦好啦，我的好妹妹，妳可真是半點虧都吃不得，姊姊給妳賠不是還不行？今兒好不容易能夠坐下來好好談談，不提那些個沒影兒的事了！」

安清悠左右一想，這才作罷。

只是錢二奶奶嘴上說著不提那人，心裡卻是忍不住一動，又想起了一樁事來。

這蕭洛辰既有皇上親自教導，將來前途自然是不可限量，只是性子太野太過叛逆，便是皇后娘娘也頭疼不已。宮裡早有傳聞，說是皇后娘娘想要指一位知書達禮的姑娘家給他，拴一拴這匹野馬的性子。

這安大小姐知書達禮自不用提，又有接人待物的一番手段，剛才更是和蕭洛辰鬥嘴鬥了個旗鼓相當……如此眾多的適合因素偏就那麼巧地湊在了一起，說不定，真是個好人選？

不過，這念頭也就是想想，選秀那灘水有多深，牽扯的事情又有多複雜，錢二奶奶可是比誰都清楚，還是眼前的事情更加要緊。

兩人隨意聊了兩句話，錢二奶奶道：「妹妹今日露那一手，莫說旁人，就連我這做姊姊的也是大開眼界。妹妹調香手藝如此高超，不止調出濃香來那麼簡單吧？手上還有什麼好東西，且讓姊姊我先睹為快。」

安清悠鬆了一口氣，還當是什麼大不了的事，原來又是尋些香物罷了。

「不知姊姊想要個什麼樣的香囊？小妹近日倒是做了幾個，姊姊若還瞧得過眼，便先拿去把玩。若是另有什麼想要的，小妹回去琢磨琢磨再調製了便是。」

說話間，安清悠拿出了三個不同種類的香囊來。今日錢二奶奶著實是幫了自己大忙，安清悠也不吝嗇，遞過去的可不是那種之前到處撒的地攤貨，而是實打實的精品。

錢二奶奶拿過來一聞，登時眼睛亮了起來。

這三個香囊有的芳香可人，有的雅致素淡，皆為一時之選。

還有一個香囊看著不怎麼起眼，那股香氣卻是讓人直有一種若有若無的銷魂感，問了安清悠才知，原來這種香的名字卻叫做「俏兒媚」。

「姊姊覺得如何？」安清悠輕輕地問道。

「果然是好物，便是放在皇宮大內，也是一等一的好東西！那些專為宗室貴人們服務的老行家，怕也是調不出來！」

錢二奶奶極為肯定地點了點頭，把玩著這三個香囊，尤其對「俏兒媚」愛不釋手，只是興奮了一陣卻又低頭沉思起來，半晌才對安清悠道：「還不夠！」

「還不夠？」安清悠微微吃了一驚，這三個香囊的水準如何，她比任何人都有數。

雖說自己還有很多調香手段沒使出來，可在古代，這般作品已經是頂尖之物了。

不過，安清悠到底是安清悠，很快就想到了另一個問題，只怕這錢二奶奶不是嫌自己的香囊不好，而是另有他意，當下不露聲色地問道：「那姊姊想要什麼？」

錢二奶奶見安清悠臉上的驚異之色只是一閃而過，轉瞬便恢復了常態，不由得對這位安大小姐的鎮定又高看了一眼，可她接下來說出的話，更讓人驚訝：「姊姊我這邊倒是有些貪心了，誰讓妹妹的調香手藝太好了呢！姊姊只問妹妹一句話，若是妹妹以後調出來的新香盡數由姊姊收了，不知妹妹肯不肯？」

「全部？」安清悠面色一變，緩緩搖了搖頭。

錢二奶奶雖然與安清悠只有過幾面之緣，但她早看出安清悠遠不似外表柔順，反倒性子剛烈，自知不拿出些更有誠意的籌碼來，很難打動她，當下嘆了一口氣道：「實話與妹妹說了吧，當初妹妹在敝府小聚之時，不是拜託妹妹做過一批香囊送給我家婆婆嗎？這批香囊有一些被姊姊帶進宮去，一時興起，送給了宮中某位貴人。那位貴人對妹妹的手藝讚不絕口，連著姊姊我也得了不少好處。」

這一節安清悠曾經想過，並不意外，只是這對自己也沒什麼壞處，故而沒放在心上。

不過，此刻看錢二奶奶的樣子，便知道還有下文。

安清悠也不著急，抿了一口茶，笑道：「小妹所做的把玩之物能幫上姊姊？如此甚好。」

錢二奶奶卻是苦笑一聲，搖了搖頭道：「妹妹莫要拿姊姊尋開心，事情壞就壞在姊姊我一時貪心，拿著香囊去宮裡討人歡心。那位貴人得了妹妹的香囊，愛不釋手，卻也發下了一句話來，這種香囊要多往宮裡遞送，至於這做香囊的人，也要姊姊盯住，最好是一個製品再流不出去，盡數收集到這位貴人手裡。」

皇權害人啊……

只能自己用，不准別人用，安清悠忍不住在心裡吐槽，就是因為這種事情，才不知道有多少精巧的手藝最後落得失傳的下場。

這等大逆不道的話，她自然不會當著錢二奶奶的面說，微一凝神，倒是想出了一個對策。

安清悠笑道：「妹妹明白了，敢情姊姊是拐了個彎，幫宮裡那位貴人傳話來著。只是，這位貴人雖然高貴，妹妹怕是恕難從命了。」

錢二奶奶苦笑，暗忖這安大小姐還是太嫩了，宮裡頭那位貴人豈是好相與的？當下又嘆道：「我也知道這般要求強人所難了，不過，妹妹可別忘了，宮裡的貴人哪裡是那麼好拒絕的？我這做姊姊的托大，少不得要勸上幾句，妹妹，妳不知道妳面對的是誰……」

「那位貴人也不知道她面對的是誰！」安清悠直接打斷了錢二奶奶的勸說，搖了搖頭道：「想拿身分強壓我也行，可是那又如何？姊姊是宮裡出來的人，自然知道香料這種東西除了散發香氣之外，還有些其他用途，真把我逼急了，哪天我便在香物裡面做些手腳。我的地位雖說比貴人差得遠，但要拚個同歸於盡卻也不難。」

這話說得大逆不道，錢二奶奶聽得目瞪口呆，只知她性子烈，沒想到烈到了這個地步，呆立良久，還是搖了搖頭道：「妹妹這話說得太滿，宮裡不比外面，貴人們所用的飲食香物皆是由宮女以身試過的，妹妹的調香手藝雖然精湛，到了宮裡想用這類法子與那些貴人鬥法，並沒機會……」

「沒機會？」安清悠微微一笑，伸手挑起了「俏兒媚」的香囊說道：「好比這種『俏兒媚』，妹妹隨手往裡面加兩種物事，功效香味半點不變，可這人若是經常使用，一年半載之後，卻會眼圈發黑，皮膚變得黝黑乾癟，到最後淪落得人不人鬼不鬼的下場，姊姊信也不信？卻不知這種效用極慢的香物，又怎麼讓宮女們試？難道我每調出一種香料，那位貴人都要長期觀察才敢用不成？」

錢二奶奶再次目瞪口呆，當真是愣的怕橫的，橫的怕不要命的。

安清悠死不屈服，宮裡貴人還真是拿她沒轍，更別說她此前在調香上表現出來的手藝太過精妙，就算她此刻是在拿大話誆人，誰又敢真的去試？

何況，宮裡那位貴人的手段雖是霸道了點兒，說到底還是想把這調香之人收歸己用，並非想弄到魚死網破的境地。

錢二奶奶一下子為難起來。

安清悠卻是微微一笑，反過來勸著錢二奶奶：「姊姊倒也不用著急，小妹在許多事情上多蒙姊姊照顧，如今既是有事攤到了姊姊頭上，妹妹自然不能讓姊姊太過為難。這事情說簡單也簡單，宮裡那位貴人所需的自然是上品，小妹今天在外席發出去的那堆香囊，香氣濃郁，可放在宮裡卻嫌俗氣，此等俗貨貴人們要來有何用？」

錢二奶奶一怔，陡然間想了個通透，當下問道：「妹妹的意思是……」
安清悠不慌不忙地抿了口清茶，這才悠悠地說道：「那位貴人所思，不過是要在這香物上壓宮裡其他人一頭罷了。小妹保證，別人能從我這裡拿到的香物，這位貴人能拿到的更多。另外再為這位貴人量身訂做一個完整系列的香物，而且為這位貴人特製的香物絕不外流，不知姊姊意下如何？」
錢二奶奶琢磨來琢磨去，覺得安清悠這個主意可行。別人有的，宮裡的那位貴人都有，別人沒有的，那位貴人更有，反倒是突顯出了高人一等的層次來，當下點頭道：「今兒才算真正見識了妹妹的才智，虧得妹妹能想出這等法子來。回頭我便向宮裡那位貴人分說一二，便依妹妹所說的辦吧。」
安清悠鬆了一口氣，能在宮裡搭上一條線自是好的，只是卻不能那般被控制了的搭法。這調香可是自己最為重要的籌碼，絕不能被拿捏在別人手中，便是宮裡的貴人們也不行。
事情談妥後，錢二奶奶心情甚好，卻見安清悠小嘴一扁，多了幾分嬌嗔之態，不依道：「這事姊姊是滿意了，可妹妹又出工又出力，也不知宮裡那位貴人能給什麼提點？」
錢二奶奶抿嘴一笑，這安家妹妹還真是一點虧都不吃，跟宮裡的貴人也要討價還價。不過，這也是意料中事，就她那寧折不彎的脾氣，剛才連同歸於盡的詞都說出來了，此時不討點好處才怪呢。
錢二奶奶笑道：「怕了妳了，虧著妹妹不是和我作對的，否則姊姊便要心驚肉跳了。不知妹妹想要些什麼？姊姊替妳討去！」
安清悠嗔道：「姊姊又來拿妹妹尋開心，我怎麼能和姊姊相比？妹妹也不貪心，只須那貴人幫我三件事情便可。」

「妹妹但說無妨！」

「第一，選秀日子將近，姊姊也知這裡面的水有多深，到時候還請那位貴人在宮裡為妹妹美言幾句，左右別讓我們安家失了面子也就是了。」

錢二奶奶嗯了一聲，選秀也是要分出三六九等的，與科舉有異曲同工之妙，只是考官變成了宮裡自皇后娘娘以下的諸位貴人。

此事關係到各府臉面，歷年來亦有那大熱門的女孩子爆冷門落選後回去自盡之事，更何況安清悠第一件事未謀自身，而是為了整個安家打算，宅心仁厚，錢二奶奶當下便點頭道：「這倒是不難，我代那位貴人許了，定要叫妹妹、叫安家在這次選秀中不失了體面。若是妹妹有心儀的男子，要不要讓那位貴人幫著指一下？」

安清悠卻是苦笑著搖頭道：「心儀的男子倒是沒有的，若是哪一日真的尋著，再請那位貴人幫忙。妹妹性子倔，若不是我心中所想，寧死不嫁，所以妹妹想求那位貴人的第二件事便是，若是到了選秀之時，妹妹仍無相中之人，還請貴人代為周旋，讓妹妹能夠全身而退，回家自嫁。」

安清悠所提的這事，出乎錢二奶奶的意料。

選秀盼著自己選不上寥寥無幾，不過這等事雖然稀罕，之前也不是沒有。

只是，這選秀既要不失體面，又要選不上，卻是有些不容易，錢二奶奶皺著眉頭道：「這事有些棘手……」

安清悠知道此事甚是難為，也不逼迫太甚，笑著說道：「妹妹知道很難，只是妹妹是個不撞南牆不回頭的，若不試試，終是不甘，何況那位貴人既能差使得動姊姊，恐怕不只是與姊姊關係密切，在宮裡的地位也是極高的吧？妹妹只求她盡力斡旋便好。」

錢二奶奶輕嘆，這安大小姐心思倒是縝密。

思忖了一陣，錢二奶奶到底還是點了頭，代那位貴人允了。回頭又想，涉及到宮裡，涉及到選秀，自然沒那麼容易。這前兩件事情一件比一件麻煩，不知最後一件事，又是怎生的難題？

沒想到最後一件事情與選秀無關，安清悠笑嘻嘻地道：「這最後一件事卻是容易，那位既然是宮裡的貴人，調動些人手自是不難。我家老太爺不日便是壽辰，妹妹近日參與操持壽宴，身邊沒什麼得力的人，尤其是退了職的嬤嬤或出了宮的大齡宮女，還請相借一批，勞姊姊費心了。」

這事卻是不難，宮裡每年退職的嬤嬤宮女不少，出宮之時，韶華已逝，又過了生養年齡，自然極難出嫁，又沒兒女侍奉，日子過得淒慘的大有人在。

安清悠提起這事，倒是幫了許多人一把。

錢二奶奶鬆了一口氣，「這事倒是容易得緊，莫說是宮裡那位貴人，便是姊姊自己都能把這事兒幫著辦了，簡單簡單！」

正事說完，兩人又說說笑笑了一陣，此時也不用再在閣子裡悶著，錢二奶奶自去與其他人交際，安清悠正琢磨著是回府，還是再在席上轉轉，不料剛走到聽戲的園子，卻聽到驚呼聲：「這不是安大小姐嗎？我剛才在園子找您呢，真巧啊！」

這一聲驚呼，召來了一大群貴婦和千金小姐，一眼瞧去，幾乎都是些在外席上得過自己香囊之人，其中一個稚嫩的姑娘搶先說道：「小妹見過安家姊姊，家父是京裡雲字號銀樓的掌櫃雲有富，前年捐過禮部協差郎，此次選秀，小妹亦是報上了名字去。今日有緣相見，還請姊姊在此次選秀之中提點一二……」

安清悠轉頭看去，見這說話的女孩比自己還小上幾分，約莫十三四歲。

安清悠無意參加選秀，卻不是每個人都這麼想，古代畢竟是古代，皇宮才是至高無上的正統。

沒人性啊……這麼點年紀也要往宮裡送？

安清悠心裡微微嘆息。

每次選秀，便總有那麼一批鑽營之人使了銀子把自己未及笄的女兒往宮裡送，而宮裡……唉！變態天下有，皇家特別多，一些皇室子弟最愛的便是這種身體剛剛發育的少女，簡直是……

安清悠有心說些什麼，可這女孩提起選秀之時，一臉熱切，讓她把話嚥了回去，只能搖頭苦笑道：「妹妹言重了，姊姊我自己對對選秀之事亦無著落，哪裡談得上提點妹妹……」

話沒說完，有人插話進來道：「唉呀，安家妹妹，妳這話可真是太謙虛了！連錢二奶奶這等人都說妳大有前途，那定然是錯不了的！」

「就是就是，安老大人家是什麼門第？這妹妹又是如此標致的人物，還能差了不成？」

「要我說啊，安大小姐這次定是可以馬到功成，說不定過些日子，這姊姊妹妹的可就不能隨便叫了，咱們也得遵一聲奶奶夫人，就是貴人啊、娘娘啊什麼的，也說不準呢……」

誰都知道此刻安清悠的出現，必是與錢二奶奶剛開完了閣子出來，所說話題十有八九便是和那選秀有關。

有不少人在此聽戲等的就是安清悠，宴會上雖說貴婦不少，可是人家講究身分，能跟你說上一言半句已是難得，又怎及得這位安大小姐與咱們有過席面上換香囊的交情？

況且，安家亦是京城裡數得出的高官大族，安家大小姐自也是結交的好對象。

便是沒有什麼選秀的提點，不趁著這個時候把生臉混成熟臉，又待何時？

好在安清悠沒有拒人於千里之外，見這些外席女眷，個個穿金戴銀，十個裡面又有九個是商賈出身，還捐了些基層功名，不由得心中一動，想起了一樁事來。

陸之章

封帳查找虧空

「諸位別著急，且聽我一言。」

安清悠這一發話，眾人便安靜了下來，只見她面帶微笑，對著圍在身邊的人道：「今日既與各位相見，自是有緣，只是這裡姊妹太多，若是一個一個細聊，怕是再聊個幾天也聊不完，清悠累死了是小事，怕是史通判大人不樂意了，以後該把我等當成惡客了。」

眾人聞言一陣哄笑，卻聽安清悠又道：「不日便是清悠祖父壽辰，我瞧諸位多在京中有些買賣生意，不如清悠給各位搭個橋，今日這香囊便是我的信物，可去找我那專管採買的三嬸，誰家真有什麼新鮮什物，儘管拿出手，清悠他日必當單獨致謝！」

這話一說，眾人大喜。

她們這些人家裡本就經商，對於市面上有什麼好東西，比那些內宅裡的貴婦消息靈通多了。要給安家的壽宴提供些好貨色，這等事情對於她們來說輕而易舉。

當然，這不是最重要的，最重要的是能夠藉著此事和安家搭上關係。

這安大小姐大家都指望著從她那裡沾些選秀的光，那安府的三老爺安德成更是工部裡分量極重的人物，若是搭上了那條線，只怕另有好處。此等買一送一的生意著實做得，這位安大小姐待人真是沒得說，那可真真是個妙人兒！

更有人暗地裡想，一場壽宴所需便是再大又能用得了多少東西？到時候那位三夫人的採買銀子可不能收，就當送禮孝敬了便是。掙錢事小，搏個好印象才是大事。

既然如此，大家倒也不再一門心思上趕著要在這等場面上表現。

安清悠又和正席上的貴婦們應酬一番，眼見著天色已晚，賓客們這便散了。

今日這場聚宴，安清悠可謂滿載而歸，出得史通判府，坐到自家車上，才長長出了一口氣。今日一番殫精竭慮，著實勞心費神，眼看著馬車出了街口，正要好好歇上一歇，忽然聽得車廂外面一陣馬蹄聲，接著便是一個男子的聲音道：「停車！停車！」

這聲音怎麼聽著耳熟？

馬車吱呀一聲停在了原地，卻聽得車廂外有人說道：「在下蕭洛辰，求見安家大小姐，還請安大小姐現身相見。」

我說怎麼這麼耳熟，居然又是那個蕭洛辰？

安清悠皺起眉頭，史通判府上的聚宴都散了，這人居然還來糾纏自己，怎就那麼陰魂不散？當下懶得給他什麼好臉色，簾子也不挑，就這麼隔著一層布幔冷聲道：「蕭公子今日可是有皇命在身，不回宮覆命，卻又在這裡糾纏做什麼？天色已晚，孤男寡女多有不便，還請蕭公子速速離去。」

一見面便趕人，安清悠這話極不客氣，只是蕭洛辰卻不肯移步，兀自站在那裡道：「安大小姐何必如此拒人於千里之外？蕭某早已回宮覆命，此番卻是快馬加鞭重新趕過來的，專為求見小姐一面，這是專門給小姐賠罪來的。」

安清悠越聽越覺得奇怪，此人先前目中無人，又極是狂傲，怎麼突然巴巴地趕著來道歉？怒氣雖還未消，卻忍不住好奇，終究把車廂上的窗簾掀開了一角，偷偷向外望去。

那蕭洛辰此刻正抱拳作揖，對著安清悠的車廂處深深作揖，大聲道：「日間種種，皆是在下的不是，蕭某在這裡向小姐賠禮了，還請小姐大人大量，多多海涵。」

「罷了，蕭公子既已認錯，此事就此揭過。小女子出門已久，急著要回府，蕭公子若無他事，咱們就此別過了。」

這便是典型的安清悠風格了，你若是欺我，我自會反擊，你若敬我一尺，我也敬你一丈。

此刻安清悠雖沒下車，到底還是把窗框簾子又拉大了點兒，露出了自己的半邊面孔輕輕地說著。

不過，安清悠還是不喜歡蕭洛辰，三兩句話之間，又是要走。

蕭洛辰卻攔著馬車不讓走，「還有一事尚請小姐成全，蕭某曾問過小姐，可有那將人身上氣味盡數除去的法子，若是小姐真知此法，還望小姐不吝賜教，蕭某在此多謝了！」

這話不說還好，一說倒是又讓安清悠不爽起來，原說怎麼看著和白天不一樣了，鬧了半天，卻是看上了我調香的本事。

這蕭洛辰也真拉得下臉來，白天趾高氣揚的盛氣凌人，此刻有求於人了，倒是裝起斯文來了。本就勞累了一天，再聽他纏著要去味道的法子，心裡大為厭煩。

安清悠不由得脫口而出：「消除氣味的法子自是有的，可是我為什麼要告訴你？」

蕭洛辰聞言一怔，眉頭皺了皺，下意識地問道：「小姐要怎麼樣才肯把這法子告訴在下？」

安清悠見蕭洛辰這般作態，骨子裡仍是沒拿自己當一回事，當下更是不忿，起了刁難這人的心思，便冷冷地道：「公子想找我求這法子也行，過幾日是小女子祖父的壽辰，公子不是號稱『天字門生不讀書』嗎？到時候公子若是肯在眾目睽睽之下，宣稱自己之前的那些論調都是錯的，此後自當痛改前非，再求我父親點撥你兩句聖人之道，那我興許一高興，便將這法子告訴你了。」

安清悠這般要他推翻自己之前的一切言論行為，簡直比殺了人還要過分，更何況是要求人點撥？以蕭洛辰天子門生的身分，也該去求安老太爺這般儒學泰斗才是。安德佑不過是禮部散官，怎能要他拉下臉面逢迎？

蕭洛辰又不是傻子，言語中的刁難之意如何聽不出來？只是待要再說什麼，安清悠卻是一敲車廂，對自家車夫道：「走，回府，給我衝過去！」

當街強攔女眷這等事情蕭洛辰未必做不出來，但他畢竟有求於人，到底不好把事情做得太絕。

就在蕭洛辰這麼猶豫間，馬車已經越過了他，直奔安府而去，不多時便消失在茫茫夜色中。

蕭洛辰被晾在當地，對著安清悠離去的方向出了一會兒神，詭異的笑容慢慢浮現在臉上。

「有意思，這女子有意思，和那些千金大小姐還真有那麼點不同，想刁難我嗎？呵呵，我這名聲本就是臭到家了，再添一個反覆無常的名頭也沒什麼大不了。虛名都是狗屁，營裡那些兄弟的命才是真的，妳想讓我低頭，我就低頭給妳看好了，反正我這一輩子演戲演得還少嗎……」

蕭洛辰俐落地翻身上馬，策馬飛奔而去。

另一邊，安清悠帶著一身疲憊下車，卻也沒忘了對下人吩咐道：「明兒一早去三房夫人那兒報個信，就說我今日在史通判府上遇見了幾個商賈家的女眷，明日可能會拿著我的香囊去求見，讓三夫人看看這些人提供的東西有什麼壽宴能用的。」

◉ ◉ ◉

這幾日裡三老爺安德成親自出馬，果然把二老爺安德經拉到了自己這方。

此時他剛剛用過早飯，正在和妻子趙氏商量著老太爺壽宴的事情。

趙氏做事向來麻利，此刻既是認準了採買的差事，自是早就把那所需之物分門別類地算計停當，拉了長長的一張單子。

「這是妾身琢磨著壽宴可能會用到的物件，老爺您看看還有什麼遺漏的沒有？」趙氏把單子遞給了丈夫。

「又不是第一次辦了，妳做事我有什麼不放心的？」安德成微微一笑，卻還是把單子接了過來，老太爺的壽宴半點都馬虎不得。

安德成接過單子，只見上面密密麻麻，寫的比之前幾次四房操辦老太爺壽宴時的更要詳細幾分，微一沉吟，倒是笑道：「可是擔心大侄女辦不成事，才特意把這採買的單子寫得如此清楚，好讓她萬一有個閃失還能退回來，妳自己去和四弟妹爭？」

趙氏自知此事瞞不過丈夫，倒也不加掩飾，點點頭道：「我就擔心清悠這孩子小小年紀，挑這麼重的擔子能不能行。當初說是三天便有法子證明她可以，如今三天都過了，卻也沒聽說有什麼動靜，讓人有些揪心……」

「妳總是偏愛大侄女多些，倒好像是自家女兒一般。」安德成不忍看妻子憂心，便打趣道：「卻不知咱們這幾天這麼努力，妳的肚子要到什麼時候才有動靜？」

「要死啊你！」趙氏臉上飛起兩朵紅霞，作勢欲打，卻聽下人匆匆來報，說是安大小姐派人送信來了。

「快叫來人進來！」

不多時，安清悠派來的僕婦到來，行禮道：「小的見過三老爺、三夫人，三老爺萬福，三夫人安好……」

「免了免了！」趙氏是急性子，哪有心思聽下人請安問好，搶著問道：「大小姐怎麼說？」

「回三夫人的話，大小姐說她昨日去史通判府上，一切都好，另又認識了幾個商賈之家的女眷，今兒可能會拿著大小姐的香囊來尋三夫人，請三夫人看看誰家可提供什麼老太爺壽宴上能用的物事，告訴大小姐一聲便好。」

三老爺夫婦聽得面面相覷，不是說證明自己也能下帖子請賓客嗎？怎麼又扯上採買的事情了？難道真是事有不順，想要退回來？

「怕是妳那單子沒白寫，大侄女很快就用得著了！」安德成輕嘆，搖了搖頭。

趙氏卻是粗中有細，逕自問那僕婦道：「大小姐可還有說了些別的？」

那僕婦卻是掏出了一個信封，回道：「大小姐說，她已和這些家的女眷有了口頭之約，不日便要請我家老爺上門下帖子……」

話沒說完，趙氏已是一把抄過那信封來，打開一看，裡面亦是一張單子，上面寫著安清悠在史通判府上邀約過的各府名錄。

「孫翰林？這個不錯，孫翰林學問深厚，這樣的人若能來，老太爺一定開心！」

「兵部糧秣司劉司官？這個好！聽說這劉司官最近正得重用，有要升兵部侍郎的意思。第一次就能拉到這般人物，我看清悠這孩子做這事能行。」

「怎麼還有戶部郎中令胡大人？可以，太可以了！胡大人和四弟同在戶部，清悠居然連這等牆角都挖到了，真是不簡單啊！」

沒法不好，當初安清悠邀人時，還有錢二奶奶在一邊保駕護航呢！

趙氏越看越高興，轉頭對著自家老爺笑道：「怎麼樣？我就說大侄女有兩下子吧？」

安德成又細問了那僕婦幾句，才揮揮手讓她退下，對著妻子笑罵道：「剛才是誰在那裡憂心忡忡，怕大侄女不行的？這當口有了成果，倒像是我之前說了什麼喪氣話一樣，妳啊妳……」

趙氏不依了，兩夫妻開心打鬧了一番，安德成便要出去走動走動，說是要去西市文寶齋買些東西送給朋友，誰知剛出門沒多久又轉了回來。趙氏不解，就見安德成苦笑道：「別提了，咱家從門口到街上讓人給堵了，連轎子都出不去。我一個堂堂四品的官兒，總不能這麼一路走著從東城到西市吧？面子不面子的放在一邊，這道也太遠了，只能改天再去了。」

「啊？誰這麼大膽，敢堵咱們家的門？」趙氏登時大怒，「叫家丁！」

「別啊，天子腳下萬事謹慎，為了一時之氣，犯不上，過一會兒估計就好了……妳先忙妳的，我回書房去練練書法。」

安德成勸住了夫人，逕自向書房去了，只是趙氏卻沒發現，自家丈夫的眼睛裡，稍稍帶了那麼一點兒狡猾的色彩……

便在此刻，下人們如流水般來報：「周家老字號的夫人前來求見，說是大小姐推薦的，還帶了很多東西來，這是禮單。」

「延年堂藥材總號的李家奶奶前來求見，說是大小姐推薦的……」

「八方錢莊的陳家奶奶前來求見，說是大小姐推薦的，還說開錢莊沒什麼特產，禮就不送了，這是她直接遞上來的銀票……」

饒是趙氏見多識廣，一下子來了這麼多女眷，也是吃驚不已。

所幸趙氏反應快，當下便吩咐下人們安排那些夫人入內，想要挑一挑各家到底有什麼好東西能夠用在老太爺的壽宴上。

誰想到這堆平日裡斤斤計較的商賈女眷卻是一反常態，趙氏挑中了哪樣物事，便有人說出諸如此類的話來。

「哎呀，三夫人，您不是折小婦人的壽嗎？安老太爺做壽，我們能有幸添置些東西孝敬已經是託了您的福，哪還能收安家的銀子？倒是我家老爺前兩年捐了個小小功名，如今也算是勉強有品階的，此次亦有個侄女要參加選秀，您回頭跟大小姐說說，請她指點指點。」

有人送了開頭，自然誰也不好意思拿趙氏的銀子。

趙氏就這麼忙乎了一個上午，別說老太爺壽宴上的東西弄了個八九不離十，倒還多出來許多物件，連三老爺和三夫人平時使用之物，亦是有人送了不少。比之往年老太爺壽宴的採買，順利到了極處。

至於錢……談錢那不是遠了？莫說是一分沒花出去，算下來趙氏還收了不少。

「這事兒還能這麼辦？」

趙氏送走了一干送貨上門的女眷，看著一大疊禮品單子發呆，忽然噗哧一笑，「行，大侄女，妳真是好樣的，不枉三嬸疼妳一場！原還尋思著幫妳拾掇些首尾，沒想到妳不聲不響邀了人來不說，竟是把三嬸的差事也給辦了！無論如何，這次壽宴老太爺那裡定是交代得過去了！」

一個香囊捏在她手裡，那氣味雖是俗了點，卻出乎意料的香。

「我獨坐城樓觀啊山景，但見得城下亂呀紛紛，咚鏘咚鏘咚咚鏘……」

趙氏忙得不可開交之時，安德成正坐在自家書房裡，哼著戲文品著茶，忽然間仿著戲文念道：「大侄女這是還人情來了，娘子，只怕妳那張採買單子，這廂卻是白寫了，哇啊啊啊啊……」

安德成和妻子開了個無傷大雅的玩笑，安家的長房裡卻沒有那麼輕鬆。

女眷們口頭約定，真到下帖子的時候，還是要安德佑出面才行。

此時此刻，安清悠正在和父親研究著下帖子的事情。

「好，就先從這戶部郎中令胡大人開始！他本是老四的同僚，咱們先把這家的帖子送了，四房的人臉上表情一定很精彩，哈哈哈哈哈……」

安德佑一巴掌拍在大腿上，他和四老爺安德峰從小到大就不對盤，這幾年四房得了勢，更是沒少擠兌長房，好不容易有個和二房、三房聯手的機會，哪能不出一出心中的怨氣？

安清悠卻是抿嘴一笑，別看安德佑平日裡繃著端著，不苟言笑，原來也有這等彷彿小孩子一樣鬧意氣的時候。

不過，笑完了之後，安清悠忽然有些感慨，什麼時候自己和父親變得如此親近了？

安清悠覺得自己好像越來越能接受和適應這個時空了。

便在此時，忽然聽得下人來報，說是沈雲衣求見。

昨日安清悠在史通判府上應酬之時，沈雲衣正在城裡的醉仙樓擺宴，請的便是安家長房。沈雲衣在安家借住了許久，辦個宴席還禮也是天經地義，只是昨日剛和安家人聚過，不過半日卻又上門拜訪，卻是為何？

「小侄見過安家伯父，伯父福安。」

「免了免了！」

安德佑對沈雲衣一向看重，順口便誇讚道：「沈賢侄如今已是榜眼，卻還如此謹慎守禮，年輕人能夠得志而不驕，難得啊！」

沈雲衣正色道：「小侄只是僥天之幸得了些小小成績，這半年來安家對我照顧有加，老太爺對我更是有提點之恩，如此大德沒齒難忘，無論什麼時候見了伯父，都是要敬的。」

這話一說，安德佑更是高興，卻聽沈雲衣又道：「今日一早小侄接到家中遣人來報，說是家父正逢吏部考核之事，此番亦是要進京述職，如今已在路上，不日便要到了。小侄尋思著父親既是要來，亦是要和安家好好相聚一番，倒不知安老太爺何時有空暇，小侄想請伯父領著先去拜會。」

「沈兄要來？」安德佑微微一驚，繼而便是大喜。

沈雲衣那位做蘇州知府的父親此番進京，少不得是看兒子中了榜眼，親自入帝都活動來了。有了之前這一層借住提點的關係在，沈家的人來得越多，對長房越是有利，最好是那位身為一省巡撫的沈老太爺親自到來才好。

而以沈雲衣此刻榜眼的身分，便是自己直接去求見安老太爺亦無不妥，偏要尋著自己領他去，怎能讓安德佑不喜？

「好好！我這便遣人去老太爺府上求見，會盡快給賢侄回音！」

安德佑心裡高興，卻也沒忘了提醒女兒：「把老太爺壽宴的帖子給沈老爺一張，回頭他到了京城我親自去送。咱們熟歸熟，可關係越好越不能缺了禮數。」

這等事情安清悠哪裡還用父親吩咐，早在沈雲衣說起此事便想到了這一節，在二人交談之時已在一旁的几案上寫好了請帖，當下拿了出來笑道：「請帖已寫好，父親看看這樣可否？」

安德佑大笑，「妳這孩子做事倒是機靈，不錯不錯！」

沈雲衣坐在一旁，偷偷瞧著安清悠。

他之所以親自前來拜見，固然是出於對安德佑的尊敬，可是另有一份心思只有他自己知道。

自從前幾日置了宅子搬出了安府，沈雲衣就覺得生活裡好像缺了點什麼。

昨日謝禮宴上，長房之人都在，唯獨少了安清悠，讓他有一種悵然若失的感覺。

這日得了家人報信，第一時間便往安府而來，心中所想，多半是那個一直在他腦海之中盤旋不去的影子。

此刻沈雲衣偷眼打量，只見安清悠身上多了幾分精明幹練的氣質，一時間，又想起那夜殿試之前，安清悠在自己背上調香料的事情來。不知道自己這榜眼的位置，是不是又有她的幾分功勞？

有女如此，豈非我之良配？

隔了一陣再見，沈雲衣終於冒出了一個以前一直有些朦朦朧朧的念頭，而這念頭一旦生成，登時便不可抑制地在他心頭蔓延開來。

去向安老太爺府上報信的人早已經派了出去，沈雲衣卻不知道自己辦完了正事，為什麼一直沒有走。安德佑也沒趕他，就這麼有一搭沒一搭地說著閒話……

不多時，安德佑有些累了，自去歇息，還請沈雲衣去後院幫忙看一下兒子的功課。

沈雲衣本能地應了，眼見著離開了的安清悠，有些心不在焉起來，便連自己是怎麼到了安子良的院子，都有些渾渾噩噩。

「沈兄？」安子良見到沈雲衣甚是高興，高聲叫道：「來來來，你來得正好，小弟我這兩天正忙著弄錢……不不不，是忙著讀書，你這位榜眼，對四書五經一定是極為熟悉的，來幫我背書！」

沈雲衣和安子良曾同住一個院子，自然是熟得不能再熟，見安子良居然主動讀書，頗為他高興。當下也不嫌這背書之事太過普通，真幫著安子良背起書來。

安子良也是憋得久了，雖說有銀子和假山作為動力，可是每日裡不停背著那四書五經，卻當真枯燥。見著沈雲衣這個新科榜眼的舊友來此，登時精神大振，便從那自己最熟的《論語》開始背起：「子曰：學而時習之，不亦說乎？有朋自遠方來，不亦說乎？人不知而不慍，不亦君子乎……」

這東西沈雲衣極熟，不用看書也知對錯。只是，這些東西對他來說太過簡單，沒聽得安子良幾句，又走了神。

父母之命，媒妁之言，若想求娶安家小姐，需要兩家長輩點頭。正好父親即將進京，是不是要和他分說一二？我沈家與安家門當戶對，又是世交，父親若肯出面提親，十有八九能成……可是我剛剛得了功名，父親一來就說這事，會不會顯得心思不在正途上？

沈雲衣學問好，是做官的人才，便是面對皇帝都能應對得當，偏偏在這感情上有些優柔寡斷。

忽然間意識到自己內心深處的情感，哪裡有那麼容易能夠平復下來？一時間，思潮起伏，就這樣神遊物外，也不知道過了多久，迷迷糊糊間又聽到安子良大聲背誦道：「生財有大道，生之者眾，食之者寡，為之者疾，用之者舒，則財恆足矣。仁者以財發身，不仁者以身發財……」

「《大學》？居然是《大學》？」

這一下，沈雲衣可是對安子良有些刮目相看了。當初自己剛中榜眼時，安賢弟好像還是連打油詩都做不好，數日不見，居然已經背書背到四書裡最後一部《大學》了？

「當然是《大學》，要不還能怎地？《論語》、《中庸》、《孟子》我可都是背完了，不背《大學》，還背哪一部？」安子良正背到了《大學》裡他最喜歡的部分，被沈雲衣一句話打斷，很不高興地嘟囔道。

「就這麼幾天，賢弟已經背完四書了？」沈雲衣大為詫異，脫口而出。

「剛才我背得那麼大聲，敢情你沒聽見啊？沈兄啊沈兄，剛剛說好了你幫我背書的，可是你說你……你說你都在想什麼啊！」安子良對於沈雲衣的態度極是不滿，忽然眼珠子一轉，賊兮兮地湊上來低聲道：「不會是在想我大姊吧？」

沈雲衣猛然被安子良說破心事，忍不住滿臉通紅，期期艾艾地道：「我哪有……」

「哈哈，被我說中了吧，還裝？」安子良大笑，當初同在一個院子裡住著的時候，自己可是沒少遭這位沈兄捉弄，如今看了他這窘態，卻是比新買了花草石頭還要高興幾分。

「沈兄，我跟你說，我大姊這人看著和氣，其實是個外柔內剛的人，有自己的想法，有自己的主見。你這樣子磨磨唧唧地可是不行，你若真喜歡她，就早點和她明明白白地說清楚才好。」安子良低聲道：「別忘了，我大姊可是要入宮選秀的，若是被哪家男子看上了，當心你連哭都來不及……」

「就這麼和她說？不好吧？安老太爺不是說選不上也好嗎？這婚姻大事，講究的是父母之命，媒妁之言，過幾日我父親便要來京……」

沈雲衣幾乎是下意識道出了心中所想，只是話剛說到一半，猛地發現了自己說漏了嘴，再看安子良時，卻見他張大了嘴巴，兩隻小眼睛瞪得溜圓，直勾勾地看著自己。

「沈兄，好啊！」安子良蹦了起來，大叫道：「由長輩出面釘死了此事，沈兄不愧是榜眼，這麼惡毒的法子你也想得出來，當真是書讀得越多，壞水越多……」

「想出來什麼啊？」一個女子聲音遙遙傳來，說曹操曹操就到，安清悠不知道什麼時候進了安子良的院子。

沈雲衣簡直連找塊豆腐一頭撞死的心都有了，怎麼就一不留神便說漏了嘴，還是漏在安子良的面前？

不過，事情既已如此，沈雲衣也是沒轍，只能可憐兮兮地瞅著安子良打眼色，那意思自然是：安賢弟，咱們哥倆兒怎麼說也是曾經在一個院子裡讀過書的，你可千萬不能把這事情和你姊姊說啊……

安子良嘻嘻一笑，站起身來說道：「大姊，我們在說書裡面壞水多……啊，不是，是說沈兄壞水多……啊，也不是，是沈兄說書裡面壞水多……」

安子良一邊滿口胡謅，一邊偷偷瞧著沈雲衣的臉色，卻見沈雲衣眼巴巴地坐在那裡，自己說一句他就跟著臉色一變，忍不住心中大樂。

「這都什麼亂七八糟的！」

對於安子良這般顛三倒四，安清悠早就習慣，懶得與他糾纏，逕自對著沈雲衣道：「沈公子，我家老太爺派人傳過話來，說是你若想去見他老人家，什麼時候都可以，令尊什麼時候來了直接聚聚便是，倒是你剛中榜眼，京中的應酬必是不少，有些事情令尊不能代勞，可莫要錯過了時機。」

安老太爺派人回的話句句都說到了點子上，沈雲衣甚是感激。

不過，沈雲衣再抬頭看安清悠時，又惶然起來，結結巴巴地道：「……既是老太爺如此說了，雲衣自當從命，這個這個……我……我……對了，我還有事，像老太爺說的一般，錯過了就沒機會了，這就告辭……」

老太爺既已傳話過來，沈雲衣自是不能不走，可此刻他滿臉通紅又心虛，連說話都不利索，只是一抱拳便匆匆離去。

沈雲衣聽得安子良在後面哈哈大笑個不停，更是心慌，好不容易走出了安府大門，沈雲衣長長地出了一口氣，心中反倒更猶豫了：怎麼每次見到她都如此慌亂？這實在不像他啊！罷了罷了，還是等父親來京，向父親稟明再說吧……

「這沈小男人真是越來越小男人了，連說個話都說不利索！」

沈雲衣倉惶從安家逃出的時候，安清悠正在院子裡皺著眉搖了搖頭，有些不耐煩地道：「就這麼點兒事情，居然也能折騰半日，老太爺壽宴那邊可是不知道有多少事要忙，還得應付他，真是麻煩！」

安清悠在這裡嘟囔著吐槽，卻見安子良從四書五經裡抬起了頭來，搖頭晃腦地道：「這就麻煩啦？人家沈兄來咱們安府是小事，這不是也想來看看姊姊妳嗎？我說姊姊啊，妳本就不想入宮，若也不想嫁沈兄，那可要趕緊去找一個比他更好的郎君來，不然那才是真麻煩……」

「少在這兒瞎起鬨，背你的書去！」安清悠沒好氣地翻了個白眼。

安子良縮了縮頭，不過這一提背書，他倒是轉瞬又來了精神，蹦了起來道：「姊，這兩天我又把《大學》背下來了，四書貫通全勤獎啊，咱是先考核還是先結帳？」

安子良在背過了《論語》以後，興高采烈地去買石頭修假山，原是準備僅此一回打死都不再背書了，誰知安清悠卻又搞出了一系列的名目來。

什麼背完了《論語》再背《中庸》，除了可以享受提高一成五的背書獎勵外，若是連《孟子》也背下來，還能提高兩成，再背了《大學》再提高等等……尤其是安子良還聽到了一個新鮮詞兒，叫做全勤獎！

「我說弟弟啊，你便是買了幾塊紅楓石造了假山又如何？有了假山，要不要在旁邊再配些花草藤蔓？要讓花草長得好，是不是還得弄些水道工程？要造就造些全的，姊姊也成全你個全的。若是趕在老太爺壽宴之前將四書全背下來，除了原本答應你的銀子之外，還另外有一番獎勵，便叫做全勤獎，如何？」

幾天前，安清悠便是這樣一句輕描淡寫的話，讓安子良愣了半天，終於咬牙道：「不就是還有三本嗎？反正有更多銀子可拿，老子拚了！」

於是，安子良自然又是一通昏天黑地苦背，還真弄出一個全勤獎來。

「銀子銀子……還有全勤獎！」安子良拉著安清悠背了一遍四書中最後一本的《大學》，奔著結帳的話題就開始念叨。

安清悠微微一笑，又寫了一個條子交給他，安子良接過來一看，登時不依了。

「怎麼上面寫著五天之後領銀子！大姊，妳莫不是要賴帳？」

安清悠搖了搖頭道：「你這傢伙就是這麼愛鬧騰，大姊何時賴過你的銀子？實話說給你聽吧，便是這兩天你去帳上取，也是沒人會給你，因為我今天一早已經下令這幾天封帳，凡是五兩以上銀子的支取，若非十萬火急，皆要暫停。這道令是我下的，自不好為了你這件事情壞了規矩。不過，這事也怪不得大姊，大姊沒想到你這麼快就背完了四書，倒是要給弟弟你賠禮了。」

安清悠這麼和和氣氣地說著話，安子良反而鬧騰不起來，只得眨巴眨巴小眼睛想了一番，這才道：「這個這個……五天啊？當真只是五天？大姊莫要騙我，真的是五天之後就可以拿到銀子嗎？」

「得，大姊把日子算得太細了，弟弟說的倒是，應該再打得寬鬆點兒！」安清悠故意把臉一板，直接伸手道：「把單子還我，該改成十天才是！」

「別啊，大姊！」安子良趕緊把條子當作寶貝一樣，工工整整地摺好攬回懷裡，笑嘻嘻地道：「我就等五天，我就等五天還不行嗎？」

安清悠也不再糾纏，見安子良收好了條子，忽又困惑道：「不是祖父的壽辰快要到了嗎？聽說這次可是合辦的，用錢的地方想必不少，大姊要封帳做什麼？」

安清悠只說了幾個字：「查帳！查虧空！」

此時此刻的安清悠還不知道，她自己在史通判那邊捎帶的那一番舉動，為三嬸省了許多銀子，但她卻明白，老太爺做壽，三房才是出錢的主力。

此事倒是不用安清悠擔心，這也是安清悠敢在這個時候封帳查虧空的底氣之所在。

不查不行，如今長房真的就只是空架子，到處都要用錢，可是到處都捉襟見肘。

安德佑這些年從不過問府事，當初徐氏掌家的時候，把城外的莊子改了名字自是不說，還往娘家填補了許多，把她娘家從一個小小地主生生餵成了土豪，長房倒成了空殼子。

若只是這樣也就罷了，在徐氏管家這些年，長房的帳當真是亂得一塌糊塗。

每年的租子雖說多少還有一些，卻是說不清道不明的不知如何便盡數花了出去。

每個月的開銷當真不少，卻又很難說得清楚究竟是花在了什麼地方。

入得多，出得少，長此以往下去，這日子自然難以為繼。

雖說安清悠這幾次出府收入頗豐，可且不說這些都是安清悠的私房錢與公中的花銷無關，便是都填了進去又如何？想靠著收見面禮養活一大家子的人？那實在是不可能的！

說句不好聽的話，現在的安清悠若是出嫁，除了生母留給她的東西之外，安家長房怕是連一個風光嫁女兒的排場都擺不了多大。長房虧空，已經到了不能不查的地步。

不過，這等事從來都是說起來容易做起來難，安清悠和安子良閒聊兩句，便回了自己的院子。

上輩子安清悠是調香師而不是會計師，眼下只能一邊學一邊做，這等大事還是要找個厲害的人好好商議一番才是。

「嬤嬤這幾日可是過得還好？清悠最近剛掌家，又趕上老太爺做壽，這幾天到嬤嬤處來得少了，還請嬤嬤見諒！」

對於彭嬤嬤，安清悠始終保持著尊敬之心，每次見面亦是恭謹有加。

彭嬤嬤見安清悠舉止比過去更加優雅嫻熟，便微微點了點頭，突然問道：「宮中選秀之禮，是何章程？」

安清悠立時便答道：「依大梁宮中例制，選秀共分具保、初送、演禮、復名、試文、合議、放牌七項，比的是德、言、容、功四場，首重選德，次重選藝，最後才是輪到容貌。清悠這答得可對？」

彭嬤嬤見安清悠張嘴便答，這才滿意地笑道：「大小姐最近雖說有許多事要忙，之前所學倒是未曾荒廢，當真不易。今日突然前來，莫非又遇上了什麼拿捏不準的事不成？」

「嬤嬤果然厲害，一猜便中。」

安清悠微微一笑，彭嬤嬤如此恪盡職守，時刻不忘對自己的考校，倒是讓人敬意更甚。安清悠也沒有絲毫遮掩，當下便將此行的來意及安府如今的麻煩細細分說了一遍。

最後，安清悠嘆了口氣，「如今必要細細查帳，尤其是許多該縮減的地方一定不能浪費。」

這不說還好，一說之下，連彭嬤嬤也皺起了眉頭來，思忖了一陣，這才慢慢地道：「大小姐真想查虧空？」

「不是清悠想查，是已經到了不查不行的時候！」安清悠苦笑道：「剛才不是也和嬤嬤說了，如今我們長房實在是四處漏風，就這麼不清不楚下去，這個家早晚會有撐不住的那一天！」

彭嬤嬤又琢磨了一會兒，才道：「若論那帳簿之事，想來倒是可以和三夫人那邊借幾個管帳的好手，便是沒借到也無妨，到外面雇幾個便是。只是，有一件最為關鍵的事情，我這邊少不得要提醒大小姐幾句了。」

「嬤嬤請講！」安清悠見彭嬤嬤少有的謹慎，自己也變得鄭重起來。

彭嬤嬤道：「若論虧空爛帳，哪家哪府沒有？宮裡更多。錢財過手沾一些，不知道多少人把它看做天經地義之事，便說沒有這些貪錢之人，妳想要該省的絕不浪費？呵呵，比如老爺出去參加個文人詩會時充充闊氣，這種事情算是浪費，還是不浪費呢？便是查出來又怎麼去管？」

「一查虧空，只怕是府裡上上下下妳便是得罪光了，甚至是老爺對妳都會有所不滿，妳又如何自處？」

彭嬤嬤這番話說得推心置腹，安清悠聽了也覺得為難。彭嬤嬤見她皺起了眉頭，苦苦思索，自是之前對這等困難棘手之處考慮不足了，不過，她反倒是笑著搖了搖頭，問道：「妳年紀還小，這些事情沒想到也是正常。如今我點了出來，妳又準備怎麼辦？」

安清悠又是思忖了一番，這才試探著請教道：「既是如此，此事倒是不可操之過急了。不妨把那節省之舉緩上一緩，可也要先查明白是哪裡虧空得大，然後再做打算？」

兩人對視一眼，各自會心一笑。

安清悠和彭嬤嬤商量著怎麼查帳，安家長房的另一處院子裡，卻有一對不甘心之人亦是在商量醞釀著什麼。

「什麼？老太爺親自點了那丫頭操持壽宴不說，她去了史通判家的聚宴，還撈了許多好處回來？當真是氣煞我了，有朝一日若能出去，非得整死那丫頭不可！」

徐氏狠狠地一掌拍在了桌上。

雖說她被拘在院子裡出不了門，但外面的丫鬟婆子能傳話進來，讓她知道府裡的各種情況。聽得安清悠得了不少好處，徐氏又妒又恨。

此刻在徐氏眼中，天下再沒有比安清悠更加可惡之人了。

「夫人切莫著急，這段日子來，老奴反省了許久。現在想來，都是我們操之過急了。做得太過急躁，思慮不周，才會被大小姐鑽了空子。若是想要出去，還須徐徐圖之，機會必是有的……」說話的是柳嬤嬤，她被圈禁的這段日子裡，多了不少白髮。

「徐徐圖之？徐徐圖之！我們要圖到什麼時候？」柳嬤嬤日漸衰老，徐氏卻是脾氣越來越大，正在背後狠狠地罵著安清悠時，卻是有人來報，說是三小姐安青雲來了。

「娘，今兒可是氣死女兒了！」

安青雲進了屋子，卻是一沒向徐氏行禮，二沒等徐氏問話，三沒有半句對母親的關心之語，逕自一頭扎到徐氏那裡，念叨起了自己的事情來。

柳嬤嬤見了都忍不住嘆息，搖了搖頭。

徐氏卻是沒那想法，在院子裡憋得久了實在難受，眼見著女兒來了，便心疼得如心肝寶貝一樣，趕緊哄著道：「別急別急，乖女兒跟娘說，到底是又有什麼惹著妳了？」

安青雲把嘴一扁，立時罵道：「還能有什麼，還不是那位如今掌了家得了勢的大小姐？自她上任之後，我可比母親掌家時過得差多了！之前不過是手頭的花銷有些緊而已，沒想到今日好端端的，她不知道為什麼把府裡的帳給封了……」

徐氏聽聞之下更怒，自然又是指著安清悠一陣亂罵。

只是，當初安青雲可以藉著母親的夫人身分在府裡橫衝直撞，如今兩人只能關在屋子裡一起吐槽而已。

柳嬤嬤冷眼旁觀，敏銳地抓住了其中最為重要的訊息，忍不住插話道：「三小姐，妳說那大小姐封了帳？」

「是啊，說是什麼要查虧空，當真是煩死人了！」安青雲幾乎是下意識地答道。

「查虧空？」柳嬤嬤的兩隻眼睛猛地迸發出了熾熱的光芒，高興地對徐氏道：「夫人，大喜啊！那丫頭不知深淺，掌家沒多久居然搞出了這等自尋死路的事來，老奴剛才不是說只要靜下心來等，便一定有機會嗎？您瞧，這機會來了！」

安青雲還有些不明白，徐氏卻是反應了過來，和柳嬤嬤對視一眼，兩人不約而同點了點頭。柳嬤嬤道：「三小姐如果沒事，不妨趕緊去大小姐的院子，妳想買什麼要什麼，儘管朝她開口。她如若不給，小姐便鬧，鬧得越大越好！」

「我為什麼要去鬧？」安青雲卻是沒接這個碴，逕自衝柳嬤嬤翻了個白眼，「她那樣子我看著就煩，倒是我和母親多日沒見，還不如在這裡聊聊天什麼的……」

這話可是安青雲少見的有人情味，可是她這句話沒說完，卻被徐氏打斷了，「聊什麼聊，有什麼可聊的？就照柳嬤嬤說的做，趕快給我去！」

◉　◉　◉

「我要弄一個翡翠鐲子回去把玩！」

「沒有！」

「那我要到合正銀樓打三根金釵一條金鏈子，前兩天他們剛推出了新樣子……」

「沒有！」

「憑什麼沒有？以前母親掌家時，這些物事都是我一討要便都能給我買回來的！如今妳掌了中饋，怎麼就不肯給？」

安清悠淡淡道：「今日剛封了帳，各處也都等著錢用，哪裡有銀子給三妹買這些既貴又可有可無的物事？夫人之前怎麼掌家我不管，如今就是不行！」

安青雲別的不行，說起這討東西鬧事，撒潑打賴，倒是能手。

妳這大小姐不是管了家嗎？不是這幾天封了帳查虧空嗎？得，我就來讓妳照顧照顧我這個做妹妹的！

若是妳給了東西我就接著再要別的，總之是無窮無盡。若是不給，那也行，隔三差五地我便跑到父親那裡說一句妳身為長姊薄待妹妹，左右都是沒了妳的好。

這就是柳嬤嬤在那幾近於被圈禁的院子裡痛定思痛之後，給安青雲指的對付安清悠的法子。她們之前的問題就是太過急於求成，如今妳這大小姐管了家，我們也學妳之前那般穩扎穩打，一步一步給妳下絆子。

安清悠要封帳查虧空，自然不可能讓安青雲這樣胡攪亂了章程。從一開頭便是封住了安青雲所有的要求，這倒也在徐氏和柳嬤嬤的預料之中，安青雲便如提前準備好的那樣，開始折騰。

「妳……妳……妳實在是太欺負人了，剛管家幾天，還是暫代的，就說什麼要釐清內事，連那麼一點東西都不肯給！這哪裡是什麼封帳查虧空，分明就是找藉口整治我這個不是一個娘生的妹妹……嗚嗚嗚嗚，我的命好苦啊，娘在養病不能理事，立刻就有個惡姊姊這般打壓……」

安青雲見對方不同意給自己買那些東西，當下一屁股坐在地上，乾嚎起來。

妳不是要管家嗎？妳不是很硬氣嗎？來啊，來收拾我啊！最好是像之前去府外聚會那次一般，給我來一巴掌，到時候我帶著一臉掌印去向父親哭訴，那才顯得更加可憐。

安德佑最是看重倫常，自從徐氏被圈禁後，安青雲是實行這個計策的最好人選。

這一通耍賴，安青雲盡展所長，又是撒潑又是打滾，就盼著安清悠能夠一時動，怒罵自己兩句難聽的，好在裡面找找口實，最好是動手打上幾下才好，那樣就有了真憑實據，到了父親面前，怎麼亂講都行。

安青雲對於安清悠的妒意、恨意，只怕比徐氏有過之而無不及，別的不說，便是這段日子裡到處都在風傳新科榜眼沈雲衣對大姊有意，便讓她有足夠的理由無所不用其極了。

不過，今日這事情卻好像有點不對，任是安青雲豁出了面子打滾撒潑，安清悠愣是沒理，只是穩穩當當地坐著，捧著一杯清茶，像是在練習坐姿一般，默然不動。

安青雲便是再能鬧，到底也有累的時候。

折騰了沒效果，倒是把自個兒的嗓子給哭啞了。

便在此時，安清悠發了話，緩緩開口道：「三妹啊……」

安青雲心中一喜，就等著安清悠和她吵鬧，只是沒想到安清悠這下文說倒是說了，卻遠不是她想像的：「三妹啊，折騰了這麼久，累不累？地上涼，別寒了身子，要不要搬一把椅子給妳坐坐？不要椅子，蒲團也行！嗓子哭啞了吧？茶香，沏杯茶來給三小姐潤潤嗓子，好生地歇一會兒再接著折騰！」

安清悠對於自己身邊的丫鬟一直採取調教與放任結合的方式，調教好了一個，便派出去獨立做些事情。如今，青兒和芋草幾乎都能獨當一面，反倒是茶香帶在身邊的時間最多。

茶香這孩子倒是個實心眼，一聽安清悠這般說，連忙沏茶斟水，遞到安青雲面前，小心翼翼地道：「三小姐，茶來了，您潤潤嗓子？」

安青雲目瞪口呆，自己折騰了半天，倒叫人一句話便擠兌了回來。

再看遞茶過來的茶香，那謹慎老實的神情，在此時此景之下，變成了對自己的絕佳諷刺。只覺得之前的一番作態全成了別人面前的猴戲，當下氣得把手一揮，將那茶碗打翻在地，跳起來高聲叫道：「妳給是不給？好歹我也是三小姐，那些封帳什麼的，妳自去說給下人聽，我不管！若是再不給，今日我便衝進帳房去搶了，我倒要看看哪個下人敢攔我？」

安清悠卻是眼皮都不抬一下，穩坐如泰山地道：「搶啊，妳看這屋子裡什麼好，妳就搶，搶得不舒服，還可以像此刻摔茶碗般可勁地砸！不過，妳鬧完也要想一想後果，銀子此刻在不在帳房暫且不論，妳可要多學上一二載規矩。花錢給妳買那些亂七八糟物件的銀子我沒有，給妳再請教習嬤嬤的銀子我卻拿得出來。」

說著，安清悠冷冷地掃了她一眼，又道：「剛好要讓妹妹知曉，前日去府外參加聚會之時，我向那位宮裡長大的錢二奶奶借了點人手，大內做了一輩子事的宮女嬤嬤一應俱全，彭嬤嬤那邊戒尺的滋味不好受吧？要不要我照葫蘆畫瓢，多找幾個教習嬤嬤來伺候妹妹？」

安青雲聽了這話，猛地一個哆嗦，只差連汗毛都豎起來了。

雖說彭嬤嬤這等人物在宮裡可能是鳳毛麟角，可是以安青雲這等水準，又哪裡能迅速反應過來？此刻安青雲滿腦子所想，都是那張不苟言笑的臉和那把不認情面的戒尺，當下有些不寒而慄。

下的套子沒把安清悠挑怒，倒是讓自己堵心，安青雲只好祭出最後的法寶：「妳……妳這般欺負我？我到父親那裡告妳的狀！」

安清悠奇道：「我何曾欺負妳了？自三妹進這屋子以來，我好像是沒打、沒罵、沒訓斥，又是遞茶水，又是要為三妹請教習嬤嬤，難道這還不夠嗎？若是說不肯買那些貴而無用之物也算是欺負的話，那妹妹想要去找父親告狀就去，咱們姊妹倆好好在父親面前分辯個清楚！」

安青雲啞口無言，細細回想一遍，這安清悠還真是沒對自己有過什麼不當的言行。

如若真要去尋安德佑告狀，拿什麼告？告什麼？

三板斧砍完，安青雲卻沒什麼後招，只是翻來覆去嚷嚷著：「行，這可是妳說的，我這就去找父親告狀！我去啦，我真的去啦……」

安清悠連理都懶得理她了，翻來覆去就這幾句，實在煩人，無奈道：「三妹，拜託妳了，要去就趕緊去，別在這裡乾打雷不下雨行不行？」

安青雲憋了半天，到底是一跺腳，逕自跑了出去。

安清悠對著身邊的茶香搖頭道：「茶香，今兒小姐教妳一個道理，聲音響鬧騰大的不一定就占著理，慢聲細氣地說話也未必就是怕了別人。妳若是在別人折騰妳的時候不慌不急不怒不怕，對方便會自己慢慢縮回，可若是只知道哭，那就什麼事情也做不成了。」

茶香雖然是個愛哭膽小的受氣包，卻另有好處，安清悠教她什麼她便老老實實地記什麼。

何況接觸的人多了，見的世面多了，茶香的性子也慢慢有所轉遍，當下用心記了幾遍安清悠的話，卻是第一次大著膽子問道：「小姐，可若是三小姐真要去到老爺那裡去告狀，那又如何是好？」

「她不敢！」

「不敢？」

安清悠隨手拍打帳本道：「茶香，妳知道我管家和夫人管家最大的不同是什麼嗎？」

「這個……茶香不知！」

「夫人管家時，她自己手腳都不乾淨，能把這府裡弄得好到哪裡去？妳家小姐行得正坐得直，便是她們有什麼算計，也只能想法子挖坑讓我出錯。坑沒挖成，又哪裡有什麼好告的？真鬧到父親那裡，還不知板子落到誰身上呢！」

安清悠見茶香一副似懂非懂的樣子，搖頭笑道：「罷了罷了，現在對妳說這些事情，還真是有點為時尚早。小姐教妳另一句話，自己若是不做壞事，別人要對付你便要多花些手腳。這個『正』字雖然未必就一定能夠讓人大富大貴，卻一定能夠讓人踏實。」

這話卻是對了茶香的路子，這小丫頭反覆咀嚼了幾遍，忽然笑了，用力點了點頭道：「嗯，小姐，茶香一直很踏實！」

這是茶香自進安府以來，第一次露出了笑臉。

安青雲還真是不敢去找安德佑告狀。

原先柳嬤嬤的一番籌畫，真到了做時卻鬧了個縛手縛腳，一身彆扭。

此時去找父親會是一個什麼狀況，安青雲自己心裡也沒底，琢磨來琢磨去，還是先回去跟母親商量一番再做打算。

徐氏在院子裡出不去，也只能盼星星盼月亮地盼著此事能夠像自己預料的那樣發展。也不知道念了多少遍阿彌陀佛，終於傳來了消息，說三小姐來看夫人了。

徐氏大喜，待得安青雲進了屋，立刻拉著女兒的手看個不停。

「女兒按照您和柳嬤嬤教的去做，卻被那大小姐好一通擠兌！」安青雲一見了母親，先覺得委屈，也沒什麼好隱瞞的，當下原原本本把今天的事情說了一遍。

徐氏大怒，拍打著椅子的扶手道：「既是事情沒做成，妳回來幹什麼？不是跟妳說了嗎？她不答應就跟她耗！她要管家、查帳，還要準備選秀，籌辦老太爺的壽宴，跟妳耗不起的！」

「哪裡是那麼容易耗的？妳又不是不知道她的厲害，擠兌我還能少得了？別的不說，她可是說了從一個什麼錢二奶奶那裡借了一堆宮裡出來的人，要多弄幾個教習嬤嬤給我。光是一個彭嬤嬤便訓得死去活來，真要是再多幾個，那女兒還活不活了？」

安青雲委委屈屈地說著，還一邊說一邊用眼睛瞟著柳嬤嬤。事情不利她可沒有怪自己的心思，倒是一個勁兒地埋怨柳嬤嬤出的主意不好。

柳嬤嬤長嘆一聲，可是又沒有什麼法子。

眼前這母女二人說到底都是她的主子，但凡有什麼不好的，她除了背黑鍋又能怎麼樣？

柳嬤嬤心裡也是委曲，若是安青雲能有安清悠的一半本事，此計怕是早就成了。

徐氏不像柳嬤嬤這樣有苦水只能自己嚥，聽著這般抱怨，越聽越怒。

在院子裡被圈了這麼久，徐氏的脾氣早就變得一天比一天暴躁，尤其是聽到安青雲那句「妳又不是不知道她的厲害」，更是觸動了她的心病，當下指著女兒罵道：「妳個糊塗東西，宮裡出來的人哪裡是那麼容易請到的？莫說是那妮子，便是妳父親也不敢誇下海口一下子就能請來，那個女人誆妳呢！妳這個不爭氣的也是，怎麼這麼容易就讓人家給唬了？趕緊再給我去鬧，鬧不出個結果就不要回來！」

「要去妳去！」安青雲猛地冒出來一句。

徐氏一愣，轉眼間卻是激起了更大的怒火，咆哮著說道：「妳這死孩子說什麼？」

「我說要去妳去！」安青雲一字一頓，她剛剛被安清悠好一通擠兌，原想著見了徐氏本該被哄著捧著好生安撫，誰料想哄著的話沒有，反倒被指著鼻子臭罵了一頓。

她從小嬌生慣養，怎麼能夠忍受這種待遇？當下徹底暴走了。

「我也是妳的女兒啊，不是那些下人婆子！我也是要臉要面子的行不行？打滾撒潑這種事情做一次就夠了，還要做第二次？要去，妳自己去！」

徐氏驚呆了，這不是安青雲第一次衝著自己發脾氣，可是這一次卻是在徐氏被圈禁在這個小小院子裡的時候。

啪的一聲，一記狠狠的耳光抽在了安青雲臉上。

徐氏森然道：「妳說什麼？再說一遍看看！」

「再說一百遍都行！要去妳自己去！要去妳自己去！」徐氏的警告沒有起到絲毫效果，安青雲嘶喊著撲了上來，兩人廝扯在了一起。

這一幕何其熟悉？

昔日徐氏也曾因為一巴掌打激了安青雲，鬧出了一場母女互相動手的鬧劇，同樣是柳嬤嬤上前勸架，結果連自己也捲進去了……

只不過這次沒有徐氏從娘家帶過來的僕婦丫鬟，那些人要麼被趕出了府，要麼被賣掉了，目前在徐氏院子伺候的，都是些從別的地方調來的新人。

神仙打架，小鬼遭殃，是幫著夫人，還是幫著三小姐？先看看再說吧。

最後還是徐氏和安青雲自己打累了停下來，母女二人一起紅著眼，一起坐在地上猛喘粗氣。那些僕婦婆子才進來收拾殘局，只是如此紛亂的場面下，有人進來收拾，也是有人飛奔去報信。

去哪報信？當然是扎進了後宅，可不是去找大小姐，也不是去找老爺安德佑。

「妳說什麼？夫人居然派了三小姐去給大小姐下套子，事情不成就打起來了？」安德佑的二姨奶奶吳姨娘猛然站了起來。

安家長房的三個姨娘沒一個是省油的燈，當初徐氏未倒之時，她們便被壓得死死的，如今徐氏被圈在院子裡，自然是再怎麼封鎖消息，時間一長免不了也有些風言風語傳出，三個姨娘是一個一個動起了心思。

如今安清悠管家，這位大小姐又是個有手段的，姨娘們自是沒什麼法子，可是大小姐還要選秀，還要嫁人，她若是也走了，這管家的位置誰來做？

若論名分，吳姨娘自然是排在最前面的，因此，在那些被派到夫人院子裡伺候的新下人裡，她想方設法安插了眼線進去。

如今果然是收到了成效，這等消息真是……

吳姨娘眯著眼睛琢磨半天，終於下了決心，「走，拜訪大小姐去！」

徐氏雖然被圈在院子裡，但是夫人的名分還在，能對付得了她的只有那位如今掌家的大小姐，若是挑撥得好，未必不能讓她和徐氏之間重燃戰火。

一旦弄得徐氏被休棄，那……那……

那現任的夫人，不也是從姨娘扶正的？

吳姨娘到達大小姐院子的時候，安清悠正在查帳。

「大小姐這麼辛苦啊？嘖嘖嘖，說起來大小姐真是賢慧，將來有哪家公子能娶了您去，那才真叫是福氣呢！」笑著說著奉承話，吳姨娘樂呵呵地來到安清悠面前。

「清悠見過吳姨娘，不知吳姨娘此番前來，所為何事？」安清悠依舊端莊大方，既不對誰過分親熱，也不讓人覺得受到冷落。

吳姨娘閒扯兩句誇讚安清悠的話，話鋒一轉，隨口問道：「聽說夫人院子裡今兒有些動靜？」

安清悠心頭微微一動，面上卻是絲毫不顯，「哦？夫人正在養病，有什麼動靜？」

吳姨娘大喜，看來大小姐未必知情，那自己這消息可就值錢了。

吳姨娘當下故作神祕地貼近安清悠耳邊說道：「大小姐許是不知，您一心為了闔府上下的好日子著想，有人卻未必。夫人如今雖然在院子裡養病，心卻不再院子裡。今兒三小姐是不是到大小姐這裡鬧了一通？這可都是夫人在背後指使的，是想給大小姐下絆子……」

吳姨娘邊說邊留意安清悠的臉色，把下人從徐氏那裡偷偷打探到的消息賣了出來。

只見安清悠靜靜聽了一陣，卻是皺眉道：「吳姨娘這等消息又是從哪得來的？」

這話一說，吳姨娘反倒心裡有了底，妳既是關心這消息的真偽，那便是對此事極為看重了？心知在這時不講些乾貨難以取得對方的信任，吳姨娘當下便笑道：「夫人那院子裡不是過去了許多新人嗎？恰好有一個丫鬟是從我這院子調過去的。呵呵呵呵，大小姐放心，她的忠誠絕對可靠……」

賣完了消息示好，接下來自然是擺出些手中的籌碼了，可是沒想到安清悠只點點頭，面無表情地說道：「知道了，此事我自會小心，多謝吳姨娘了！」

話說到這裡，居然就這麼掐死了話頭？

吳姨娘滿懷期待地聊了半天，沒想到卻是這麼個結果，登時如一拳打在了棉花上，磨蹭了半天，最後無功而返。

「這個大小姐可真是怪了，說她不好吧，這禮數周全得讓人挑不出半點毛病，可要說她好，怎麼碰上這麼個消息都無動於衷呢？難道不明白我這是想和她聯手一起除掉夫人嗎……」

吳姨娘一肚子疑惑地走出安清悠的院子，到底沒想明白安清悠為什麼一點反應都沒有。

不過，有一點倒是看出來了，這位大小姐可不像徐氏那麼好巴結，她待人既是不使妳覺得疏遠，又不使妳覺得太過親密，像隔著一層距離。

安清悠自然不是什麼感覺都沒有。

徐氏不安分是意料中的事，以安清悠對於徐氏的了解，她如果沒動作才奇怪。

之前從安青雲這個沒什麼城府的妹妹身上，她就已經看出來此事有徐氏的影子，倒是這吳姨娘突然前來告密有那麼點意思，原來她在夫人院子裡安插了眼線。

不過，安清悠對這種姨娘意圖上位的事情沒什麼興趣，更沒興趣讓別人拿自己當槍使。

送走了吳姨娘，安清悠自言自語道：「還沒搞清楚別人是怎麼想，就先這麼急不可耐地把自己手裡的牌爆出來，難怪一個徐氏就把妳們吃得死死的……」

不過，感嘆歸感嘆，這事情先放在了一邊，安清悠重新把注意力放在查帳上，這可是大事，馬虎不得。

只是，今兒也不知道是為什麼，大事都擠在一塊兒了，安清悠查帳還沒有理出個頭緒來，另一件大事便找上了門，還是重要的急事。

「小姐，四夫人送來帖子，說是明天各房再商議一下老太爺壽宴的事情，您是否要去？」茶香前來稟告。

「去，這種事當然要去！」安清悠推開帳簿說道。

算一算日子，老太爺的壽宴也沒幾天了，這次再議，十有八九就是攤牌的時候。

安清悠想了想這段時間以來的準備，吩咐道：「派個人去三房那邊送個口信，就說我給三嬸請安，問問三嬸上次商議之事進展得如何了？」

此時天色已是不早，不過趙氏仍是以最快的速度傳了訊息回來。派去送口信的僕婦帶回了她的親筆條子，上面只有兩句話：「二房越發堅定，三房蓄勢待發。」

果然是趙氏的風格！安清悠看完以後微微一笑，該來的，那就來吧！

「侄女見過諸位嬸娘，嬸娘福安。」

轉過天來，安清悠又一次來到安老太爺府上，還是那個上次議事的小亭子，只是與上一次不同的是，這次卻沒有老太爺的事先囑咐，各房的空氣也明顯比上一次多了幾分緊張。

「大侄女起來吧，今兒咱們好好議一議老太爺壽宴的事情。」

藍氏少見的沒有先說些場面話，而是端著長輩的架子，態度甚淡。

「乖侄女來這邊坐，一會兒談完正事，咱們好好地說一說體己話。」趙氏卻是沒理睬藍氏那套，臉上的笑容輕鬆隨意，沒有半點配合藍氏節奏的意思。

火藥味兒似乎慢慢瀰漫開來……

藍氏皺眉，長房和三房素來交好，對於這兩家聯手之前已有心理準備。

此刻見安清悠走過去坐在了趙氏下首，不禁又多看了她一眼。

這位大侄女行事往往出人意表，上次在史通判府上那一手，讓她既是尷尬又是吃驚。

大侄女成長的速度太快了！

藍氏之所以今天急著商議壽宴的權責分配，就是因為她心裡隱隱覺得不安，想要把這事情盡快敲定下來。

「俗話說一家如何，先看長兄，人家來看咱們安家，自然是先看大房。要我說，不如這掌禮之事，就請大老爺做了，諸位看怎麼樣？」

藍氏率先提出建議，掌禮之事雖說是主持壽宴一干事宜，看起來好像是代表著整個安府出頭，卻是清貴又沒什麼實際好處。藍氏扯著禮法的引子，搶先把這件事情安了在長房頭上。

「老太爺的壽宴之事既是合辦，那就大家各展所長吧！我家老爺在外素有文名，學問好禮法熟，舉禮之事，倒是我家老爺更合適一些。」二夫人劉氏反駁道。

這倒是藍氏之前便猜到了的，每年搶辦壽宴，沒錢沒人面的二房翻來覆去也就這麼兩句話。

什麼看家先看長兄，不過是借個禮數的由頭挑撥長房和二房先對上罷了，再趁亂壓下三房，這是藍氏的策略。

「二嬸說的不錯，父親對於二叔父的學問，經常誇讚，這掌禮的差事當真是除了二叔父，再也沒有更好的人選了，侄女附議。」

安清悠這話一出口，藍氏便吃了一驚。

二房居然在搶掌禮的時候得到了長房支持？大伯可是極好面子的，動不動就說自己是長子、是大哥，對於代表整個安家出頭的事情極為看重，歷年來可沒少為掌禮之事與二房起爭執。

只是，藍氏這還沒反應過來，卻聽趙氏又說道：「二嫂和大侄女這話說得不錯，二房掌禮，這事兒就這麼定了吧！」

藍氏如墜五里霧中，三票對一票，要想不答應都難。

不過，藍氏反應極快，不是說要各展所長嗎？行，我也不和妳們說掌禮，我四房銀子多，採買這事情是錢袋子的問題，先把它拿下來再說。

「那就二房來做掌禮好了，至於採買之事，我們四房倒是富裕一些……」

「這話四弟妹可就說得不對了，左右不過是一場壽宴，各家便算是錢多錢少，哪個又還能支不起這麼一筆？」趙氏直接打斷了藍氏的話頭，笑著說道：「所以說，這採買銀子不是大事，重要的是誰家對市面上的貨品和商家更有數。來來來，我近日倒是把一些貨品弄了不少來，各位看看合不合用？」

說話間，趙氏拿出了一張單子，上面密密麻麻寫著已經備妥了的物事，淨是些京城裡的牌子老信譽好的商家所提供的。

安清悠配合得極好，這便笑道：「三嬸果是出手不凡，這才幾天的功夫，這東西都已經備妥了，我看這採買的事情倒是不用議了。」

劉氏也出來幫腔：「是極是極，事情都已經做完了，咱們還在這裡議個什麼勁兒？三弟妹這事情做得漂亮，回頭我們可得在老太爺面前好好地誇誇三弟妹了！」

長房、二房、三房聯手了嗎？

藍氏又驚又怒，以她的算計，自然不難看出眼前的三人事先有了默契，不過這等事情卻只有安清悠和幾位老爺夫人心裡有數，保密工作做得極好，藍氏又哪裡能夠得知？

藍氏也真是驚疑，這三弟妹還真是厲害，這麼幾天就把採買的事情辦完了，她是怎麼做到的？

這一點藍氏倒是猜錯了，趙氏還真是沒做什麼，那些貨品十成裡有九成半是拜安清悠所賜，就是那些藍氏素來瞧不起的商賈之家巴巴地上門送的，趙氏所做的，不過是查漏補缺，添了點小物件而已。

「三嫂不會是想連發帖子邀請賓客的事情也一併攬了過去吧？」

一想到三家聯手，藍氏立時坐不住了。

在她心中，能夠挑大樑聯合其他房的只有三弟妹，這時候說話卻是藉著三房一家獨大的由頭，把話題往三房攬權上面引。

「四弟妹這是哪裡的話來？我不過是把這採買的事情做完了而已。妳剛才說的不錯，機會自然是各房都有，要我說啊，大侄女年紀輕，缺的便是歷練的機會。咱們以前又不是沒承辦過壽宴，如今還弄那搞過的事情做什麼？不如這次把這差事交給大侄女吧！」

藍氏冷下臉來，趙氏卻是笑臉盈盈，卻立時得到了劉氏的回應：「三弟妹說的不錯，古人云：『將親堪立，唯子女而立傳代長興呼？』咱們都是老人了，提攜一下晚輩也是應該的，若是大侄女能夠因此事而多得到些成長，倒也是此次壽宴上的一段美談。老太爺在朝堂之上都對提攜後輩素有賢名，更何況是自家的孩子？想來亦是樂見其成的！」

藍氏當即眼前一黑。

錯了錯了，全想錯了！怎麼不是三房，卻是長房？居然推出一個乳臭未乾的小丫頭來和我打擂臺？妳們是真是膽大啊！

藍氏這一錯愕之間，安清悠卻已經說了話，連反駁機會都沒給藍氏留：「既是幾位嬸娘如此提攜，侄女又如何敢妄自菲薄？自然是要力爭上進的！此事侄女必將全力以赴，定要把這邀請賓客的事情辦得妥妥當當的！」

藍氏目瞪口呆，事情怎麼變成了這樣，原本是自己想要快刀斬亂麻的，沒想到對方比自己出刀更早更快，這話還沒說兩句，三個最重要的差事已經沒了。

不過，藍氏畢竟還是藍氏，哪能輕易妥協？當下翻臉了！

「敢情妳們已經商量好了？那咱們還在這裡談個什麼勁兒？妳們三家欺負我們四房一家，此刻哪裡還有我的差事了？」以藍氏的手段，自不會做那些撒潑打滾的事，而是另有算計。

「四嬸哪裡來的話？上次商議的時候，妳不是教侄女說壽宴上面還是有很多事情的嗎？比如安排流程、組織下人、確定菜品和座位、布置場地等等……」

這種活計倒真是由晚輩去做最合適，此刻安清悠也真是一副勤學受教的模樣，掰著手指頭一樣一樣地數著，一臉的認真老實樣兒。

藍氏氣得快要暈過去了，自從老爺這兩年發跡之後，四房便是要風得風，要雨得雨，如今到了老太爺壽宴這等大事，卻要淪為打雜？

冷靜！冷靜！

藍氏拚命告訴自己要冷靜，大侄女固然是被推出來和自己打擂臺，可是她小小年紀，如何能把長房、二房和三房串聯在一起？

眼前這主事之人，十有八九還是三弟妹。

藍氏這般思忖，當下兩眼直勾勾地看著趙氏說道：「三嫂就別在那裡作態了，咱們明白人不說暗話，那些打雜的差事我們四房是不做的，妳們哪一房愛做，哪一房自己做去。採買和發帖子兩件事給我一樣，否則這壽宴之事大家一拍兩散。別忘了，老太爺可是說要四家合辦的。」

這才是藍氏的殺手鐧，老太爺既是說了要四家合辦，無論缺了哪一家，這主事之人都不太好向老太爺交代。

同樣是耍賴，藍氏的手段可比徐氏、安青雲之流高明多了。

可是，沒想到趙氏說出了讓人驚訝的話：「四弟妹，妳夠了吧？兩次合議，兩次都是妳折騰！就今兒說明白了，老太爺的壽宴還能往後推多久？不少事情到了今天已經是時間緊迫了，這也不做，那也不做，妳是存心想攪了這事不成？妳若不肯做這些事，那就莫要插手！」

這話莫說是藍氏，便是連其他幾人也是沒有想到。

藍氏驚愕半晌，顫聲道：「妳敢這般做？」

趙氏冷笑道：「我有什麼不敢的？我是在為老太爺辦事！」

藍氏徹底變了臉色，咬著後槽牙，作勢要走，口中恨恨地道：「好！好！好一個不肯做就莫要插手，我還就真不碰了，看妳們怎麼向老太爺交代！」

「不勞四弟妹費心，我們還要繼續商量正事，怎麼交代事小，老太爺壽宴可是耽誤不得！」趙氏半點也不客氣。

趙氏心裡想得明白，這次雖是合辦，可是少不得也有一房做些挑頭，雖有心把安清悠捧起來，但她畢竟是晚輩。既是如此，自己為什麼不做？各房都想在老太爺面前好好表現，三房的利益也得握穩了。

至於藍氏要走……

哼！既是合辦，少了一家，挑頭之人多少要挨罵，可是那缺了的一家呢？亦是少不了一個不識大體的名聲，只怕挨罵得更甚！這是一把雙刃劍，只看誰先扛不住。

此時此刻，倒是劉氏起到了個打圓場的作用，上去拉住了藍氏說道：「四弟妹何必呢？都是為安家做事，自家人吵得那麼凶做什麼？來來來，三弟妹、四弟妹都別著急，咱們坐下來慢慢說！」

藍氏何嘗不知道退出本是無奈之舉，根本不是真的想走，索性借坡下驢，坐下來不忿道：「還是二嫂說話公道，罷了罷了，左右都是為了老太爺為了安家，就再議議吧！」

四人便又坐下來重議，藍氏左右是不肯去做那打雜之事的，只是趙氏見四房未必真下得了決心退出，倒是在心中更有了底。

三件最重要之事誰都不肯相讓，最後還是劉氏又出來做和事老，提了個雜務四家均攤，三件大事四房見著哪家有麻煩便去幫襯哪家的法子。

事情談到了這個分上，藍氏若再不從，那就有點自絕整個安家的意思了，又想著既是「幫襯」，卻未必沒有轉正的機會。做事不容易，插手挑毛病可不難，只得暫且先應下了再說。

事情就此定下，安清悠總算見識到三嬸殺伐決斷的手腕，佩服之餘，又想到三嬸今日能如此硬氣，固然是精明果敢有手段，三房的實力才是真正的後盾。自家及不上，只能一面先查虧空，另一方面抓緊想來錢的路子了。

不過，父親死要面子，不可能讓家人行商，這件事必須想個轍，讓長房既能說得過去，又能賺銀子才行。

安清悠輕輕嘆了一口氣，暗道自己這還真是給自己出難題，不過自己的命運早就和長房捆在了一起，不得不為之。

柒之章

辣手揪扯內鬼

從安老太爺府上出來後，安清悠一路上都在想著查虧空的事。

待安清悠回到自己的院子，青兒和芋草一起來報，說是查帳的事情有了些眉目。

青兒和芋草兩個人一動一靜，既知安清悠有意鍛鍊她們，做事自是加倍認真，再加上安清悠從趙氏那裡借來幾個管帳婆子亦是好手，查了兩天下來，還真查出些問題來。

不過，安清悠接過那查過之後的帳本時，皺了眉，有些自嘲地苦笑道：「這虧空還真是有些不好查了！」

查出來的帳目上明明白白昭示，長房這兩年之所以虧空，固然是府上的各項花費居高不下，安德佑與安子良這幾人平日裡花銷大手大腳也是主要原因之一。

當然，這裡面也有徐氏做的手腳，安德佑想買的物件，十兩銀子她能花二十兩買，安子良要的東西二十兩銀子她能花二百兩買，捲了不少銀兩進自己的私房。

看完了查帳的結果，安清悠隱隱約約感覺到不對勁。

徐氏與安子良自不用說，父親那邊不過是喜歡去參加一些詩會，虧空怎麼也會如此之大？

還沒等安清悠繼續往下理出個頭緒，有人主動找上門來了。

「老奴見過大小姐，大小姐安好。」

前來拜見的是府內的一個管事，此人雖不像安七那般是安德佑最信任的親隨，卻也是安德佑自小伺候的人，算得上是府內二把手，名叫郭全保。

「郭管家客氣了，這麼急著見我，不知有何事？」安清悠對安德佑身邊的老人一向尊敬。

郭全保笑道：「回大小姐的話，倒也沒什麼事，就是老爺的一些平日花費罷了。如今到了帳期，家裡封了帳拿不出銀子，所以特來請大小姐給個批條。不多，二百兩而已。」

「這麼多？」安清悠微微皺眉，什麼物件要二百兩？

難道父親大手大腳到了這般地步，隨便一出手便要這麼多錢？

「這還叫多？我說，大小姐，這可都是老爺平時的花銷，何必這麼大驚小怪？」郭全保撇了撇嘴角，他是老資格了，過去徐氏當家亦是讓著他三分的，此刻看著安清悠，倒是有幾分不屑。

安清悠念著父親的面子，這時候也沒訓斥他，當下淡淡地道：「既是如此，那就請郭管事先把要結帳的單子留下來，左右我這帳已經查出了些眉目，用不了多久就能夠弄好，到時候讓人提了銀子送去給郭管家便是！」

「那大小姐可記著要快點！」郭全保狐疑地看了看安清悠幾眼，「大小姐查帳歸查帳，莫要耽誤了老爺的花用！」

安清悠送走了郭全保，心裡的疑惑更甚。

看著那遞過來的帳單，安清悠沉吟了一會兒，叫來茶香：「去請二公子來一趟，就說他背書背出來的銀子，如今可以兌現了！」

對於兌銀子這種事情，安子良比誰都積極，聽得丫鬟傳訊，便屁顛屁顛地一路小跑奔了過來，行動之迅速，反應之敏捷，直讓那些身材比二公子苗條的家丁們汗顏。

「姊，銀子銀子……」安子良兩隻眼睛放光，滿天都是小星星。

「瞧把你急得！」安清悠微微一笑，拿出一張銀票道：「查帳倒是查出來了，不過公中帳上的銀子沒有多少，只是大姊既然答應了自然不能食言，好歹給你貼補了不少，誰讓你是我弟弟呢！」

安子良的腦袋登時點得像小雞啄米，伸手便要去抓那銀票，胖臉上滿是笑容地道：「我就知道大姊待我最好了！在弟弟的心裡，大姊就比院子裡那些花花草草還漂亮，比修假山的石頭還靠得住，比豬肘子還香噴噴……」

「去！有這樣比的嗎？大姊可沒你那麼多肥肉！」安清悠笑著啐了安子良一口，卻是手微微一抖，銀票又收了回去，「要拿銀子倒是別著急，姊姊有一件事情想要求你幫忙！」

「什麼事？」安子良立刻防備起來，眼巴巴瞅著那銀票道：「大姊不是想打弟弟那點銀子的主意吧？這可是我九死一生背書背出來的血汗錢啊！」

「倒不至於像你背書背到九死一生那麼費勁。」安清悠抿嘴一笑，「明兒陪姊姊去逛逛街市，成不？」

安子良萬萬想不到安清悠會提出這樣的要求，瞪著眼睛瞧了半天，才露出了憨憨的笑容，「我說大姊啊，妳這事找弟弟，那可真是找對人了！」

京城裡的商業區，最繁華的便是兩條相互交叉的街道，一條叫金山街，一條叫銀海路，素有金街銀路之稱。

在這種古色古香的街道閒逛，安清悠心情甚是愉悅。

安子良更是熟門熟路地擔負起嚮導的重責大任。

「大姊，妳看那『雲霧居』，這可是從前朝就有的老茶店，四百多年了。那裡面的黃山雲霧可是讀書人的最愛，嘖嘖嘖，一兩茶葉便要三兩銀子，一般人可是喝不起啊……」安子良在馬車旁慢慢遛達著，一邊走一邊向馬車裡的安清悠介紹，嘴裡嘖嘖讚嘆。

安清悠回答得很簡單：「買！」

安子良精神一振，待要去買，卻發現銀子還沒領到，只好領著安清悠繼續往前走。

不過，這一聲買，可是很有激勵效果，沒走兩步，安子良又指著另一家店道：「這青雲升鞋店同樣很了得，他家的鞋子最得官場中人喜歡，據說穿了便能平步青雲。這能不能升官不知道，反正穿著很舒服，價錢也不便宜，一雙鞋便要六兩六錢六分……取六六大順之意。」

安清悠又是簡單明瞭的一個字：「買！」

安子良再次振奮精神，這裡可是只賣官靴，大姊說要買，可不就是便宜了自己？連忙又指著一家店道：「這四寶齋專賣文房四寶，亦是京城裡數一數二的名家，他家最出名的便是羊毫細筆，一枝中等貨色便要三兩五錢……」

安清悠終於多說了幾個字：「買，都買！」

安子良心花怒放，跟著大姊出來果然好，自己說什麼買什麼。這個這個……莫非是大姊從小在後宅裡長大，如今憋得狠了？總之，這事先放一旁，跟著大姊有肉吃有酒喝就是，嘿嘿！

當下安子良抖擻精神，把金街銀路上的諸般店鋪都指點了一番，更是把那些各家招牌物事詳細評說了一堆。

安清悠都是老話一句：「買，都買！」

安子良登時很沒形象地哈哈大笑，心裡想著這樣的逛街多來幾次才好，偏在這個時候，安清悠卻又悠悠地道：「可是姊沒銀子！」

「啊？」笑容一下子凝固在了安子良臉上，他苦著臉道：「沒銀子？大姊妳沒銀子買啊買啊的做什麼？害得弟弟空歡喜了一場！」

「姊沒銀子，你有啊！」安清悠看看研究得差不多了，笑著把銀票拍到安子良手上道：「銀子可是給了你了，要買什麼自然是由你做主，不過弟弟既然買了，又怎麼好意思不讓姊姊跟著蹭一點？」

「這個……這個……」安子良糾結了，大姊還真是沒打這個銀子的主意，可是卻跟著來蹭東西。原本讓大姊蹭一些也沒什麼大不了，不過自從把四書背全了之後，他心裡所想可不單是一個紅楓石的假山了，院子裡還有一堆工程等著花銀子呢！

可剛才給大姊介紹了一陣物事，把自己的興致也勾了起來。

上來容易下去難，就這麼不上不下地吊在半空中，著實難受……安子良算計來算計去，終於狠狠地跺腳，高聲叫道：「大姊，妳這不是捉弄人嗎？」

這一叫，引來街上不少人側目。

安二公子何等人，自然不懼旁人的目光，只是他和安清悠卻不知道，有一道目光的主人來自對面一家酒樓的二層雅座裡，那人露出了莫測高深的笑容。

此人一襲白袍，正是蕭洛辰。

「怎麼是她？真是巧了！」蕭洛辰把玩著手裡的酒杯，看著窗外的光景。那輛熟悉的馬車和那個從馬車裡撩起簾子的女子，這幾天來費了他不少心思。

可更巧的還在後面，離那馬車不遠處的一家茶館裡又走出了一個儒生打扮的年輕人來，他上前拱手道：「安賢弟、安大小姐，真巧，今日沈某在此處與朋友飲茶，不想遇到了二位，這廂有禮了！」

「新科榜眼沈雲衣？」坐在窗邊的蕭洛辰嘴角微微一撇，「有意思！」

沈雲衣自然不知道有人正饒有興趣地看著他和安清悠等人，何況安子良正一把抓住了他叫道：「沈兄，你來得正好，你來幫我參詳參詳，大姊讓我陪她逛街買東西，可是自己又不肯出銀子，還把銀子交給了我讓我買，你說我買是不買？」

「什麼買不買的？安大小姐是把銀子交給了你，怎麼又成她不肯出銀子了？」沈雲衣不知前因後果，安子良說話又是顛三倒四慣了，沈雲衣自是聽得滿頭霧水。

安子良急道：「這個不同，這是我讀書的銀子！」

啊？讀書的銀子？

沈雲衣皺起了眉頭，向著安清悠問道：「怎麼是安賢弟讀書的銀子？既是學費，那就要用在讀書上，怎能挪作買閒雜之物……」

一聽說是讀書的銀子，沈雲衣理所當然地認為是學費，下意識地捍衛起了唯有讀書高的原則，勸說起來，可惜沈雲衣沒想到的是，他只說了一半，安子良倒先不幹了。

老子讀書都讀到九死一生了，掙了點錢還要用在讀書上，這不是要人命嗎？

安子良趕緊解釋：「不是學費，這個可萬萬不能是學費啊！讀書的銀子是我靠讀書賺來的銀子，背一條掙一條的錢，背一本掙一本的錢，四書都背下來有全勤獎……」

「啊？賢弟怎能把讀書和這等阿堵物聯在一起？」

沈雲衣驚愕，正所謂「君子不談錢」，這等事在他從小到大接受的教育裡絕對是大逆不道之舉，背四書掙銀子？當真是玷污了四書，玷污了聖人！

「安賢弟啊，我們讀書是為了明大道事理，正所謂修身、齊家、治國、平天下，男兒有志，上應為國出力，報效朝廷，下須考取功名，光宗耀祖，哪裡有為了銀子讀書的道理？賢弟既是背了四書，焉能不知聖人云……」

沈雲衣苦口婆心，安子良卻是呆若木雞，怎麼解釋了一句，這沈兄倒是衝著自己來了？說到掰扯大道理，安子良可遠遠不是沈雲衣的對手，正自著急，卻聽一個女子的聲音冷冷地道：「沈小男人，你夠了沒有？我弟弟想為了什麼讀書是他自己的事，你並非我安家的長輩，更不是我弟弟的老師，憑什麼管他？」

能在大街上喚新科榜眼「沈小男人」的，自然是安清悠！

她來到這金街銀路本是想考察一下京城中上等使用物件的價錢，剛剛起了童心，捉弄了一下安子良，卻不意遇見沈雲衣，遇見就遇見，怎麼還跑過來指手畫腳？

我弟弟是我家的人，我捉弄他可以，你跑來訓斥就是不行！

安清悠本就護短，又見沈雲衣滿口聖人之言，更是心煩。

這沈小男人越來越討厭了，考了個榜眼就在這裡對我弟弟說三道四，我安家的人就是上房揭瓦又怎麼樣，輪得著你過問嗎？

「沈公子當真是好大的架子！」安清悠冷笑道：「卻不知你又是憑什麼來教訓我弟弟？你又是我安家的什麼人？」

安子良見著安清悠出手，心裡長出了一口氣，大姊對付沈兄從來都不落下風，這下銀子估計是不用當學費了。當下伸手一挑大拇指，對著安清悠說道：「姊，仗義！」

不過，安二公子的世界一般人不懂，他挑完了大拇指，又不知道想起了什麼，小眼睛眨巴眨巴，忽然又賊兮兮地說道：「不過，沈兄也未必一定就不是安家的人，也許是……」

「閉嘴！」安清悠和沈雲衣一起衝著安子良叫道。

「我……我招誰惹誰了……」安子良立刻委委屈屈地站到一邊，像個受氣的小媳婦兒。

沈雲衣絕對是悶騷，還是站在心儀的女孩子面前就不會說話的那種。

此刻被劈頭這麼一訓，訓他的人又是安清悠，待要還口，不覺口乾舌燥起來，支支吾吾地道：「這個……這個，安大小姐說的話自然也不能說錯，雲衣確是逾越了，可是這天下……天下哪有為了銀子而讀書的道理？」

蕭洛辰看著樓下街上的爭吵，搖了搖頭，嘴角溢出了一絲不屑的笑。

「腐儒！這都瞧不出來嗎？人家這是護短，你越想辯個明白，越是沒法辯明白，還惦記人家姑娘呢，真是狗屁的聖人書讀得越多越沒用，什麼新科榜眼，不過爾爾！」

蕭洛辰握著酒盅在手裡晃來晃去，像是在看戲一般，隨口品評。

蕭洛辰不是沈雲衣，桀驁不馴的性格和是非難言的過往，讓他有不少姑娘家追逐，對於男女感情之事，可是明白得多。
沈雲衣這等菜鳥在安清悠面前的表現，如何逃得過他的眼睛？
蕭洛辰隔岸觀火的時候，安清悠已經把沈雲衣訓斥上了。
「怎麼，我弟弟就為了銀子讀書了，書讀得好發點獎勵也有錯？」安清悠瞪著沈雲衣，冷笑著道：「沈榜眼必是知道，當今朝廷也會發銀子賜田地給一些學問做得好的讀書人，這些飽學之士把獎勵放在口袋裡的時候，沈榜眼怎麼不去勸？倒是跟我弟弟一個剛讀四書的童生較勁上了？」
沈雲衣還真沒想過這一層，當下硬著頭皮答道：「那個……朝廷的當然不一樣，那個是恩賞……我大梁素來重視讀書人……」
「朝廷做得，飽學之士做得，我弟弟就做不得？這叫什麼道理？」安清悠沒好氣地衝沈雲衣翻了個白眼，諷刺道：「這都想不明白，還榜眼呢？還教訓人呢？真不知道你這書是怎麼讀的！」
沈雲衣本來面對著安清悠就發怵，此刻遭了她一頓搶白，更是有些發懵，隱隱約約覺得她說的道理不對，可是不對在哪兒，到底也說不上來。
「這個……這個……」
沈雲衣有些卡了殼，便在此時，有人開始湊過來看熱鬧了。
「什麼這個那個的，回去好好想明白了再說！」
安清悠見有人聚來，不想惹麻煩，當下把車簾子往下一放，對著安子良道：「二弟，走，跟大姊回府去！好端端地逛街，卻被這沈小男人壞了興致，真是沒意思！」
安家一行人掉頭便走，沈雲衣一臉尷尬，追上去趕著解釋道：「安小姐，沈某絕非那刻意教訓人的意思，我……」
話剛說到一半，卻見安子良湊過來擠了擠眼睛，又做了個把食指放在嘴上的手勢，小聲道：

「莫解釋，千萬莫解釋！我大姊正在氣頭上，沈兄你若要解釋只會越來越亂，還是過幾天等她氣消了再想法子吧……」

「多謝安賢弟指點！」沈雲衣連忙謝了一句，卻是不敢大聲，只好拱了拱手，抱拳示意。

不過，仔細想一想卻又納悶起來，原本是自己教訓安賢弟，怎麼莫名其妙挨了一頓罵，還變成自己要謝他了？

「這女子倒還真有意思，太有意思了！」

蕭洛辰對沈雲衣有沒有想明白沒興趣，他轉著酒盅，露出了略帶邪氣的笑容。

這個安家大小姐，極是重規矩，還口口聲聲罵他輕浮浪蕩，原以為是個看重禮教的古板女子，沒想到還有這樣的一面！

真要按那些世俗禮法的標準衡量，今天在大街上訓人的安大小姐就是個瘋子，還是個一味護短的瘋子，偏偏訓的還是新科榜眼，榜眼居然還被她訓得一點脾氣都沒有。

有趣！真是太有趣了！

這女人把規矩掛在嘴邊，如今看來，骨子裡恐怕不是這般想的，還有那個能消除身上氣味的法子……

蕭洛辰摸了摸下巴，認真思索起來。

「這沈小男人真是太可惡了，好好地逛個街，居然被他給攪黃了！」

安清悠回到家裡，猶自憤憤不已。

「大姊說的是！這沈兄……啊，不，是沈小男人，就是這麼可惡！當初他在我院子裡讀書的時候，整天藉著父親讓他帶著我一起讀書的名頭，逼著我作文章，真是太可惡了！」

安子良在邊上跟著溜縫兒，今天這事情他也知道大姊是為自己出頭，誰對誰錯先放一邊，既是大姊為自己出頭，自然是要順著大姊說話的。

「兩碼事，讀書是讀書，可惡是可惡！」安清悠沒好氣地道。

「對，書讀得越多越可惡！下次弟弟在街上看見那沈……小男人，定要找幾個兄弟把他捆了，把他的頭髮全剃下來黏到下巴上！」安子良作義憤填膺狀。

「這都什麼跟什麼！」安清悠皺眉，忽然想到沈雲衣本就生得白淨，若是變成了光頭大漢，會是什麼光景？越想越是忍俊不禁，噗哧笑了出來。

安子良鬆了一口氣，莫說自己和沈雲衣其實關係還不錯，就算有什麼問題，去綁沈雲衣這個新科榜眼自然是不妥的，不過，左哄右哄，總算把大姊逗樂了。

孰料安清悠卻是認真地道：「二弟，什麼時候動手？你那些外面的酒肉朋友嘴巴未必牢靠，要不要大姊偷偷給你調幾個家丁出去？」

「啊？」安子良愕然，驚叫道：「大姊，真要綁啊？」

安清悠笑得前仰後合，卻聽門外一個聲音響起：「要綁什麼啊？」

卻是安德佑到了。

安子良這次異乎尋常的老實，認認真真地答道：「回父親的話，我和大姊正在商量怎麼把沈兄給綁了……」

一邊說，一邊偷偷看安清悠，很想看到驚惶的表情。被抓去當了半天的苦力，無傷大雅地小小捉弄一下大姊，沒問題吧？

沒想到安子良很快就失望了，安清悠啥反應也沒有，老老實實地過去向安德佑行了個禮道：「女兒見過父親，父親福安。」

這個動作直接導致安德佑把安子良的惡作劇給無視了，掃了他一眼道：「什麼亂七八糟的，還綁人家沈世侄……嘖！你有那能耐，綁回來給我看看？有空多學學你大姊，行止要規矩，做派要周正，你看看你這不著調的樣子，連話都說得不知所云，真不知道你腦子裡整天想的是什麼！古人有云，行言而立德……」

安德佑今天倒是很有精神，引經據典地又開始對安子良訓話，一訓就是一炷香的功夫，安清悠在旁邊端茶遞水，給父親潤嗓子。

安子良欲哭無淚，心說我這不是倒楣找死嗎？怎麼就豬油蒙了心，惹誰不好，去惹大姊……好在安德佑訓了一陣，也就揭過，轉而向安清悠問起了另一件更重要的事來。

「昨兒去老太爺府上和妳那幾位嬸娘商議壽宴之事，有什麼結論嗎？」

昨日安德佑忙著下帖子請人，和安清悠還真是沒有碰上面。此刻聽女兒把情況一說，安德佑高興得拈鬚直笑道：「好！好得很！老四那邊老是趾高氣揚，如今這老太爺的壽宴居然能把他四房給擠到邊上，此番當真是大獲全勝，女兒功勞不小，晚上給全府上下每人發酒加菜，由頭嘛……就說為父今兒又做了一首好詞，心裡高興！」

安清悠無語，這就算大獲全勝了？

那藍氏可不是什麼省油的燈，自己雖說占了個先手，可是挑毛病容易做事難，你知道她什麼時候會蹦出來折騰一下嗎？還動不動就賞賜全府，賞便賞了，又好面子怕別人知道你瞧了四房的笑話心裡偷著樂，搞出這麼個糟糕的藉口？說是犒賞下人也行啊！

家都治不好，何以振朝綱？難怪父親升不了官！

安清悠心裡嘆息，卻也沒有辦法爭辯。

這等事情自然要去張羅不提，更重要的是去市場上考察歸來，了解了不少事情。

按照遞上來報銷的單子核計，父親那邊花用再大，也斷無三五天便花了二百多兩銀子的道理，那個郭全保定然有問題！

安清悠這邊自去忙活，安德佑這邊卻是又問起了安子良：「你不好好讀書，跑到你大姊這裡做什麼，今日又是來胡鬧不成？」

「兒子哪裡胡鬧了？是大姊叫我去陪她逛街……」安子良一臉委屈，趕著把陪安清悠逛街到處訪價的事情說了，只是那讀書銀子的事卻是不敢再提，只說遇上了沈世兄，大姊有些煩躁。

安子良把這事情說得輕描淡寫，其中更是對安清悠頗有回護之意，安德佑卻是皺了眉頭，良久不語。

◉　◉　◉

親自考察是弄明白一件事最簡單最快的法子。

安清悠把父親身邊的帳一筆一筆仔細又看了一遍，沒錯，便是用上京裡一流的物件，也絕不致於三五天裡就用上這麼多銀子，更何況再查了一遍入庫單子，那些物品還不是一流的，連二流都算不上。

「去把父親院子裡幾個管採買的下人叫過來，就說我要問話！」

安德佑院子裡的下人被叫去問話，讓某個人心驚肉跳，這人便是郭全保。

身為安德佑從老安府帶出來的老人，郭全保雖然不像安七那樣時刻侍奉老爺左右，可消息靈通不比任何一個人差，安清悠到金街銀路逛街之事早就被他所知，如今再有人被叫去問話，如何不讓他坐如針氈？

「我得去找大小姐談談！」郭全保左思右想，到底還是下定了決心。

地步。

此時不動，若是真等自己做的那點上不得檯面的事情被翻出來，那就棘手了。自己怎麼說也是追隨了老爺幾十年的老人，不看僧面看佛面，何況事情未必就到了無法挽回的地步。

郭全保的底氣源自於他多年的閱歷，當初徐氏掌家的時候，不但沒能拿他怎麼樣，反倒跟他達成了協定，你撈我撈大家撈，分帳便是。

左右不過是一個女人罷了，做不得官行不得商，如今掌家了再不往兜裡裝點兒，豈不是連傍身的私房錢都沒幾個？京中各府掌家的奶奶夫人們，又有幾個沒做過為自己打算的徇私事？

「大小姐福安，老奴郭全保給您行禮了！」

再次見面之時，郭全保恭恭敬敬地請安，與之前那副倚老賣老的樣子判若兩人。

「郭管事客氣了，您是跟隨父親多年的老人，何須如此多禮？來人，給郭管事搬把椅子來！」

安清悠依舊客氣，郭全保心中大定，老爺的面子還是在的！

不過，縱是如此，郭全保仍不敢放肆，弓著身子，屁股挨著椅子一點邊兒坐了，試探著問道：「上次老奴向大小姐銷帳時，大小姐曾言查帳之事有了進展，封帳很快就會結束，卻不知這事如今怎樣了，那張單子可是能提銀子了？外面還有商家等著結帳呢！」

安清悠面色不變，輕笑道：「瞧我這腦子，這兩天家裡事忙，倒把這事情給忘了！封帳的事情已經結束，我這邊寫條子下銀子，一會兒郭管事到帳房實報實銷了便是！」

郭全保鬆了一口氣，那張單子上什麼問題，他自己可是一清二楚。

大小姐之前鬧了那番動靜，最後卻連這種單子都「實報實銷」了，這說明什麼？說明大小姐也明白查虧空這種事情不能做得太過，她不願意動老爺身邊的人！

既然沒有危險，那下面的事情就好談了……

郭全保坐直了身子，笑著說道：「多謝大小姐明白我們這些下人辦事的難處，唉，說起來我們這些做下人的也是不易，今後大小姐掌家，還請多多體恤！」

安清悠笑道：「府裡的眾人們如何，我心裡亦是有數，尤其是父親那邊院子裡的，該體恤的自然是要體恤，郭管事放心好了！」

心裡有數？還該體恤的一定要體恤？那豈不是心照不宣了？

郭全保大喜，心說果然是跟著老爺久了，誰都得賣個面子，這大小姐如此識時務，不趁熱打鐵定下大家分帳的協議，更待何時？

利益才是最穩固的聯繫，唯有大小姐也像夫人一般下了水，以後摟錢才能摟得踏實。

郭全保笑著說道：「大小姐如此體恤，我們這些做下人的也不能不識好歹！這樣吧，以後大小姐給老爺院子裡批了多少銀子下來，小的們都提出三成來孝敬您，不知道大小姐覺得如何？」

這等事情郭全保是熟手，過去徐氏掌家時，達成的協定不過兩成半，如今加到三成，卻是看著安清悠新官上任，加大了本錢了。

安清悠滿意地笑道：「難為郭管事想得如此周到，多謝了……給我拿下！」

最後那句卻是口風一變，凌厲至極。

郭全保尚未反應過來，早有幾個家丁從外面進來，三兩下便把他放倒在地，從上到下，捆了個結結實實。

「我……我是老爺的人，沒有老爺發話，便是大小姐也不能隨意處置我！」郭全保大喊。

事情到了這個分上，他哪裡還不知道是怎麼回事？本想著拖大小姐下水，沒料想倒被人家挖出了坑套出了話，為今之計，只盼著老爺能夠救命了。

「哼！你這惡奴，仗著老資格便欺上瞞下，貪瀆無恥，居然還想拉本小姐下水，當真該死！」

安清悠哪裡還有剛才半點的客氣笑容，臉上猶如罩上了一層寒霜，森然道：「你這惡奴給我聽好了，要麼把你之前貪瀆的銀子都吐出來，我興許還能既往不咎，只把你趕出去了事，要麼現在就把你捆去了衙門，便是老爺也救不得你！」

說著，卻是把兩張薄紙扔到了郭全保眼前，上面寫著他報上來的各類採買單子花銷，實價又是多少，連著把他這些年貪了多少銀子算得清清楚楚不說，更有安德佑院子裡的幾個下人的簽字畫押。

人證物證俱在，此番又被抓了現行，郭全保嚇得肝膽俱寒，癱倒在地下，一把鼻涕一把淚地告饒道：「大小姐饒命啊，老奴認罰！老奴認罰！這就把貪了的銀子吐出來，只是這……這銀子數目不少，還求大小姐容老奴籌措幾日，可千萬別把我送到衙門去！」

郭全保這幾年貪的銀兩當真不少，安清悠本意是先要把銀子追回來，似這等人送到衙門去打板子下獄尚在其次，當下冷笑道：「也罷，你這就寫信回去籌措，人我卻是不放的。三日之後見不到你家人來吐回贓銀，就等著見官吧！來人，把他給我關起來！」

安清悠收拾了郭全保的消息，在安府裡翻起了一陣波瀾。

當初徐氏掌家之時，長房早就變成了到處都是窟窿的爛攤子，貪銀兩之人所在多有，如今連這郭管事都被辦了，其他人自然驚駭不已。

一時間，上下震動，人人都對大小姐多了幾分敬畏之感。

被封在院子裡的徐氏等人，同樣也聽到了風聲。

「大好事！大好事！」第一個叫起來的，卻是柳嬤嬤。

徐氏心中疑惑，問道：「那郭管事我在掌家之時尚且要讓他三分，那丫頭連他都辦了，豈不是說明她管家越管越穩，嬤嬤怎麼又說是好事？」

柳嬤嬤興奮道：「夫人請想，大小姐如今能在管家，靠的還不是老爺看重？那郭管事縱使犯了事情，終究是從小到大陪在老爺身邊的人。按照老爺那死要面子的脾氣，豈有不被打臉的感覺？只須如此這般……」

徐氏大喜，安德佑什麼脾氣，當真是沒有人比她再清楚了，當下便與柳嬤嬤好好商議了一番，必要用好這個機會。

當天晚上，從三小姐安青雲的院子開始，另有小話傳了出來，說是大小姐這麼把虧空查下去，大家哪裡還有半點油水？更何況郭管事固然有錯，好歹也是跟了老爺幾十年的人，就這麼說辦就辦，也太不給老爺面子了。跟著老爺沒用，如今要想出頭，那得去跟大小姐。

查虧空這種事情本就是得罪人的活計，自然有人嫉恨安清悠斷了自己的財路。有心推波助瀾之下，這話越傳越快，沒多久竟連安德佑也聽到了風聲。

三日之期轉瞬即過，到了郭全保該要吐還銀子的時候，自有家人來交銀子求情。

只是，安清悠接過那銀票來一看，登時皺起了眉頭。

「怎麼少了一半？」

「回大小姐的話，有些銀子已經被我家那糊塗男人花了，如今再湊也湊不起來那許多……」

回話的是郭全保的妻子，這女人答著話，眼睛裡卻時不時露出了幾分狡猾之色，哭窮一番後，又說道：「後來家裡人實在沒法子，去求了老爺，老爺發了慈悲，念在我家那糊塗男人總算跟了他多年，便開了恩說是交一半也可以……」

安清悠霍然站了起來，「父親答應了？」

「那郭全保雖說是貪了不少銀子，可是這等事情終究是家事，真要是鬧到了官府，人盡皆知，咱們府上的面子又往哪擱？安家的面子又往哪擺？我說悠兒啊，妳年紀太小，看事還是太簡單了，念在這人也算是鞍前馬後地伺候了我幾十年，把他趕出去就算了！」

安德佑躺在書房的軟椅上，面無表情地訓著話。

安清悠在一邊聽著，心裡真真不是滋味兒。

自己帶著一群人辛辛苦苦地查了這麼久的帳，好不容易做出了一些成效，父親就這麼隨隨便便一句話，這事情居然就變得不了了之。

按說這郭全保又是貪銀子又是拉人下水，怎麼處置都不為過，如此這般不但人沒事了，居然還能把貪來的銀兩帶一半回家，以後其他人有樣學樣怎麼辦？

父親啊父親，你當真糊塗了！

「父親，如今這帳目已是查清，那郭管事這些年來共貪了家裡銀子共計……」安清悠試圖擺事實講道理。

「莫和父親算帳，銀子是小事，面子才是大事！」安德佑不耐煩地揮手打斷了安清悠的話，女人就是女人，只知道那點銀錢物件，不曉得大處著眼！

「好，父親說大事，女兒就和父親說大事！」安清悠也是氣極，隨手把帳本往邊上一放，咬著牙說道：「這郭管事憑什麼敢貪了這麼多銀子，還不是仗著他是伺候父親的老人？還不是仗著父親給他的權力？若就此放過，其他的人女兒怎麼管？父親說的不錯，面子重於天，可這麼不了了之，便算是全了面子嗎？」

安德佑陡然一愣。

既已開了頭，安清悠索性一吐為快：「老太爺他老人家號稱鐵面御史，管的就是朝堂官員的貪瀆違禮，父親是祖父的嫡長子，如此做派，又置老太爺於何地？更何況，父親雖有仁恕之心，旁人卻未必這麼想，焉知那郭管事出去之後會怎麼說？到時候若是外人都覺得安家連此等惡奴都無法拾掇，我們安家又何談禮教？何談面子？」

安清悠直截了當的一番話，當真是把安德佑說得有些發懵，好半天才慢慢地說道：「那郭全保總算跟了我許多年，放了他也未必便多嘴多舌，古人云，人之初，性本善……」

「古人還說貪欲乃天下大惡，君子亦不能免呢！那郭全保可不是人之初的歲數，他貪咱們家的銀子貪了多少年了！」

「大膽！放肆！妳還有規矩沒有，不過給妳個歷練的機會，掌了幾天家，妳便竟敢和父親這樣說話！」

安德佑終於怒了，此事雖然說他自己也知底氣不足，可是這般當面指出他的不是，拂了他的臉面，他無論如何也沒法接受，勃然大怒之間，作勢欲打，一隻手已經抬了起來。

安清悠噗通一聲，直挺挺地跪在地上，卻還是沒有妥協。

「女兒自知無禮，請父親責罰。可是，女兒管家以來，無一事不是在替父親著想，替長房著想，替安家著想，如今父親要免了女兒的差事也好，要處置女兒也罷，便是將女兒打死也行，只是，此事若是就這麼不了了之，女兒斷斷不敢為！」

這是安清悠第一次和安德佑爭吵，說這話時雙手緊握，那指甲已是刺得手心生疼，眼圈通紅，眼淚卻一滴一滴落了下來。

安德佑不是沒見過府裡的人哭鬧，徐氏、安青雲，甚至是安子良，都在他眼前哭過鬧過，唯獨大女兒的眼淚，這種面上無奈心裡憤懣的眼淚，讓他沒來由的心裡一疼。

這孩子不是在為了她自己爭什麼，更不是在拿眼淚來求情，女兒長大了，真的大了，她是真的為安家好啊！

安德佑舉起的手不知不覺放了下來。

安清悠說的那些事情確有道理，可就這麼承認自己處置失當，他做不到，繃了半天，到底還是說了句模稜兩可的話：「那妳想如何辦？」

安清悠默然不語，原本心裡是有主意的，可是事情弄成這樣，誰也是有點情緒，當下沉默了好一陣才道：「女兒經父親指點，已知之前所為太過生硬，下一步該怎麼走，還請父親教誨。」

安清悠把皮球踢了回來，安德佑大感為難。剛才聽女兒那麼一分析，連他自己也覺得自己處置失當，可是現在女兒說讓自己教誨，怎麼教誨？教誨什麼？便是安德佑自己也說不上來。

原本是最喜歡訓人的安德佑，一時之間，也沒話了。

好在安清悠話裡還算給了臺階下，安德佑抬了抬手道：「罷了，罷了，起來吧，今兒回去好好想想自己的錯處，這事我再考慮考慮，回頭再議吧！」

安清悠依言退下，這事情就這麼僵了下來，固然是沒有把那郭全保送到官府去，可是這人也沒放，就這麼不清不楚地關著，全府上下可就熱鬧了。

「聽說了沒有？郭管事吞下去的銀子只交回來一半，也沒見送官啊！」

「早知道了！他家裡人到老爺那裡去求情，老爺免了他的罰了！聽說大小姐去老爺那裡爭，還跪著被老爺訓斥了一頓，出來時，兩個眼睛都是紅的呢……」

諸如此類的消息在安府裡悄然傳播著，一直盯著此事的安青雲火速帶著好消息來到徐氏的院子裡，幾個人暢快道：「哈哈哈，讓妳管家，讓妳管家！還不知天高地厚的敢封帳查虧空，現在知道什麼叫倒楣？晚了！」

笑得最歡的自然是安青雲。

「嘖！不過是個死了親娘的小丫頭罷了，沒了老爺看重，我看妳還有什麼可憑藉的！柳嬤嬤，妳說咱們用不用再往外傳些小話試探一下，就說是我管家時便是有些錯處，也沒弄到這般人心惶惶。如今大小姐管家了，卻是這麼點時間就弄出了這些事來，府裡亂了不算，還斷了大家財路……」徐氏已經在琢磨能不能趁熱打鐵，再下一城了。

「這個……且容老奴再細細盤算一下，如今能夠有這局面，都是夫人決斷得好……」柳嬤嬤倒是幾人裡最冷靜的一個，不置可否，也沒忘記把功勞歸到徐氏身上。

就在徐氏幾人興高采烈的時候，安德佑過得並不是那麼開心。

郭全保這個事情到底該怎麼辦？這件事像石頭一樣沉甸甸地壓在他的心上，飯也吃不好，覺也睡不柏，一晚上輾轉反側，腦子裡淨是這事情，折騰到了第二天早上，還真是讓他想出一個自認為合適的法子來。

到底是我帶了幾十年的人，怎麼說，我的話他總不能不聽吧？過去先狠訓一頓，再安撫安撫，這樣他哪還能不對自己感激涕零？到時候再讓他去找悠兒認個錯服個軟，表示出去以後絕不亂說，帶著家人回老家就是了。

既是定了主意，安德佑登時精神大振，一頓早飯吃得痛快。

到了中午，安德佑叫來了安七道：「弄個食盒裝些好吃食，咱們看看郭全保那小子。記得事先把那些看守他的人都調開，咱們偷偷地去，莫讓人瞧見。」

安七皺眉道：「老爺可是要放了郭全保？」

這話卻是不便早說了，安德佑微微一滯，還是搖頭道：「他犯的錯處太過，便是我有心保他，焉能罔顧家規？不過，總是少年時一起長大的，他雖對我不仁，我卻還是覺得有些情分在！去看看吧，當年的老人不多了！」

安七在旁邊聽得大為感慨，連道老爺宅心仁厚，莫說是那郭全保，便是安七聽了，也是感激萬分。跟著老爺當真是三生有幸，若是那郭全保還有半分廉恥，聽到老爺這話，只怕也要慚愧了。

安德佑更是堅定了信心，看見沒有？人都是有感情的！聖人曾言，販夫走卒尚且可以教化，又何況是自己帶了幾十年的人？

這恩威並施的手段果然好使，一時間，安德佑覺得自己頗有古代名臣之風，孩子們做不好的事情，還得我這當爹的補上！

安德佑充滿信心地去看郭全保，卻不知有個人亦在細細推敲著此時的局面，那就是安清悠。

昨日之事一出，跟著府中流言四起，如何收拾首尾成了一大難題，這等事情若只是指望著父親，反倒會讓事情更糟。

好在安清悠氣過了，到底沒有失了冷靜，和彭嬤嬤商量了半晚，決定把原來的法子略作改動。

「還記得上次史通判府上我認的那個妹妹嗎？就是金龍鏢局的那位岳大小姐？」安清悠把茶香叫了過來。

「當然記得！」茶香一樂，這段日子這孩子臉上的笑容越來越多，像岳勝男那身板結實的女人，任誰見了一眼都難忘記。

「這封信交給她，就說我請她來府裡坐坐！」

安德佑邁著方步，悠悠哉哉來到關著郭全保的地方。

這裡是一間破柴房，牆壁都有些破爛了，安德佑甚至已經想像出了郭全保此刻的慘狀，寒風瑟瑟，人凍得鼻涕直淌，想要去擦，卻被綁在地上動彈不得，只能牙關打顫地渾身發抖……

這時候自己突然出現在郭全保面前，先義正詞嚴地訓斥兩句，再親自鬆綁來上一招解衣推食，哪裡還有什麼搞不定的？到時候還不是讓他去認錯他就去認錯，讓他回老家他就回老家？

至於還銀子……嗯，多少總要再繳上一批來，若還不夠，自己也可以偷著送他一點，全了這以德服人的大義。

只是，安德佑心裡琢磨得雖好，事情卻未必是他想像的那樣。

就在安德佑避開旁人，悄悄走到柴房近前時，忽聽得那破窗戶裡傳來一句罵聲：「他娘的，怎麼沒有酒？」

安德佑當下便愣了，從小到大，這個聲音可是熟悉得很，不就是郭全保？

跟在一旁的安七緊皺眉頭，不過他機警多了，便指了指牆上的破洞，用只有安德佑一個人才能聽得見的聲音說道：「老爺要不要先看看？」

安德佑點了點頭，眼睛輕輕向那牆洞湊了過去，卻見郭全保哪裡是什麼被捆在地下動彈不得？此刻他正穿著一身暖和的衣服不說，身上還裹了一條上好的羊毛毯子，兩個小廝在那裡一個捏腿一個擺菜，面前一個矮桌上雞鴨魚肉，要什麼有什麼，比自己這食盒裡的東西還要豐盛。

「瞧郭爺您說的，都知道您好這一口，小的怎麼敢忘了呢？」其中一個小廝從懷裡掏出了一個酒瓶子來，陪著笑臉道：「小的今兒來送飯的時候，瞅著院子外面看守的人撤了不少，看來您就要出來了，可別忘了提攜一下小的啊！」

「提攜個屁！這一次就算出來，也是要趕出去的，安德佑那老小子只關心他自己的面子，又怎麼肯再用我？頂多也就是裝模作樣地說兩句仁義道德，然後把我打發回老家罷了！」

郭全保自己倒是明白得很，喝了一口酒，頗為滿意，指著那送酒的小廝笑罵道：「還真是正宗的山西三鍋頭汾酒啊！行，你這小子有前途！」

郭全保自己在這裡飲酒作樂，卻不知道安德佑在外面聽得手腳冰涼。

什麼恩威並施，這郭全保過得比自己還像個老爺，自己那點算計，早被人家琢磨透了。

卻聽另一個揉腿的小廝道：「回老家也不錯啊，郭爺您現在也是有身家的了，雖說這一次折了不少，可是回去怎麼也能弄個百畝良田吧？到時候郭爺變成郭老爺，豈非更是逍遙自在？」

「沒見識！還老家？還百畝良田？那等窮山溝怎及得京城繁華！」郭全保鄙夷地看了那小廝一眼，又喝了一口酒道：「今兒郭爺我就教你們個乖，百畝良田我早就有了，便在這京城近郊！出去後好好把這些產業打理打理，過兩年郭爺我也捐個功名什麼的，這才是真的叫我老爺！說不定哪一天碰上貴人，飛黃騰達，便是安德佑那老小子見了我也要客客氣氣的呢！」

「郭爺真是厲害！」遞酒的小廝搶著拍馬屁，另一個卻有些不信地道：「安家畢竟還是安家啊，老爺，您真敢留在京城？」

「有什麼不敢的？當初那個姨娘扶正的女人自己想貪，我還跟她分帳分了十幾年呢！若是真要查帳，長房這上上下下又有幾個是乾淨的？只要能過這一關，以後又能奈我何？他們安家最重名聲，惹急了，我都給他抖出來！我沒找他們要銀子封口，已經是客氣的了！」

郭全保冷笑，卻又是想起了什麼道：「倒是安清悠那個死了娘的小妞兒油鹽不進，這次被她整得好慘，回頭你們有一個算一個都跟我走，瞧見安七沒有，那就是你們的明天！掌家？我呸！沒人幹活，讓這些老爺小姐們都喝西北風去！」

兩個小廝對視一眼，忽然向著郭全保齊齊拜倒道：「小的給老爺請安，老爺福泰安康……」話說到這裡，莫說是安德佑，便是安七都聽不下去了，站在一旁連打手勢，請示著是不是要帶人衝進去好好收拾一下。

只是，安七請示了半天，卻見安德佑面若死灰，呆立不動，整個人就像是傻了一般。

什麼聖人之道？什麼禮教傳家？今日方知原來自家府上都已經爛了。

自己的妻子原來不止是占了莊子，還和下人勾結一起貪家裡的錢，自己從小到大的玩伴，如今也這樣惡毒地算計自己，這世間究竟是什麼時候變成了這個樣子？史書上那些先哲聖賢、前朝名臣，如今又在何方？

安德佑只覺得一直以來支撐著自己的那些東西都錯了，原來下人們平時裝出來的都是假的，他們從來就沒有真正拿自己這個老爺，甚至是拿安家當回事。

在他們眼中，自己是掉進名利場裡爬不出來的平庸官宦，是把面子看得重過一切的蠢人。

哀莫大於心死！

不好！老爺要犯病，可千萬別出什麼事！

安七猛地回過神來，此刻也顧不得再收拾郭管事等人，扶著安德佑，急匆匆地向書房而去。

安德佑回到書房時，已是渾身都沒了力氣，便如癱瘓了般的喘著粗氣，良久，忽然沒頭沒腦地喘息著問道：「安七，你說，如今這世道，真已經人心不古了嗎？」

安七答不上來，也沒法回答，眼下他更關心安德佑的身體狀況。

便在此時，有人來報，說是大小姐這幾天身子不舒服，正請了幾個京裡有名的郎中過來調養身體，問老爺是不是也要調養一下。

安七大喜過望，當下急道：「郎中在哪裡？全給我請過來！」

安德佑會把事情辦砸，本就是安清悠意料中事，而那幾個郎中卻是彭嬤嬤提醒的，早就請來了，在府裡面有備無患。

安七這一路攙扶著渾身疲軟的老爺回書房，看見的人自是不少，又怎能不讓早盯著事態發展的安清悠知曉？

又是針灸又是灌藥，安德佑的病還沒怎麼發作，就被鎮壓了下去。人是沒大事了，而安清悠也在當天下午接到了安七替老爺傳過來的兩句話。

「別把咱們安家的名聲弄臭，其他的事情，妳看著辦吧。」

「為父慚愧，幸虧我還有個女兒，很好的女兒！」

以安德佑的性子，能對女兒說出為父慚愧這種字眼來，已是難得。

安清悠嘆了口氣，早知如此，何必當初？

當然，進了安家的不僅有郎中，還有安清悠新認的乾妹妹，金龍鏢局岳總鏢頭的獨生女兒，岳勝男。

這位絕對「勝男」的岳大小姐，帶著幾個鏢師從後門悄悄來的，身上背著金龍鏢局有名的潑風大環刀。

「安姊姊，妹妹我可是想死妳了！」那個吃裡扒外的狗奴才在哪？妹妹我這便一刀取了他的狗命！」安清悠信裡寫得明明白白，岳勝男最恨這等出賣主家的小人，見了面，寒暄沒兩句，便要去為乾姊姊出氣。

「一刀砍了他的狗頭固然痛快，可是，天子腳下，那個郭管事不是我們安家簽了死契的奴才，鬧出人命卻是不妥。妹妹這份心意姊姊領了，這事還沒到你們登場的時候，此事還得由姊姊安排……」

岳勝男有些不以為然，心說用得著這麼麻煩嗎？京城裡不好殺，京城外呢？把人弄出去找個僻靜的地方做了，神不知鬼不覺……

不過，真正能行走江湖的，又有幾個是缺心眼兒的主？岳勝男十歲起便跟著父親走鏢，土匪山寨談判過，盜賊堆裡砍過人。看似粗豪，實際卻是粗中有細的人，之所以急著見血出紅活，也是有想法的。

酒桌上認的的乾姊姊乾妹妹能算數嗎？只有這一刀砍下去，自己和安清悠這姊妹關係才算是真正坐實了，金龍鏢局和安家的關係，也才落到實處。

縱使是岳勝男心急，安清悠不發話，她也只能先耐著性子，皺著粗眉毛問道：「那姊姊說該怎麼辦？」

如此這般商量了一番，岳勝男樂了，這個簡單啊，不用砍人，也能打好關係。

安清悠微微一笑，這次派去的卻是青兒：「去了不許說一句話，不許發脾氣，也不許動他，把那個郭管事給我帶上來！」

青兒脾氣火爆，查帳什麼的，她不如芋草，卻是嫉惡如仇又絕對忠心，派出去與人爭執倒是一把好手。

如今既是知道了郭管事貪銀兩，還給小姐下絆子，早惦記著狠狠修理那廝一頓。可是小姐說了，不許說話也不許發脾氣，更不許動他一根指頭，青兒的三大本領就都廢了。

安清悠這話一出，莫說是旁人，就連青兒也摸不著頭緒，不過，小姐的話要遵從，氣鼓鼓地去提了人還不能收拾，怎麼辦？

青兒面上是個藏不住事的，就繃著一張小臉瞪他，瞪得極是怨毒，就差撲上去咬兩口了。

郭全保做了多年管事，自然也有些察言觀色的功夫。徐氏都被他拖下了水，連安清悠都差點著了道，這肚子裡的算計自也沒那麼差勁，只是此時此刻一見這般模樣，他心裡面倒是踏實了。

青兒是誰？不就是安清悠身邊的頭號丫鬟嗎？

聽說是個爆脾氣，大小姐真要能動自己，這丫頭只怕早就對自己好一頓收拾了，至不濟也是一頓擠兌。如今這般話都不說只是瞪眼，便是瞪得再怨毒又有何用？不是正說明大小姐拿自己沒轍嗎？

「瞪！使勁兒瞪！眼光要能殺人的話，妳家大小姐早死我手裡一百遍了！」

郭全保想著安清悠派來的人只能對自己乾瞪眼，忍不住洋洋得意。

等到了地方，卻不是大小姐的院子，而是一處偏僻的側院，安清悠正襟危坐，臉色寒得嚇人，冷冷地道：「郭管家，你好算計啊，竟然跟我使緩兵之計去求老爺，銀兩只還了一半就想全身而退，當真是好心思好本事！」

郭全保心裡既有了底，當然是裝傻充愣，邊哭窮邊苦著臉說道：「大小姐啊，您說什麼我怎麼不明白？我可是傾家蕩產了，實在拿不出銀子來，您要是再不滿意，就是送官小人也是沒法子了！」

「你當我真不敢把你送官？」安清悠猛地拍了一下桌子，「我再問你最後一次，贓銀到底退是不退？」

安清悠越是這般說，郭全保越是篤定她不敢送自己見官，老爺不是說了嗎？一半就一半好了，以那位老爺死要面子的性格，又怎麼捨得讓這等家醜外揚？因此，答得更是乾脆：「沒錢，殺了我也沒錢！」

安清悠的眼神已經冷得快能結冰了，恨恨地道：「殺了你也沒錢？行，我成全你！妹妹，人交給妳了！」

這就輪到岳勝男登場了，只見她啊啊啊的大吼，拔出刀來怒道：「姊姊，這等小人還留他做什麼？我劈了他便是！」說著還提刀在空中虛揮兩記，作勢要殺人。

郭全保自是見過岳勝男的，只是他是個老油條，眼見岳勝男提刀只是虛劈，心道妳嚇唬小孩子呢！這京裡是天子腳下，妳敢弄出人命？當妳家郭爺是嚇大的啊，我呸！

郭全保不但沒被嚇住，還在起鬨道：「哎呀呀，真嚇人！哎呀呀，真可怕！哎呀呀，好大的刀，我好怕啊……」

郭全保故意把話說得極慢，還搖頭晃腦，哪裡是驚叫，簡直就像老夫子讀書一般。

正自說得高興，卻見眼前利刃閃動，岳勝男那把嚇人的大刀竟然不再虛劈，而是真的向他砍了過來。

這一下直把郭全保嚇了個魂飛天外，大小姐不敢動自己，這粗莽的女人可別是氣頭上來，真把自己給劈了，當下張嘴就是淒厲地大叫：「殺人啦——」

岳勝男自然不會真的把郭全保給劈了，那刀堪堪觸體時，手腕改砍為削，貼著郭全保的腦袋擦了過去。刀光之間，縷縷頭髮迎風飄散。

這個環節是岳大小姐自己要求加上的，原本安清悠不過是讓她嚇嚇郭全保，岳勝男卻是興致勃勃，當場連削了六層薄如紙的西瓜皮，這才換來了安清悠點頭。

岳勝男玩得高興，郭全保卻差點嚇昏過去，驚魂未定之際，忽然覺得頭上熱辣辣的一痛，一股鮮血流了下來，卻是岳勝男恨此人囂張，手腕微微使力，把他的頭皮削破了幾分。

郭全保貪銀子想陰招可以，論打論殺又哪裡是行家？此刻真見了血，只當自己的頭上真被開了個大口子，當下殺豬般的又是大喊道：「妳們不能殺我！妳們不能殺我！老爺都說了，交一半錢也可以放人，趕出府去便是……」

「郭管事真是厲害，被關起來都能知道這等消息！」安清悠冷哼一聲說道。

郭全保猛地一愣，登時知道說漏了嘴，但是眼下保命要緊，哪裡還管得了其他？索性把心一橫道：「是又怎樣，妳家郭爺跟著老爺幾十年，有幾個手下又有什麼稀奇？告訴妳們，老子來這裡也是有人盯著的！妳們殺了我，拿什麼去向老爺交差？安家出了人命，妳們怎麼向官府交代？」

安清悠的臉色越來越青，冷笑道：「照你這麼說，我還真的只有放了你了，郭——爺？」

郭全保下意識想答是，只是話還沒出口卻又覺得不對，大小姐那冷笑是什麼意思？

猛聽得岳勝男在一邊兒陰冷地道：「放便放唄！不過倒不是現在放，半夜三更的時候順著偏僻的側門轟出去便是，郭爺，你瞧瞧那邊……」

只見不知何時，岳勝男帶來的幾個武師卻已經來到了院子裡，隨行的還有郭全保安排盯梢那幾個小廝。

那幾個小廝在武師的威逼下，戰戰兢兢地往前走著，卻早有一人鬼鬼祟祟地把一個麻袋從身後扣在了他頭上，另一人腳下一絆，袋口一提，登時便把那小廝裝在了麻袋裡。其他人用木棒狠狠打下去，雖只是作勢，但那小廝驚叫連連，倒比挨了打還慘。

郭全保瞧得臉都綠了，這還是鏢局嗎？這根本是強盜，是土匪啊！

岳勝男緊跟著便說道：「府裡殺人自然要給交代，出了府，和安姊姊有什麼關係呢？誰走路不小心碰到了強盜賊人，那也只能說自己的命不好！嗯……我們鏢局是清白人家，自然不會做這種事，不過，綠林道上的一些朋友妹妹也很熟，這種吃裡扒外的小人，他們肯定很痛恨，兜裡又有點銀子……」

這倒不全是虛言，做鏢局這行，六分靠面子三分靠運氣，剩下一分才是無奈之時的廝殺。天下鏢局十個裡有九個和土匪之流有聯繫，交過路錢買平安也是常事。

金龍鏢局在京師裡數一數二，沒這等關係才是怪了。山大王殺人越貨，不用給官府交代。郭全保經常和市井中人打交道，這等道理哪能不懂？難道這大小姐氣不過，竟是要私下弄了自己的一條老命去不成？目瞪口呆之際，又聽得岳勝男念叨著算計：「現在送出信去，今兒晚上估計是來不及了，明天中午那邊的人應該是能到……姊姊，明天晚上就放人吧！」

郭全保此刻真正的面無人色，張大了嘴，發傻半天，猛地爬到安清悠腳下。

「大小姐啊，老奴有眼不識泰山，不知道您在江湖道上也有這麼硬的路子啊……」

「胡謅些什麼呢！」求饒剛剛開頭，就被站在一邊的青兒打斷，這小丫頭總算得著了出氣的機會，指著郭全保的鼻子罵道：「我家小姐長在內宅，是名門望族的大家閨秀，哪裡和江湖什麼的有所牽連了？」

安清悠老實地點了點頭，「嗯，真的，江湖上的事情我不懂！」

大小姐，您還不懂？就岳勝男那個舞槍弄棒的女漢子，她能想出這殺人不用過官府的狠招子來？果然是最毒婦人心啊！

這般話郭全保自然不敢當著大小姐的面說，他拚命磕頭，口中兀自喊道：「大小姐知書達禮，溫柔賢淑，哪裡和那些江湖人士有瓜葛？您是大家小姐，我……我有錢，我真的很有錢！欠的那一半銀子我馬上就還，我還另加一倍孝敬大小姐，只求大小姐別放了我啊！還錢見官坐牢都行，千萬別放了我啊……」

郭全保這裡求饒求得口不擇言，安清悠卻是覺得奇了，這傢伙居然這麼有錢？

郭全保的確很有錢。

當年安德佑讓他做府裡的管事，看重的便是此人善於理財。

後來，他利慾薰心，貪了安家財物，卻沒有把這些錢都存放不動，而是私下拿去買地開鋪子做生意。這麼多年來，錢生錢、錢滾錢之下，當真是賺得不少。如若單以財力而言，還清當初貪的銀子還真是不在話下。

此刻為求活命，郭全保更是極力證明自己有錢，那些偷偷置辦起來的私產，竟是一樣一樣地全說了。

這話一吐露出來，便連安清悠也覺得有些意外，她本意不過是想追回贓銀了結此事而已，沒想到郭全保既已這麼有錢了，怎麼還死盯著安家不放？可見人的貪欲真是無窮無盡。

「先還了銀子再說吧……」安清悠說道。

只是郭全保卻會錯了意，趕緊寫信讓親信小廝催家裡的人準備銀子，不過半天的功夫，那一疊銀票已經放在了安清悠面前。

「還真是快啊！」安清悠都有些吃驚，要在不到半天的時間裡拿出這麼多現銀，怕是連長房都做不到。

「這一份是還給公中的，這一份是單獨孝敬大小姐您的……」郭全保還俐落，轉眼就把那銀票分成了兩份，給安清悠那份剛好是還贓銀的一倍。

「就這麼點兒，夠買你一條命？」安清悠還沒說話，岳勝男忽然插嘴道。

她幫著父親管鏢局，和別人討價還價慣了，最知到人在什麼時候最捨得花錢？

那就買自己命的時候！

果然，沒等安清悠考慮是不是敲他一筆，郭全保早已主動寫信又讓人去催銀子。

不過，這次郭全保卻轉過臉來，央求道：「再多……再多就真的要籌措了，求大小姐寬限一下，我那婆娘辦事利索得很，最晚明兒一早就能見銀子，這次真不是存心要拖！」

安清悠不置可否，搖了搖頭先去休息。

可是，沒想到的是，報信的小廝回來了，卻是報說郭管事家裡早已人去樓空。他所說的那幾處田產店鋪，亦是剛剛被押給了京城裡幾處大錢莊。小廝去報訊之時，人家錢莊的人正在盤點呢。

「怎麼會這樣？」郭全保自己都傻了。

最後還是岳勝男手下的鏢師在幾個地頭蛇的幫助下連夜查明了真相，內幕其實一點都不複雜。原來郭全保的妻子早就和鄰居的一個小白臉有染，這次見他出了事，左一次送錢，右一次送錢也沒個下文，這對姦夫淫婦害怕人財兩空，便捲了家產跑路了。

太陽漸漸升起，當安清悠再見到郭全保時，他竟是一夜白了頭。

「大小姐，您還是放了我吧，也不勞什麼綠林好漢動手，老奴找個城外僻靜地方自行了斷了便是，絕不給安家找半點麻煩了……」

郭全保現在是真有想死的心了。

一夜之間，什麼自立門戶，什麼要做郭老爺的想法，都成了鏡花水月，如今的他，已經是一個不折不扣的窮光蛋，還是被主家趕出來一文不名的那種……

安清悠看著這個把父親、徐氏，差點連自己都算計了的人，心裡也有點感慨。

贓銀是追回來了，甚至還翻了好幾倍，可是對眼前這個罪魁禍首，安清悠卻很難再提起什麼收拾他的想法。

她嘆了一口氣，幽幽地說道：「父親一直到昨天早上還在幫你說話，甚至把我這個親生女兒都罵了一頓。你貪了我們安家這麼多年，最對不起的就是他。想走，我不攔你，可是他信任了你半輩子，臨走之前，你是不是該去給他道個歉？」

郭全保都不知道自己是怎麼來到安德佑院子前的。

「老爺……老奴郭全保求見！」郭全保站在院子前面喊了一聲，嗓子有點啞。

院門緊閉，靜悄悄的沒有回音，繼上一次的徐氏事件之後，這裡再次換了新僕從，沒人理他。

「老爺，老奴郭全保求見！」郭全保又用力喊了一嗓子，連他自己都不知道自己為什麼會叫得那麼大聲。

「滾！」從院子裡出來的人是安七，此刻他正一臉怒容，伸手推了郭全保一個跟頭，「你這忘恩負義的畜生，居然還有臉來見老爺！給我滾得遠遠的，永遠不要讓我再見到你！」

郭全保趔趄著坐到了地上，呆呆地望著安七，忽然之間，他不知道從哪生出了一股力量，撲過去抱住了安七的腿，用盡全身的力氣嘶喊道：「老七，老七，你就讓我見一見老爺吧，求求你了！我……我……佑哥兒，佑哥兒，佑哥兒，阿保來看你了！阿保混蛋，阿保不是人，混帳阿保來看你了！」

郭全保拚命嘶喊著，淚水從他的眼眶裡流出來，一滴一滴落在了地上。

「我打死你！」安七憤怒地舉起了拳頭，可是看著郭全保那花白的頭髮，一拳都沒能落下。

佑哥兒？老七？阿保？這幾個稱呼有多久沒聽人叫起過了？久得連安七自己都快忘了。現在這些站在門口的年輕人，他們只知道老爺、七叔，或者是曾經的郭管事？

「老七，讓阿保進來吧！」一個帶著些疲憊和虛弱的聲音出現在身後，安七渾身一震，還有一個人也知道這種稱呼，那就是安德佑。

「嘗嘗！正宗山西三鍋頭的汾酒！三十年前我存的，原想是什麼時候你有了兒子，過滿月時咱們就把它開了，沒想到這麼多年了，你還沒有子嗣，今兒再不開，我怕以後就沒機會了！」書房當然不是喝酒的地方，可是講規矩講了大半輩子的安德佑，居然從書櫃後頭拿出了一瓶酒來。

郭全保端起酒杯，眼淚大滴大滴往裡面掉。

「矯情！」安德佑笑罵道：「都幾十歲的人了，怎麼還像小時候那麼愛哭？敢再哭，老子就揍你，信不信！」

刻板的安德佑會說出這樣的話來，傳出去，怕是連安清悠都不信。

安七站在一邊給大家斟酒，要說人老成精的安七叔會邊斟酒邊哭，同樣沒人信。

「記得你來我們安家的時候才八歲吧？那時候老七已經在我身邊兩年了，我們兩個年紀都比你大，老是合起來捉弄你，結果你就老是哭……」

「後來啟蒙入了族學，也是你們兩個陪著我去的，那時候父親沒有現在的地位，年紀大的族兄經常欺負我，老七總是替我擋拳頭，你卻總是頭一個溜了，我們總是罵你沒義氣……」

安德佑慢慢敘說著很久很久以前的事情，忽然有些狡猾地笑道：「其實我們倆都知道，你是跑去向那些大人們告狀，所以老七每次擋不住的時候，總是有先生把那幾個族兄抓過去賞一頓戒尺。」

聽到這裡，郭全保已經泣不成聲。

「十二歲的時候，我偷著下河游泳，結果差點淹死，是你和老七把我弄上來的，那次我才知道，原來你也不會水！呵呵，不會水，你還瘋了一樣往河裡衝幹麼啊……」

「十七歲那年，我進京趕考，嘿嘿，那時候真是覺得自己滿腹錦繡文章啊……落榜之後，是阿保你把我像拖死狗一樣從酒家裡拖回來的吧？還給了我兩巴掌，罵我說，佑哥兒，你這也算安家的種？你以為我喝醉了，其實我心如明鏡，那巴掌老子記你一輩子！」

安德佑慢慢說著他能想起來的一切事情，像是要把某些一輩子都沒說過的話說清楚，每說一件，旁邊的安七就喝一杯酒，可他自己面前那杯酒卻從沒動過。

郭全保也沒喝酒，酒杯端在那裡，手始終是抖的。

話總會說完，酒也總會喝乾。

安德佑注視著酒杯的時候，安七早已經喝完了瓶子裡最後一滴，醉得不省人事。

「咱倆到底還是得喝這一杯嗎？」安德佑慢慢地嘆了口氣，把杯子舉起來又放下道：「郎中說我這段時間身子虛，不讓我喝酒，唉，老了，身子不行啦！」

郭全保的手忽然停止了顫抖，猛地仰起脖子，幾乎是拚命般的把酒灌到自己嘴裡，又拚命般的跑了出去。

死吧！不能死在安家！不能給佑哥兒和老七他們添麻煩！

郭全保滿腦子只有這個念頭，也是他現在唯一能做的事情了。

跌跌撞撞，也不知道走了多久，這座府邸他實在是太熟悉了，閉著眼睛都能找到大門口，只是真出了大門口，好像又捨不得走，就孤零零地一個人站在那裡。便在此時，一個少女從府裡跑了出來。

這人郭全保認得，她是安清悠的貼身丫鬟，叫青兒。

「總算是追上你了！」青兒氣喘噓噓地追了上來，塞給他一個小包袱，「小姐讓我給你的！」

郭全保有點困惑地打開包袱，赫然看到裡面竟是一張張銀票，就是當初自己除了退還贓銀，還拿去找安清悠「買命」的那一疊。

「銀票這東西好啊，可是就真這麼重要嗎……」郭全保愣了一陣，喃喃自語，一張張翻看著。曾經在他眼中無比重要的東西，此刻卻讓人有一種想扔掉的衝動。

不過，郭全保到底還是沒扔，因為翻到最後的時候，有一樣東西讓他徹底呆住了。

那是一張字條，上面寫著：混蛋阿保，他娘的，你還真的喝啊，老子還沒喝呢，你就跑了！

捌之章 ● 壽宴貴客盈門

郭全保最後居然沒走，懷裡揣著一疊銀票，他變成了安府長房的一個普通老僕，每天在大小姐安清悠手底下打雜。

也不知道大小姐到底跟他私下談了什麼，反正後來大小姐在跟這個曾和她打得你死我活的前任管事說話的時候，莫名其妙尊稱他「保叔」。

而郭全保偶爾跟著大小姐去給老爺請安出來，臉上居然還能露出點笑容。

「這郭全保不會是瘋了吧？婆娘跑了，產業沒了，連管事的位置都被免了，他怎麼還能夠笑得出來？」

「他腦子有病吧？聽說大小姐把他孝敬的銀子還他了……嘖嘖嘖，那錢可不少啊！」

「我看大小姐才是腦子有病，銀子追回來了，上上下下都算有了交代。這等孝敬銀子為什麼不要？那比郭全保這麼多年來貪的銀子還翻了兩倍……」

下人們又開始議論紛紛。

不過，安清悠也好，郭全保也罷，沒人因為這些言語真掉了半兩肉，反倒是很多傳小話嚼舌根的人很快就發現自己笑不出來了。

郭全保貪錢貪了這麼多年，對於各種貪瀆的事情太清楚了，對於在哪個環節能夠撈點過手銀錢，誰可能撈、怎麼撈，沒人比他更了解，有他給安清悠打下手，不少人的財路真的斷了，斷得乾乾淨淨。

如今許多下人最恨的就是這個腦子有病的郭全保。

當然，力推查虧空的大小姐同樣遭了不少記恨，因為她把原來的帳房一分為三。記帳的專管記帳，支銀子的專管支銀子，還有人專門負責覆核檢查。

如此安排，幾乎讓經手人沒什麼弄錢的機會，還有人聽大小姐說過些新鮮詞兒：「會計、出納和審計三方分開，這是比較安全的管理財務的方式。管理光靠人來管是不行的，也要用制度來約束人……」

就連和銀錢打了大半輩子交道的郭全保，對大小姐的這種安排也佩服得五體投地，當然，在更多人的眼裡，這只是一種沒羞沒臊的拍馬屁而已。

府裡各種莫名其妙的虧空開始直線下降，沒油水還幹個屁啊！不少人尋思當初郭全保曾經宣揚過的論調，咱一起不幹了行不行？什麼老爺少爺小姐的，沒人伺候了，你們喝西北風去吧！大小姐不除，府中永無寧日！

可是，私下串聯著，要靠集體辭工扳倒大小姐的下人們很快發現，現在的問題不是他們要不要在安家做事，而是還有沒有機會在安家做事。

只因為安清悠對岳勝男說了一句話：「上次採買的事情，有不少人給我三嬸送東西過去，姊姊我這邊還沒道謝呢，我尋思著這兩天請大夥兒吃個飯……」

結果一大群商賈女眷們齊刷刷跑到安家後宅裡吃酒聽戲，席上安清悠客客氣氣地對大家說：「妹妹剛管家不久，府裡缺些稱手的人，哪位姊姊有這方面的路子，還請幫襯一二……」

大家一聽，安大小姐這是主動開了口啊，人家有難處的時候不幫忙拉關係，難道還等著人家發跡了之後才上趕著陪笑臉？

古代不比現代，送東西固然是人之常情，主子們之間相互送幾個下人又算什麼？更別說，這次來到安家後宅裡女眷們，有幾家自己就是京裡排名前幾的人牙子。

妳送幾個園丁，我送一個廚子，她又送三兩個漿洗僕婦，全是死契奴才，還都是熟手好手，既能拿來通人脈拉關係，送出去的人差了妳好意思？

為什麼有身分的大戶人家都認為死契奴才忠心？因為命都在主家手裡攥著，好管！

安清悠手裡現在就拿了一大疊這樣的死契。

活契的當然也有，錢二奶奶就送了一整隊來。

一個個標槍般的站得筆直，有人偷著過去套上兩句話，一問，清一色是宮裡出來的。

終於有一天，青兒去發遣散銀子，府裡的下人夠了，不少人該攆的攆，該走的走。

有人撒潑打滾：「我伺候了這麼多年，不能說不用就不用啊！」

問題是，青兒旁邊還站著一個唱白臉的方嬤嬤，一翻臉就開始罵：「你是那個誰誰誰吧？我方嬤嬤這些天沒幹別的，就盯著你們！私下說大小姐壞話的有沒有你？挑唆大家辭工的有沒有你？沒轟出去已經是你的造化了，遣散銀子是大小姐開恩懂不懂？愛領領，不領滾！」

風捲殘雲，安家長房大清洗，很快完成了一場從頭到腳的換血。

對於這些事情，安清悠甚至都沒怎麼管。

安清悠真正下了大力氣的是，如走馬燈般參加各式各樣的宴會，拜訪各色貴女們，只是如今她的待遇已不可同日而語了。

「晚輩是安家長房安清悠，家父安德佑現任職禮部，祖父是……」

「知道知道，是左都御史安老大人的嫡長孫女對不對？早想見見妳這孩子了！聽說最近京裡很流行的那種濃香是妳製的是不是？果然是個心靈手巧的人兒，生得又是這般俊俏！來來來，咱們好好聊聊去！」

那些送出去的濃香地攤貨雖然俗了點兒，但勝在成本低，產量大。

在商賈女眷們之間蔚為風氣，成了另類時尚。

俗不俗看你怎麼想，如今在貴女圈中偶爾也能見到幾個香味濃重的物件，有難言之隱的，不光是岳勝男。

當然，流行的另一個伴生品還有必然的名氣，不過名氣如火箭般飆升的安清悠，卻是保持著一如既往的謹慎守禮：「夫人過獎了，不過是微末小技罷了，那些濃香的材料尋常得很，倒是晚輩最近新做了幾個香囊，清新淡雅……」

有了名氣有了勢頭，有時候討喜就是那麼簡單。

很快的，安老太爺的壽辰在即。

安德佑調養幾天，馬不停蹄，女兒打好了前站，他就舉著老太爺的大旗去送請帖。以前進不去的門進了，以前見不到的人見到了，該在手握重權的大人們面前留個印象掛個號？簡單！

阿保的事情圓滿解決，女兒請來的郎中調養得當，府裡風氣煥然一新，家中銀子漸漸多了起來，種種好事一股腦兒湊到了一起。

安德佑一掃之前的頹態，整個人變得精神奕奕起來。

據安七偷偷向安清悠透露，老爺有一次喝高了酒，在屋裡洋洋得意地高呼：「這般日子過得就是好，就是好，就是好，就是他奶奶的好！」

安清悠說道：「我不信，七叔一定是在逗我！父親素來重視禮規，絕對不會說粗話的！」

有興高采烈的人，自然也有痛不欲生的人。

府中某處夫人的院子裡，眼下正是一片愁雲慘霧。

徐氏、安青雲、柳嬤嬤幾人相對而坐，人人臉上都是絕望的神色，哪裡還有前兩天散播消息製造謠言時的意氣風發？

「這丫頭坐穩了！」徐氏兩眼無神，喃喃地道：「我以為之前的那個她已經很棘手了，沒想到她比我想像的還厲害得多！」

這話說得有點亂，可是旁邊的柳嬤嬤心裡明白，原本兩人都自認為已經很重視安清悠了，如今才知道還是輕視對方了。

當安清悠全力出手的時候，自己幾人竟然是一點還手的機會都沒有。

摧枯拉朽，當真是摧枯拉朽！短短幾日，全府就已經換了人間！

就算是現在把徐氏放出去，長房也不再是她認識的長房，連看守院子的丫鬟僕婦們都已經換了。安清悠手裡捏著死契的下人們已經成了全府的運轉者，就算徐氏出去了，她還能做什麼？

「怎麼辦？怎麼辦？那個女人會不會連老太爺的壽宴都不讓我去吧？」

安青雲可沒管徐氏和柳嬤嬤到底怎麼想，妳們被封在院子裡，我這三小姐可還得過呢！若是老太爺的壽宴都去不得，自己可就算是徹底被排除在安家第三代的之外了。

徐氏和柳嬤嬤沒法回答她，這事情不過是安清悠的一念之間而已。

安青雲看著她們，心慢慢地變涼，聲音有些發顫地道：「我們……我們還有機會嗎？」

徐氏和柳嬤嬤的臉上一片灰白。

明天，就是老太爺的壽宴了！

徐氏等人相對無言之時，安子良正笑嘻嘻地坐在安清悠屋子裡喝茶。

「大姊啊，我那院子就快完工了，弄好了以後，我想請些兄弟來轉悠轉悠，開個小宴，張羅調配什麼的，還得請大姊幫忙啊……」

「嗯！」安清悠不置可否。

「還有，大姊啊，我聽說最近市面上有幾個高僧從十萬大山那頭帶來了兩株名貴異花，妳說這東西能調香嗎？」

「不就是兩株蘭花嗎？調香是可以，但是這東西現在買不合適，等花謝了，買那乾花就行。」

「哦，是這樣！呃……大姊啊，聽說過幾天……」

安子良一邊喝茶一邊絮絮叨叨地和安清悠說著話。喝茶不是問題，絮叨也不是問題，問題是，安子良坐在這裡有一搭沒一搭地念叨這些沒營養的話已經一個多時辰了。

「我說，二弟啊，究竟有什麼事情你就說吧！明天就是祖父的壽宴了，姊姊還有一堆事要忙，你到底是要幹什麼啊？」安清悠納悶地看著安子良。

「沒事兒……沒事兒……」安子良的一張胖臉搖得像波浪鼓一樣。

類似的情景已經重複了好幾次，每次他都說沒事沒事兒。

「真沒事兒是吧？」安清悠終於生氣了，走過去把門一推道：「從現在到明天祖父壽宴的這段時間，沒事兒不許來找大姊，該幹什麼幹什麼去，快走！」

「別啊，大姊，其實弟弟我還是有事，我就想問問明天祖父的壽宴，咱們家都有誰去啊？」安子良到底是繃不住了，連連陪笑道。

「都有誰去？」安清悠困惑道：「當然是咱們全家都去了！」

「那三妹、四弟也去嗎？」安子良磨蹭著問道。

安清悠恍然大悟，安子良這是為弟弟妹妹求情來了。

四弟安子墨年紀尚小，又是男丁，自然是要跟著去的。安子良話中所指，只怕是那個和自己素來不睦的三妹安青雲了。

「四弟自然是要去的，三妹嘛……」安清悠微一沉吟。

「如何？」安子良急急問道。

「三妹當然是也要去的！」安清悠噗哧一笑，「二弟可是怕大姊壓著她不成？放心，再怎麼說都是我的弟弟妹妹。不過，要去可以，你可得負責帶著他們！」

「包在我身上！」安子良胸脯拍得啪啪響，對於安清悠擔心什麼，他明白得很，「我親自盯著他們，保證不在壽宴上出亂子！」

這倒還真是沒有比安子良更合適的人選了。

只是，安子良磨蹭得更厲害了，搓著手道：「還有……那個……我娘是不是也去？」

安清悠微微變了臉色。

安子良的娘是誰？不就是現在還保留著名分的徐氏？如果說安青雲、安子墨等人是安清悠的弟弟妹妹，徐氏可不是安清悠的娘，更別說兩人曾經鬥得死去活……

安清悠沉吟半晌，緩緩地道：「這事……只怕要父親決定，二弟問我，大姊還真答不出來。」

確是如此，當初徐氏的事情鬧到了幾乎要寫休書的地步，圈禁徐氏也是安德佑親自下的令，要讓徐氏參加壽宴上，須得安德佑發話不可。

「弟弟……這不是不好問嗎？」安子良臉上的尷尬之色更甚，徐氏畢竟是他的生母，安德佑若是認為安子良是受徐氏指使，事情反而變得複雜了。

「二弟可是想讓大姊去問？」安清悠端起茶杯道：「讓我去也行，不過，大姊有個條件……」

安子良立刻道：「可是背書？沒問題，絕對沒問題！四書我已背下來了，便是再背個五經我也……我也認了！」

「嗯？」安清悠有些意外，沒想到安子良為了他娘，居然有這般拚勁兒。

安清悠卻是搖了搖頭，笑道：「這可是二弟自己說的，姊姊可沒這麼說！」

安子良大喜，「難道不是背書？那更好了！姊姊只要說得出，弟弟我就做得到！」

「真的做得到？」

「絕對做得到！」

「那好，既然二弟信心滿滿，那姊姊可就說了！」安清悠微微一笑，輕輕說出了三個字：「考秀才！」

「啊？」安子良瞬間如同五雷轟頂，張大了嘴半天，連說話都結巴了道：「考考考考……秀才？不是吧，大姊？背書二弟我九死一生也就罷了，再讓我去考秀才，那不是十死無生嗎？再說，那考秀才也不是我能做主的事兒，有考官的，我自己都覺得自己不是那塊料……」

「少廢話，考不考？」

「……考！」

「走，找父親去！」

「大姊，您請，我當跟班！」

安清悠帶著安子良過來的時候，安德佑也在為了同樣的事情煩惱，明兒就是老太爺的壽宴了，若是把徐氏放在家裡當然容易，以養病為藉口，誰都挑不出毛病來，可是這樣一來，長房少了夫人，會不會讓老太爺不高興？

可是，要說讓徐氏去……安德佑一想起徐氏做的那些事情就一肚子氣，若不是想著寫休書影響太大，早就把她給休了。

「女兒（兒子）見過父親，父親福安！」

安清悠和安子良雙雙來到。

「起來吧，明兒就是老太爺的壽宴了，你們不各自去準備，跑到我這裡來做什麼？」

安清悠問得直截了當：「父親，明日壽宴，不知道夫人去是不去？」

安子良差點暈過去，這種事怎麼也該迂迴幾下再問吧？這麼生硬，難不成大姊還是想把我娘按在那個院子裡不成？

卻見安德佑回答得更是痛快：「嗯，為父正在思考此事，悠兒，妳說呢？」

安清悠道：「這壽宴本是闔家歡聚之事，各房團團圓圓才喜慶。依著女兒說，夫人也同去。」

安德佑默然半晌，苦笑道：「話雖如此，夫人之前做的那些事……」

「之前之事如何，倒是與壽宴無關。」安清悠笑著道：「夫人畢竟還是夫人，再怎麼說，這時確實不能缺席。父親常教女兒要心中有安家，如今怎麼因為一點點情緒，反倒讓這壽宴少了圓滿？」

徐氏的所作所為，除了貪銀子，便是針對安清悠。見女兒都這般說了，安德佑嘆了一口氣道：「既如此，那便讓她同去好了。回頭去打個招呼，讓她好生打扮，莫失了體面。」

三言兩語之間，事情就這麼定了。

安子良原本已經做好了哭拜求情的準備，沒料想此事竟是如此輕鬆？

再看大姊和父親對話的樣子，方知原來大姊在家中說話的分量已是如此之重，對父親的影響已是如此之大。娘親幾人去與不去，倒還真就在她一念之間。

安子良出來之後深深地吸了一口氣，對安清悠鄭重其事地道：「大姊，謝謝！」

安清悠微微一笑，「和大姊客氣什麼？倒是你那個秀才……」

安子良立刻又變回了那不著調的模樣，愁眉苦臉地說道：「我怎麼覺得不對啊，大姊！我原想著大不了背了四書再背五經，可是這要考秀才，卻是四書五經都得背啊……」

姊弟二人說說鬧鬧，不多時便來到徐氏的院子，只是進得屋來，卻看見徐氏冷著一張臉，瞪著安清悠，眼珠子都快瞪出來了。

「清悠見過夫人，夫人安好！」安清悠規規矩矩地行了個禮，如同往昔。

「還行什麼禮啊？如今還擺這等姿態做什麼？大小姐如今掌了家，我卻如同階下囚一般，連院子都出不去！」徐氏憋得久了，一見到安清悠，哪裡還有半分昔日端莊的模樣，張嘴便是一通咒罵：「明日便是老太爺的壽辰，大小姐可是來告訴我去不了？不用妳說，我知道！」

「哼，好啊，如今妳得了志，管了家，我當然是去不了的！來向我顯擺嗎？夫人我不稀罕！不稀罕！」

「想看我哭著求妳的樣子嗎？打錯主意了吧？這輩子妳見不到這場面了！對啊，剛才妳不是向我行禮嗎？再行一個看看，我是夫人，我是夫人啊，哈哈哈哈哈……」

徐氏搶在安清悠之前拚命說著話，就像生怕從安清悠口中說出什麼自己接受不了的話一樣，可是她卻沒注意到安清悠就只是靜靜地看著她而已，自始至終連半點想說話的意思都沒有，甚至連目光都沒有情緒波動，有的只是憐憫。

那種只有看到很可憐的東西時，才會有的憐憫！

「夠了！」安子良已經聽不下去了，衝口而出道：「大姊剛去向父親求了情，讓母親明日同去參加祖父的壽宴！」

「你這不孝的……」徐氏連安子良一起開罵，罵到一半，轉而驚叫道：「兒子，你說什麼？這是真的？」

安清悠終於開了口，卻只有一句話：「夫人，好好打扮吧，您終究是安家長房的夫人，莫失了顏面！」

安清悠嘆了一聲，轉身離去。

安子良看看徐氏，又看看安清悠的背影，忽然狠狠頓了一下腳，跟了出去。

徐氏瞠目結舌，一時之間，竟然不知道該做什麼，呆立了半天，忽然大叫起來：「柳嬤嬤，給我梳妝！」

左都御史安老太爺府上，大紅的壽字燈籠昨夜便已掛在了門口的屋簷上。

街上早就安排了引導賓客車馬的攔街之人，中門大開，鼓樂手待奏，六十六萬響鞭炮已經備在了門房。從中門到正院，主道上僕從每兩丈便站立一人，中間另有四尺多高的白玉花瓶，上面彩繪著長壽花、仙翁竹、南山松、壽星龜等諸般吉利物事。

再往裡走，怪石竹林掩映，樹上掛滿各種絹花。

紅布鋪地，廳中正席十二張八人小桌，院中外席六十六張十二人紅木大圓桌已經擺開，紅布鋪桌，各有點心零食若干。周遭八個大銅香爐中青煙裊裊升起，每個銅香爐旁各有兩個婆子負責照料，空氣中瀰漫著淡淡的清香。

這一切都直指一件事，那就是安老太爺六十六歲壽辰宴席已經準備就緒，只等賓客上門了。

而此時，天剛露出魚肚白，安老太爺甚至還沒起床呢！

安清悠和二房、三房兩位夫人坐在一處，隨時準備現場調度。會場的布置眾人忙了一夜，卻獨獨不見了本該由藍氏帶領的四房之人。正疑惑間，忽聽得一聲高叫：「哎呀呀，我來晚了，二嫂、三嫂、大侄女，妳們忙活得怎麼樣了？有什麼事要幫襯的？我這負責應急的，專門給妳們查漏補缺，有誰需要幫忙，別客氣啊！」

「侄女見過四嬸！」安清悠是晚輩，率先上前行禮。

藍氏笑嘻嘻地扶起安清悠，「大侄女累壞了吧？唉，這壽宴本就是最累人的，有什麼要幫忙的，儘管跟四嬸說！」

「四弟妹還知道大侄女累？真是不容易啊！」趙氏神情不快，「一會兒天亮，接著就是賓客上門，事情做到這個分上，哪還有什麼需要幫忙？」
沒法不生氣，按照分工，四房是做幫襯其他三家差事的，剛才幹活的時候，妳跑到哪去了？我們這裡指揮下人忙活了一宿，天快亮了，妳才出現了。要來早來啊，我們都忙活完了，妳才來問我們要不要幫手？唬誰呢！

所謂的「幫襯」，早就變成了不幫不襯。

那藍氏在籌備過程中，倒是挑出了許多毛病，可是正經事卻是一件都沒做過，好在安清悠和趙氏等人還是以大局為重，主動把很多事情撐了起來，這才讓壽宴如期舉行。

藍氏對趙氏的怒斥全然不在意，逕自笑著道：「沒有需要幫忙的地方？未必吧！妳們忙活來忙活去，就做得都那麼好？」

藍氏採取的策略是，既搶不到主項，那別人幹完了事情，她便過去「查漏補缺」，當然缺不一定補，漏是肯定要查的。倒似參與了很多事務一般，只是事情做得好了，是她查漏補缺的好，若是有什麼問題，便是其他幾房的錯。

眼瞅著壽宴即將開場，藍氏沒有放過找碴的機會，看了看四周，發現廳中院中盡是些侍應婆子，沒有年輕的丫鬟僕婦，當下便「幫襯」著訓斥道：「這些僕婦看著倒是眼生，也不知是誰家拉來湊數的。老太爺的壽宴可是大事，到時候伺候的是各府貴賓，不是妳們之前那些做事沒規矩的地方，若是有個紕漏，看四夫人我不打斷妳們的腿？」

趙氏大怒，心道左都御史府上就老太爺一個人住，平日裡原本就沒什麼人手，如今既要辦壽宴，哪裡還能不從各房調人？那安排人手的雜事，本是應當大家都遣人過來的，妳四房不出人也就罷了，還說什麼這些下人之前做事的地方沒規矩，這不是打我們的臉嗎？

趙氏上前便要和藍氏爭吵，卻被安清悠拉住了衣袖，另一隻手做了個手勢，對著那些下人吩咐道：「列隊！都過來聽聽訓話吧！」

話音一落，莫說是藍氏覺得安清悠腦子壞了，便是劉氏和趙氏也是驚訝，這人手原本已經各就各位，召集起來容易，再分派出去可就麻煩了。

如今天色漸亮，老太爺剛剛派人來報說他已經起來洗漱，再亂動人手，豈非是要出大亂子？不過莫說是大亂子，直到現在，便是半點小混亂都沒見到。

院子裡的侍應婆子們迅速聚集，行動絲毫不亂，人人臉上還帶了幾分肅然。無人下令，卻自發站成了九人一排，排成了四列橫隊，彼此之間左右互隔一拳之距，隊伍甚是整齊。

藍氏見這些人訓練有素，忍不住大吃一驚，卻聽安清悠又道：「四夫人剛才的訓話妳們可都聽見了？嫌妳們之前做事的地方沒規矩呢！也罷，妳們都說說自己之前是在哪裡做什麼的，請四夫人指點指點。」

「回大小姐、四夫人的話，老奴之前是在宮裡松林苑伺候，負責在松林苑有皇家喜慶之時擺酒、上菜、遞送物件等諸般事，請四夫人指點！」

「回大小姐、四夫人的話，老奴之前是在宮裡成貴人處伺候，負責成貴人去見陛下之時前頭引路、清障、唱到等諸般事，請四夫人指點！」

「回大小姐、四夫人的話，老奴之前是在宮裡二道門做宮女的，負責……」

三十六個侍應婆子有一個算一個，清一色宮裡出身，藍氏的臉都白了，說哪裡沒規矩都行，能說宮裡沒規矩嗎？豈不是找死？

安清悠在一邊悠哉悠哉地道：「老太爺過壽是大事，侄女想著年輕的婢子們做事毛躁，還是這等有經驗的人來更好……」

趙氏轉怒為喜，劉氏更覺痛快。

安清悠小手一揮，侍應婆子們各歸各位，轉眼間便又回去各自站好。

眾人又等了一陣，天終於亮了，街口有下人來報，說有貴客來了。

藍氏又是笑道：「什麼人來了？也不知這頭一位客人是哪裡的，咱們瞧瞧去？」

像這等場合，重量級人物往往都自恃身分，趕著天剛亮就來的人，十有八九是來抱大腿的。本身地位就不高，若是再來晚了，只怕是像樣點的座位都混不上。倒是主人方面也需要這些人湊湊人氣，否則真等那些重量級人物來了，看著冷冷清清，那面子聲勢可就弱了。

藍氏想挑下人們的毛病未遂，又想著找找這方面的問題了。

卻聽那負責街面的僕人稟報道：「回四夫人的話，來的不是一位，是一群！」

一群？

藍氏臉上的笑容登時有那麼點尷尬起來。

天色放亮，街口處熙熙攘攘，一行車馬魚貫而來。下得車來，頭一個居然是金龍鏢局的岳大小姐，後面許多商賈人家的女眷。

岳勝男大步流星地奔了上來叫道：「安姊姊，姊妹們都來給老太爺賀壽啦！」

院子裡搭了壽禮架子，盛放著賓客們送來的賀禮，也能彰顯主人的身分地位來。

這些商賈女眷家裡地位雖低，卻勝在家境優渥，貴重物品、新奇玩意兒的壽禮如流水般送了上來，轉眼便把那壽禮架子上堆得琳瑯滿目，什麼西南的象牙、南海的珊瑚、羊脂玉的如意，這等東西都不算稀奇，更有人真金白銀送得順手了，直接折現作為壽儀送來。一時間，那壽儀單子上的數目直線上升。

藍氏咬著牙在雞蛋裡面挑骨頭，笑道：「大侄女招來的人倒是不少，只是這來的人不過是些商賈家的女眷，一會兒若是真有哪家的大人們來了，豈不讓人家笑話？」

話音未落，又聽那街面上的僕人來報：「太僕寺卿錢老大人家的錢二奶奶來了！」

這可是絕對的官宦人家了，藍氏卻知那二人交好，咬著牙，死不鬆口道：「大侄女人緣倒是不錯，可是光一個錢二奶奶，也撐不起場面來啊！」

沒想到那僕人繼續稟報道：「回四夫人的話，那錢二奶奶來的也不是一個，後面也是跟了一大群！」

藍氏臉上陰晴不定，街上川流不息的賓客隊伍卻不會等她。

車馬盈門，錢二奶奶率先登門，笑語盈盈地道：「妹妹請了，安老太爺是本朝重臣，這貴客想來必是不少，姊姊怕一會兒來晚了，連門檻都不好進，這便一早就巴巴地趕來墊場了。」

眾人一起笑了起來，似錢二奶奶這等家世背景，這話自然有戲謔之意。

安清悠笑道：「姊姊這話可是太重了！下次錢老大人若是做壽，這是要妹妹半夜就在門口等著不成？」

大家又是哄堂大笑，再看跟在錢二奶奶身後那一連串的賓客帖子遞上來，登時便有人驚了。

「翰林院啟候翰林末學晚輩丁文沖，攜家眷賀左都御史安公諱字翰池尊壽！」

「禮部編修館執筆編修末學晚輩司馬義，攜家眷賀左都御史安公諱字翰池尊壽！」

「詹事府左清紀郎末學晚輩劉先珍，攜家眷賀……」

錢二奶奶身後那些車馬，來的可不光是女眷，更有不少京中官員。

雖說這只是些翰林、編修之類沒油水沒實權的散官，可畢竟是實實在在的朝袍頂子，有些人的品級更是不低，弄了這麼樣一群賓客做墊場，架勢可是十足了。

如此規格，便連安清悠自己瞧著都有些驚異。

雖知錢二奶奶在京城裡吃得開，卻沒想到竟能搞出如此聲勢？

倒是錢二奶奶看眾人的注意力都被那墊場的賓客吸引了過去，便悄然拉過了安清悠，低聲道：「之前那幾個遞進宮裡的香囊弄得不錯，這是宮裡那位貴人賞妳的。這火候能不能夠掌控得好，全看妹妹的造化了。」

安清悠聞言，微微一怔。

這段日子裡，除了籌備老太爺的壽宴，自然也沒忘了給宮裡那位貴人進獻香囊。如今對方拿出了這等「賞賜」，固然是對自己示恩，亦有顯示實力的意思。

壽宴上平白多出了許多之前不在計畫中的貴客還是小事，這些清水京官們兩袖清風，卻是極為重視繁文縟節，若是應對不慎，難免叫人說安家失了禮數……

這顯然是宮中那位貴人對安清悠的另一番考校了。

不過，這等事情卻難不倒安清悠，她對錢二奶奶笑道：「姊姊豈不聞我安家乃是禮教世家？既是宮中那位貴人如此厚待於我，清悠豈敢讓人失望？」

說罷，安清悠逕自走到了劉氏面前，輕聲提醒道：「二嬸，如今這貴客來得比咱們預想的早，這些大人們可是很在意規矩的，不如讓二叔父提前走動吧？」

二房本就是負責掌禮之事，劉氏驟然見到來了這許多貴客，一時之間，又是高興又是有些手忙腳亂。待得安清悠這一提醒，方如夢初醒，一邊趕著去尋自家老爺一邊連聲道：「對對對，貴客登門，妳二叔父也該趕緊出來了！」

二老爺安德經這些年憋得久了，如今好不容易有一個代表安家對外應酬的機會，早就有些按捺不住。檢查了一番自己的穿戴，確定沒有問題，這才粉墨登場。

卻說安德經做官撈錢的本事雖然不行，對於什麼規矩禮法卻是熟得不能再熟。只見他在那些京官中穿梭自如，如魚得水，旁人聽不懂他們掉書袋，這群京官們確是極為滿意。

錢二奶奶搖頭苦笑，「來之前宮裡那位貴人還說，這些人等做墊場賓客雖是夠體面，但是一個酸氣沖天，又固守禮教，這考校也是有些重了。誰知妹妹不過一句提醒話，便將這局面輕輕巧巧地揭了過去，倒是害得姊姊白替妳擔心半天了！」

安清悠笑道：「姊姊過譽了，這都是我那二叔父學問好，妹妹半點功勞也沒有。倒是姊姊再入宮之時，還請替妹妹謝過文妃娘娘的恩典。」

這「文妃娘娘」四個字一說，錢二奶奶渾身一震，再拿眼瞧去，卻見安清悠輕聲說道：「宮裡能夠隨手便使動這麼多京官前來捧場，除了文妃娘娘，妹妹實在想不出還能有誰？也不知妹妹猜的對與不對？」

錢二奶奶一思忖便明白了安清悠的意思：您在宮裡位高權重，我也不是無知的蠢人。

這妹妹還真是不含糊，知道若只是埋頭苦幹，反倒在宮裡那位眼中少了分量。

轉念之間，錢二奶奶又嘖嘖稱奇，這安家妹妹久在閨中，卻對宮中的事情明白得很，難道她身邊有深諳宮中掌故的高人？

如此這般折騰了兩輪，天色早已經大亮。

墊場的賓客早把安府門前烘托得熱熱鬧鬧，臨近晌午，真正有頭臉有身分的貴客也開始陸陸續續登門了。

「刑部侍郎周文淵周大人到！」

「大理寺少卿孫鴻名孫大人到！」

「中常閣選講，欽定御前參政知事劉長生劉老大人到……」

一個個分量十足的名帖遞到安家門房，負責迎賓掌禮的安德經眉飛色舞，這些大人可不比之前那些墊場的酸官兒們般兩袖清風，個個不是手握實權的重臣，便是皇上面前的紅人。

安德經忙著見禮之餘，也不禁在心裡暗讚：「大哥這帖子送得好！單看這些貴客，今年的壽宴比之往年便是不差！」

安德經這邊暗自稱道，猛聽得眾人一陣喧鬧，有人大聲叫道：「老太爺出來啦！」

按照古時名門望族做壽的規矩，本是要在內堂單闢一間寬敞明亮的正房作為「穩壽臺」，安老太爺不到吉時不輕易上席，便在此處接受眾人賀喜，可是講究畢竟是講究，真到了這個層面，哪能像那些酸官兒們般迂腐！

朝中重臣到了自家，難道還真把人家晾在廳裡？安老太爺少不得要出來寒暄一番。

「恭喜老大人，賀喜老大人！」

「下官祝安老大人福如東海，壽比南山……」

一片祝賀聲中，今天的壽星，左都御史安瀚池安老大人，在長子安德佑的陪伴下，慢慢走向了首席。

「哎呀，劉大人，您也來了，老朽愧不敢當，愧不敢當啊……」

「同喜同喜，賢侄莫要多禮了！」

安老太爺何許人物，一來一往，應對輕鬆寫意，跟在他身邊的安德佑更是滿身喜氣。這些人可都是他一家一家登門拜訪，親自送帖子請過來的。如今這事情辦得圓滿，長房自然是大有面子。偶然瞥見遠處遙遙望著這邊的安清悠，笑意更濃了。

心下高興，安德佑不免想瞧瞧如今四房的臉色，只是看到那四弟妹藍氏之時，免不了有些失望，平日裡這四弟妹愛擠兌人，今兒怎麼這般老實？

安德佑心裡納悶，卻不知藍氏那邊早已經暗叫僥倖好幾輪。

藍氏搶不到壽宴的主辦權，怎麼會不想挑出幾條安清悠的錯處，便是雞蛋裡挑骨頭也不能讓長房落了好去，可是，她反應極快，眼看著幾番擠兌不成，挑錯反被打了臉，她便安分了下來。

這大侄女果然是有些門道，下帖子邀請賓客之事，居然讓她辦得妥妥貼貼，若非我見機收了手，只怕是反要平白落下一堆醜去！

藍氏心裡暗暗驚異，卻沒有放棄找碴，眼下不過是在等，等一個適合的時機罷了。

她就不信這小丫頭第一次操持這場大場面，便能夠做到滴水不漏，面面俱到，肯定有機會……肯定有什麼機會！

可還別說，門口一聲高叫，倒還真讓她看到了一絲曙光。

「工部侍郎張成林張老大人到──」

藍氏登時精神一振，說到這位當初喝光了自己一瓶香露的瘋老頭，有他在，會攪出什麼事來可真說不準，但凡有半點紕漏，自己便能找到話柄了。

連這個老瘋子也請，大侄女，妳可真是不知輕重啊……

藍氏暗暗冷笑，卻見張成林一步三搖地晃進了正廳，口中大叫道：「安老大人，老兄弟給你賀壽來啦！」

這一嗓子喊出來，莫說是藍氏，便是同樣站在遠處觀察著廳中情景的安清悠也皺起了眉頭。

我可沒讓父親去請這個瘋瘋癲癲的怪老頭兒啊，他怎麼不請自來了？

這麼一位活祖宗冷不防蹦了出來，安府各房老爺們亦是頭疼。

倒是安老太爺安之若素，兩人同朝幾十年，私交還是有那麼幾分，當下笑呵呵地回道：「張大人啊張大人，平日裡便是內閣那幾位大學士做壽，也見不得你的影子，怎麼今日哪股風把你吹來了？莫不是要掀我這壽宴的場子不成？」

張成林沒接到帖子，原本還真是有些不爽，只是他也不敢在安老太爺面前拿喬，便尷尬地苦笑道：「老哥哥，你這話可是要了我的命了，難道我張老兒一到哪裡便是折騰不成？你老哥做壽，我這做老兄弟來湊個趣嘛！這不，我還帶了壽禮來……」

說話間，張成林也不客氣，逕自往首席上一坐，憑空拿出了一壺酒來，咧嘴笑道：「來來來，這是張老頭兒新釀的美酒，莫說京城，便是普天之下也找不出第二壺來，諸位大人都嘗嘗！」

酒一上桌，香氣撲鼻，惹得不少人垂涎。

能坐在首席之上的，哪一個不是識貨之人？

美酒入喉，果然人人都露出幾分驚異之色，這酒性之烈，果真當得起天下無雙。偏偏酒中又似有多種花香，當真是聞所未聞了。

「老夫這酒，那才叫酒，之前那些所謂的酒漿，不過爾爾！」

張成林自吹自擂，忽然話鋒一轉道：「我說安老哥，你那大孫女在不在？我這酒烈是烈了，其中的香氣卻是有些不好調弄，聽說你那大孫女調香技藝頗為了得……」

似張老頭這等身分，話說了沒兩句，便要面見人家女眷，頗為失禮，不過，安老太爺精明地聽出了幾分奧妙來，忽然問道：「我說張老弟，你這釀酒的法子是我大孫女教你的，如今倒跑到我這裡來借花獻佛，是也不是？」

張成林冷不防被這麼劈頭一問，還真有些發懵，愣愣地道：「這個……這個……你老哥連這也知道了？」

安老太爺見他這樣子，到底忍俊不禁，哈哈大笑道：「孫女是我的孫女，老夫又如何不知？德佑，你張世叔點名要見你那寶貝閨女，叫她出來向長輩們行個禮，敬杯酒吧！」

安德佑大喜，這等場面能叫女兒在首席露上一面，那是什麼意思？那實是老太爺抬舉這個孫女了。此次壽宴辦得圓滿與否，那還用得著問嗎？

安德佑喜不自勝，藍氏卻是人如其姓，臉都憋得瓦藍瓦藍了。

心說張老大人，活祖宗啊，您老人家要討在酒裡穩定香氣的方子，什麼時候不行，怎麼就偏緊著我們老太爺的壽宴上來？來就來吧，還指名道姓要見她做什麼，這不是活生生給長房抬臉面嗎？

藍氏憋得一塌糊塗，安清悠卻是鎮定自若，此刻更是依足了禮數，跟在父親身後進了正廳。

「孫女清悠，見過祖父，見過張大人，見過各位世叔世伯。祖父大壽萬福，各位長輩大人康泰金安。」

這一個禮行了下去，不少人心中各自尋思。

有人想起最近京城裡許多女眷興起了一股弄香的風潮，自家的夫人最近好像也掛了一個香味極其濃烈的物件，那個困擾她多年的……嘿嘿！難道便是此女所做？

張成林可是不管不顧，見了安清悠，如獲至寶一般的問道：「大孫女，妳可算是露面了，這酒烈是烈了，可是烈而亂香，那又算得什麼極品！那穩定香氣的法子到底是怎生弄得啊？」

張成林自從安清悠那裡得了這蒸餾萃取的法子，回去便終日醉心於怎麼用此物釀出好酒來，可是香氣之事卻非他所長，按照安清悠當日製香露的工序左試右試，始終不得要領，如今見了正主，哪裡還有不著急的？

安清悠見他這副抓耳撓腮的樣子，不禁抿嘴一笑，輕聲道：「張老大人若要這穩定香氣的法子卻是不難，只須今日在這裡陪我祖父規規矩矩喝一頓酒，莫要再有什麼驚人舉動便好。」

眾人哄笑大笑，這話若是對著那些一本正經的朝臣們說，自然是顯得失禮，不過這位張老大人實在是名聲在外，大家還真不覺得有什麼不妥。再瞧那張老大人，只見他微微一怔，卻是眼觀鼻，鼻觀心，真的板起臉，正襟危坐起來。

安老太爺大樂，這張老頭平時人人見了頭疼三分，孫女出馬，卻一句話收拾得他服服貼貼。

什麼叫規矩？任你多棘手的人來到老夫我的壽宴上，都要變得老老實實，這就叫規矩！哈哈，一直說壽宴要弄些新意，這新意好，好得很！

安老太爺拈鬚大樂，安清悠按照祖父吩咐，向各位長輩敬酒，到了為張老大人斟酒之時，卻見他偷偷向自己打了個眼色，擠眉弄眼的意思明顯得很。

「怎麼樣，娃娃？妳張爺爺不白從妳那裡弄個釀酒穩香的法子吧？這一下幫妳抬足了面子，可還使得？」

安清悠不禁莞爾。

首席上其樂融融，藍氏瞧在眼裡，卻是越憋越上火。

今天真是活見鬼了，怎麼連一貫走到哪折騰到哪的張老瘋子都不瘋了。

咬牙切齒之間，藍氏有心要去女眷院子，可是沒等到安清悠的破綻露出來實在是不甘心。想要留下來接著看，只是這憋氣得憋到什麼時候啊！

便在此時，忽聽到背後有個熟悉的聲音說道：「四弟妹真是認真，聽說妳負責查漏補缺，倒不知這主廳正賓的地方，有什麼疏漏沒有？」

藍氏愕然轉身，卻見眼前這張臉還真是熟面孔，不是久未露面的長房夫人徐氏，又是何人？

兩人大眼瞪小眼，對視了幾秒，倒是藍氏先笑了，「喲，這不是大嫂嗎？聽說妳在養病，管不了家不說，就連老太爺的壽宴也讓大侄女出來操辦，怎麼，病好了？我還當今兒老太爺過壽，大伯只帶了大小姐來，真是沒想到啊，連妳也來了！」

藍氏此刻正在氣頭上，猛一見到長房的人，又是她素來瞧不起的徐氏，不擠兌幾句才奇怪。

「什麼叫連我也來了？怎麼說我也是堂堂的長房夫人，難道這老太爺的壽宴四弟妹來得，我就來不得？」徐氏的臉色登時就變了。

這一回老太爺過壽，徐氏被圈了許久之後首次出院門。

自打到了老太爺府上，便尋思著怎麼才能做些什麼給自己掙個翻身的機會。

正巧安清悠要全力盯著主廳正賓，安子良畢竟是兒子，進個女眷院子尚要避嫌，又哪裡看得住一門心思想找機會的母親大人。

只可惜徐氏的境遇，比藍氏更加憋悶。

先是找了趙氏這與長房關係不錯的人打聽，想問還有什麼可幫忙之處，誰料想趙氏客客氣氣，一句話便把徐氏堵了回來：「這可是問倒我了！大侄女精明能幹，又有我們這幾個做嬸娘的在這裡盯著，哪兒還有什麼需要幫忙的地方？大嫂您就把心放到肚子裡，踏踏實實地吃酒吧！」

把心放到肚子裡？那丫頭若真是把什麼事情都料理妥當了，那才叫心難放在肚子裡呢！

徐氏在趙氏那邊碰了個軟釘子，只好又把心思動到二房這邊。

孰料劉氏的回答更讓人哭笑不得：「我們二房只管掌禮迎客，不勞大嫂操心了，倒是大侄女那邊這次管著的事情最多，大嫂和她本是一家，何不到那邊問問？」

天可憐見的，徐氏便是再怎麼想找機會翻身，又怎麼能到安清悠手底下討差事？

可是這話沒法當著別人明說，就別提有多窩火了。

好不容易拐彎抹角地打聽到藍氏負責查漏補缺，這一路尋來，好不容易見了藍氏，卻是劈頭被一頓擠兌，哪還有半點好氣？

「四弟妹今兒可是怪了，難道您查漏補缺查來查去，竟是查出了我這個長房夫人不該來不成？我倒要問問，這老太爺壽宴本是闔家團圓之日，怎麼倒似應該少了我才對呢？」

徐氏眼看著有要發作的跡象，藍氏心裡也是暗暗後悔，在這裡憋了一肚子火，怎麼一見長房的人就按捺不住，硬生生弄了這麼個事端出來？

藍氏當下眼珠一轉，又想到個順水推舟的主意，笑著說道：「大嫂這話可就說重了，我這不也是聽說您在養病，乍這麼一見，驚喜激動嗎？誰說您不該來，我頭一個便要和他急！不知您這身子可是大好了？」

徐氏氣息稍平，轉眼又聽藍氏說道：「不過，說到查漏補缺，這壽宴倒是真有點毛病，尤其是大侄女那邊……」

一聽安清悠出了問題，徐氏登時眼睛一亮，若是有什麼安清悠沒做好的事情讓自己給做成了，那才真叫翻身有望！

「出什麼事情了？我來幫著補救補救可好？」徐氏急問。

藍氏故意嘆了一口氣，幽幽地道：「說來也沒什麼大事，就是這次六部的正印尚書，還有首輔、次輔等幾位大學士一個都沒到，怎麼說這次既是各房合辦，賓客的規格怎麼著也要比往年高上那麼一點才是，眼瞅著也就是和往年差不多……唉，大侄女就是年輕，要不，大嫂幫著補救補救？」

徐氏一口血差點噴出來，這也叫毛病？

安老太爺雖然位高權重，但是比之六部尚書來，到底差了那麼半籌，更別說首輔、次輔那幾位統領朝臣的內閣大學士，人家是一人之下萬人之上，哪有那麼容易親身前來？

還讓我幫著補救，之前做不成的事情，難道這一時半刻就能做了？

便是妳四房當年辦壽宴的時候，也沒見請得動這幾尊神仙啊！

這真是雞蛋裡面挑骨頭，敢情四弟妹是尋自己開心不成？

徐氏剛平下去的火氣騰一下子又竄了起來。

藍氏心中冷笑，妳倒是怒啊！反正妳是長房夫人，這般場合鬧騰起來，丟的也是長房的臉！安清悠那邊難抓把柄，可是妳這等人物若是惹出事來，我倒看看那位大侄女怎麼替妳收場！

便在此時，忽聽得一個男子聲音叫道：「母親，兒子見您不見，卻原來和四嬸在這裡聊天！」

藍氏定睛看去，卻是長房的二公子安子良來了。

安子良一不留神間，失去了徐氏的蹤影，心裡大急，母親打著什麼主意不難猜出，自己當初可是在大姊面前拍胸脯保證不出事的。

藍氏見是這位寶貝二公子，當他是草包，絲毫不放在心上，便是徐氏也是沒好氣地說道：「到處尋我做什麼？難道是替你那大姊看著你娘不成？你這個胳膊肘朝外拐的東西……」

「二弟不過是擔心夫人病體未癒而已，怎麼又胳膊肘朝外拐了呢？」

聲到人到，卻是安清悠在首席上行過了禮敬過了酒，告退之時，意外發現徐氏，便急急趕了過來。如今不同往日，安德佑早在臨出門時，嚴令徐氏必須「安分守己」，此刻卻被安清悠抓了個到處亂走的包，氣勢便先少了三分。

安清悠又對著藍氏正色道：「四嬸倒是有閒情逸致在這裡聊天，卻不知您在各處查漏補缺，又怎麼只盯著主廳一處，不知查出來什麼紕漏沒有？」

藍氏今天連著吃了幾次憋，真不知道安清悠是不是還有什麼後手，當下不肯妄言，只支吾著顧左右而言他。那徐氏在一邊瞧著，心裡更怒了：好啊，剛才跟我說話的時候，雞蛋裡挑骨頭的本事呢？如今見了正主，怎麼反倒不說話了？

當下徐氏不管不顧，逕自把藍氏的言行又學了一遍。

安清悠面沉如水，看不出半點情緒波動，倒是藍氏臉上青一陣白一陣。

便在此時，忽聽得門口禮炮大作，安德經一臉興奮地進來稟報道：「父親，大喜！大喜啊！欽差大人帶著皇上欽賜的福壽字和聖旨到了！」

這話一說，滿座哄然。

依照大梁慣例，宿臣能得皇上欽賜福壽字和聖旨嘉勉，通常都是在六十、七十這等整數大壽之時。如今安老太爺六十六歲的壽宴上，竟也能得到這般待遇，足見其在皇上眼中的分量之重。

「老大人真是我朝重臣，便連陛下也降旨恩賜呢！」

「簡在聖心，簡在聖心啊……」

正堂之上頌福之聲如潮，站在一邊遠遠看著的安清悠幾人中，安子良更是哈哈大笑，眼睛卻斜睨著藍氏道：「四嬸，大學士沒來，皇上派人來了，這規格如今可夠了？」

藍氏嫉妒得發狂，有了皇上降旨賜喜，誰還能說這壽宴辦得不成功？自己辦壽宴的時候，為什麼就沒有這等好事？怎麼好運氣全讓這大侄女趕上了呢？

一瞥眼見看到安子良那嬉皮笑臉的樣子，藍氏更是牙都快咬碎了，心道這大侄女精明，在她手裡沒討了好去也就罷了，你這侄子渾人一個，如今竟然也能擠兌我？

罷罷罷！總之，一會兒總有考校功課的時候，我看這滿堂賓客之下，你長房的面子往哪擺！

此刻安老太爺紅光滿面，高興萬分，囑咐著二兒子道：「既是皇上降旨，那還顧著報信做什麼，趕緊去開中門設香案，老夫親自去迎接欽差大人！」

安德經極重禮規，哪還用父親囑咐，香案黃紙禮銃鞭炮，早就備好了。

一切準備停當，安老太爺緩步下座，率領闔府男丁直奔中門。

便在此時，門口的下人高聲喊道：「欽差大人到！」

「御命欽差，虎賁親軍校尉，蕭洛辰蕭大人到——」

安清悠忍不住皺起了眉頭，這個煩人的傢伙，怎麼又是他？

卻不知正廳中身為主賓的朝廷官員們，一個個都變了臉色，許多人不約而同生出了一個念頭：

蕭洛辰？蕭洛辰又出來傳旨了！居然是他？居然是他！

眾人聞聲色變，自然是有道理的。

半個多月前，京城通判史全忠為孫子辦周歲禮，蕭洛辰作為欽差上門，傳了幾句皇上口諭。八天之後，史全忠上表告老還鄉，全家遷去了西北。

十二天前，工部營建司司事黃在聲家迎娶繼室，蕭洛辰身為欽差上門賜福，再一次不著調地滿場胡鬧，轉過天來，黃司事就稱病請辭那號稱工部最肥的差事。

這個月初一，京西大營提督馬節合喜得貴子，大宴賓朋，又是蕭洛辰登門恭賀。這一次，他倒是沒帶什麼聖旨口諭，可是賓主二人稱兄道弟喝酒直喝到了深夜，轉過天來，馬提督不知怎麼的，因為「宿醉」從馬上摔成了「重傷」，主動交卸了職務。

短短十幾天，蕭洛辰三次登門賀喜，三次讓主人家丟了官。

這幾人品級雖然不高，可都是京城之中的緊要位置，有那嗅覺靈敏的，早已經從這些事情裡聞出了味道。

蕭洛辰背後是誰？是皇上！京中關隘之人接二連三地出事，莫不是朝中將有大變動？

一葉落而知秋！

如今京城本就在這等暗流湧動的時候，蕭洛辰怎麼又上安家賀喜來了？

安老太爺在朝堂裡滾了大半輩子，表情未變，甚至笑呵呵地問向幾個兒子道：「居然是蕭大人做欽差，你們幾個說說，這卻是為何？」

安德經能讀書，卻不懂官場之道，愕然道：「為何？父親做壽，陛下賜下福字，這是大好事啊！難道父親以為有什麼不妥？」

安德峰最是惶恐，他鹽運司的司官做得正是滋潤，安老太爺這棵大樹若是出了事，那覆巢之下焉有完卵？

一時間，什麼在壽宴上和各房相鬥，什麼以力壓別人一頭，早就拋到了腦後去，臉色變幻不定，半晌，才斟酌著說道：「聖意難測，兒子不敢妄言，不過，聽說蕭欽差交遊廣闊，一會兒宣旨之後，兒子去和他喝上兩杯，想來能打聽出些消息……」

安老太爺心裡微微嘆息，這兩個兒子，一個讀書讀成了書呆子，一個卻是只顧著鑽營，皆不足取。轉頭又問向安德佑、安德成兄弟倆道：「你們呢？也說說？」

安德成性格簡單豁達，雙手朝天拱手道：「功賞罪罰，盡出於上。雷霆雨露，皆是恩澤。」

這卻是愚忠之道了！

安老太爺微微點頭，和今上鬥權術，那是找死，這般處事，倒不失為一種正道。只是今上已老，他老人家大行之後呢？

最後，輪到了安德佑，只見他沉吟良久，聲音裡竟是多了幾分滄桑，慢慢吐出幾個字道：「父親一生剛正，心中既已無私，眼前天地自寬，不過榮辱耳！」

這話一說，安家其他幾位老爺倒是側目，大哥好像對此事全不在意？安德峰更在心中暗罵，這都什麼時候了，你還端那臭架子，顯擺什麼風骨？

安德佑這次還真不是端架子，這半年來，家裡出了太多事情，那種身處其中大悲大喜最能導致一個人發生變化，如今這處驚不變的淡然，倒是依稀有點老太爺的影子了。

幾個兄弟還在各自轉著念頭的時候，安老太爺卻是一不再問二不解釋，陡然長笑道：「好！好一個不過榮辱耳！眾兒孫，隨為父迎接欽差，接聖旨去！」

中門大開，蕭洛辰依舊白衣白袍，翩然來到。

安老太爺領著兒孫高聲道：「臣，都察院左都御史安翰池，攜闔家大小，恭迎欽差大人駕臨，吾皇萬歲萬歲萬萬歲！」

安老太爺六十開外的人了，這一聲卻是喊得響亮無比，中氣十足，單是迎接欽差的禮節，竟被他帶著滿堂兒孫吼出了幾分正氣。

一干賓客暗暗喝彩，不愧是代天子檢點百官，屹立朝堂半生不倒的安鐵面安老大人。

當然更有人把心思放在了蕭洛辰身上，這位京城裡的混世魔王，最近宣旨可是宣出了另一個風格。他往某個官員那裡走上一遭，那位大人的仕途立刻終結。

只是，蕭洛辰今天一反常態，嚴肅地拱了拱手道：「有勞老大人出迎，晚輩實不敢當。皇命在身，此禮謹代陛下受之。少時宣旨完畢，晚輩再向安老大人請安。」

這話讓不少人詫異，反常必有妖，這蕭洛辰素來驕狂，今日怎麼反倒變得規矩起來。

安老太爺依舊是泰然自若的樣子，手一揮，下人擺開香案，眾人下跪接旨。

蕭洛辰面南背北，展開黃絹道：「奉天承運，皇帝詔曰：茲有都察院左都御史安翰池者，精忠體國，專心朝事，代天子檢點朝綱一十七年，上朝有兢兢業業之勞，下訪行無私無畏之舉。才學優渥，實堪百官表率……」

這聖旨很長，前半段歷數安老太爺身為左都御史期間的各項功勞，誇了安老太爺的學問政績一番，下半段筆鋒一轉，寫道：「……朕偶思前朝事，嘗聞後蜀有將黃忠，老當益壯，春秋之廉頗，亦乃耄耋名臣。朕與卿相識數十載，亦不讓古人專美於前，君臣相得一世，豈非不可成千秋美談焉？今聞卿六十有六，實乃大順大吉之數，欽賜……」

再往下說的就是對老太爺的各項賞賜了，什麼御筆親提的福壽字，什麼白璧六對明珠一百零八顆，居然是按照朝中重臣過六十、七十這些整數大壽時才有的規格。

皇上連黃忠廉頗都比出來了，還相得一世，還千秋美談？這不就差說，有皇上我在的一天，就有你老安一天嗎？此等聖旨之下，便是有人心裡還念叨著為什麼派蕭洛辰來安家，那也是只有頌揚的份了！

「老臣安翰池攜全家領旨謝恩，吾皇萬歲萬歲萬萬歲！」

安老太爺高聲領旨，眾人又是一片歌功頌德，卻見蕭洛辰又道：「諸位莫急，皇上除了聖旨，還有口諭。待蕭某辦完了公事，諸位再向安老大人道賀不遲。」

這話一說，不少人臉上又是顏色一變，暗道果然還有後續，這不是來了？

安老太爺再次行禮，卻見蕭洛辰朝天一拱手，兀自說道：「安老愛卿，愛卿的學問人品，朕信得過，記得愛卿有長子名喚德佑，如今在禮部任職。聽說他持身素正，朕身邊這個學生蕭洛辰，任性妄為，便賜錦袍一件，請愛卿長子代為管教指點一下學問。」

這道口諭一傳，賓客們大眼瞪小眼，這又算什麼？

大家等著從口諭中尋找些出人意料的蛛絲馬跡，誰知這口諭出人意料是出人意料了，訓斥的卻是蕭洛辰，還請安家代為管教？

難道說是陛下在整肅了幾個京官之後，要先安撫一下重臣們的心嗎？

不管怎樣，無論是聖旨，還是口諭，都沒有貶斥安家的意思。

一時之間，腦筋動得快的賓客，都起了與安老太爺交好的心思，連皇上都要安撫的重臣，咱們能不重視嗎？自己這趟可真是來對了！

蕭洛辰走到安德佑面前一揖到底，那姿態要多規矩有多規矩，朗聲道：「久聞安大人家學淵源，德才雙馨，晚輩少不更事，行事之間對聖人之道頗多不敬，幸得陛下點撥，迷途知返，還請安大人多多指點。」

這話便是蕭洛辰不說，許多人亦早把目光投向了安德佑。這位安家的長房老爺，此前在朝中默默無聞，蕭洛辰好也罷，壞也罷，皇上寵著此人到了極點，卻是不爭之事。如今忽然把蕭洛辰指名由他指點，難道皇上要重用此人？

安德佑身邊很快就圍了一群人，水漲船高，長房登時紅火起來。眾人忙著和他敘話，卻不曾留意到蕭洛辰的目光閃爍。

蕭洛辰溜了幾圈，果然見那正堂後門之處有人影晃動，一名高挑女子的身影一閃而過。

蕭洛辰露出了詭異的笑容：妳果然在啊……

蕭洛辰這傢伙居然真的來我們家了？

安清悠大吃一驚。

公開承認自己之前離經叛道有錯，當著滿堂賓客的面向父親討教學問，這還真是自己之前難為他的事情，他做是做了，居然竟是這般……竟是這般帶著聖旨口諭來了的？真不知道這傢伙是怎麼把事情弄到這個地步的！

安清悠難得被小小震了一下，不過，雖說因此而讓父親莫名其妙出了風頭，卻沒讓安清悠對蕭洛辰的印象改觀。

「只是為了一個消除人身上氣味的方子，就裝起知書達禮的模樣來，這人為達目的不擇手段，絕對不是什麼好人！還弄什麼聖旨……顯擺自己手眼通天嗎？」

安清悠沒好氣地嘟囔了兩句，腳下卻是不停，逕自奔著女眷院子而去。

正堂那邊該有的大事都已經差不多到位，左右也出不了什麼大紕漏了。天色還沒到正午，離吃長壽麵還要等一陣，倒是有些自己的事情該辦一下了。

自從來到這個世界之後，選秀這件事就像是一塊大石頭，壓在了安清悠的頭頂。

她既要為安家掙臉面，又要保證自己不被指給那些不知所云的宗室子弟，難度之高，可想而知。今日主場作戰，自然要為此事好好地鋪墊一番。

待到了女眷院子，這邊早已開席。趙氏正以主人的身分來回穿梭。安清悠到了廳中，這氣氛卻是與之前所參加的所有聚宴大為不同。

「安家妹妹快點過來，剛剛大家都還在說妳這做東道主的怎麼還沒露面，妳終於出現了！」坐在首席上的錢二奶奶眼尖，兩句話一說，眾人齊刷刷望了過來。

這位安家大小姐最近弄得京城裡滿大街都是那種濃厚味道的香物，聲名鵲起不說，剛才錢二奶奶更是在席裡席外為安清悠做了好一通墊場，話裡話外直指選秀。

至於那些清官們的家眷，本就是得了宮裡暗示才來，一時之間，誰還不知這次安清悠可是在宮裡貴人那邊早早掛了號的？更不用說還有個主持事宜的趙氏，這位安家的三夫人，那可是比錢二奶奶更甚，早就鐵了心要趁此機會為大侄女好好造勢。往來應酬之間，三兩句話便把話題扯到安清悠身上，只差把自家晚輩誇成一朵花了。

隨著錢二奶奶的高呼，莫說是首席上的一干貴婦，便是整個院子裡，目光也是瞬間集中在了安清悠身上。

安清悠到底是安清悠，此刻未見半點慌亂，腳步輕緩，穩穩地向著眾貴女們行了個福禮，「安家長房晚輩見過諸位夫人奶奶，各位長輩福安。今兒來的都是我安家摯友親朋，莫要拘束，儘管自在吃用。」

依著輩分，這場面話理應由幾個嬸娘說出來，但趙氏本就有意抬舉大侄女，並沒有覺得有何不妥之處，倒是一邊坐著的徐氏，滿臉頹然絕望。連京城的貴女們都已經認可了安大小姐，她再想要鹹魚翻身，根本無望了。

「來來來！早聽說安家的長房老爺德佑公人才出眾，便是當今皇上也是看在眼裡的，如今還有個這麼好的女兒，讓人羨慕啊！再說，如今有哪一個不知道安家有個調香技藝高超的大小姐？」

說話的是首席上的一名貴婦，刑部侍郎周文淵周大人的夫人馮氏。

馮氏話裡雖然透著親近，安清悠卻是心中一凜。

蕭洛辰代皇上傳的口喻才頒布，馮氏立刻就得到了前院的消息，果然祖父的壽宴遠比那些普通聚會強了不是一星半點，賓客之中臥虎藏龍不說，便是女眷也沒一個好相與的。

安清悠笑道：「夫人謬讚了，晚輩一點微末技藝，難登大雅。」

馮氏卻道：「安大小姐自謙了。似安家這等名門大族，不容人小覷。便是選秀，能進天字單子的女兒家哪一個又是拙劣的？要我說啊，比的便是這等一技之長呢！」

大理寺少卿孫大人的夫人王氏也跟著笑道：「不錯不錯，剛才錢二奶奶還一直說，安大小姐這次也是在宮裡貴人那邊掛上了號的，我看哪裡是天字單子，便是做個前三的玉牌子那也是簡單得很！聽說周侍郎的女兒這次也要參加選秀？嘖嘖嘖，今兒見了安大小姐，這怕是不容易了！」

馮氏笑著回道：「孫家姊姊哪裡的話？您家裡不也有個侄女要去選秀？早聽說那孩子知書達禮，秀外慧中，倒不知比起咱們安家大小姐來又是如何？我看想拿玉牌子，卻是先要過得了安大小姐這一關了。」

這些女眷果然不是省油的燈，話題轉眼從調香扯到了選秀不說，還將安清悠也繞了進去。

安清悠細細看去，卻見馮氏與王氏兩人對視之時，眼神中的冷意明顯，看來這兩位夫人不單是早較勁上了，更有借勢拿著安家女兒當槍使的心思。

好在席上不乏錢二奶奶這樣的人，看形勢不對，立刻笑著出來打圓場：「諸位這都說到哪去了？這次選秀可是人才濟濟，像那吳尚書家的外孫女、鄭國公家的女兒，都是一時之選，便是當朝首輔李大學士的孫女也要參加，咱們這話可是說得太早了點！」

大梁的選秀制度遵循古例，說起來倒和科舉裡的三六九等有幾分相似。秀女中第一等的九名，要把名字刻在玉牌上，由正宮皇后在最後面試之時親自點選三人，稱為「點秀」，也就是俗稱的「落牌子」。

落了玉牌子的三個女子，不是入宮侍奉皇上，便是由皇后娘娘親自下懿旨，賜婚給血緣最近的宗室子弟。

可以說，哪位大人若是有個女兒在選秀時被「落牌子」，基本上，王爺的老丈人就算是當定了，因為這前三名的女子通常是嫁到皇子皇孫家做正室，也就是未來的王爺正妃。

那些沒有被「落牌子」的其他六名第一等女子，則要把玉牌盡數揮去，重新抄錄在一張黃紙上，由宮中指婚。所嫁雖非皇子皇孫，十有八九也是皇室子弟，這就是所謂的「天字號單子」。而再往下的十八名第二等女子，所嫁卻非宗室皇親，而是朝中的重臣子弟，被稱為「地字號單子」。雖說名義上亦是由宮中指婚，但若是秀女出身於名門，皇家也會徵詢其母家意見。

接著往下還有三十六名三等秀女的「玄字號單子」、七十二名四等秀女的「黃字號單子」等等，最慘的是排名第五等的「洪字號單子」，被列進這裡面的，通常是去做貴人們的貼身宮女。

雖說這貼身宮女亦是極有身分，但畢竟不是主子。

若非皇上臨幸或是被貴人們外放指給了誰，便是一輩子服侍人的命。

安清悠掃了一眼席上各懷心思的諸位貴婦，微微一笑，輕聲說道：「關於選秀，晚輩倒是有幾分想法……」

安清悠雖是晚輩，但畢竟是還是今天的主人。她一開口，一干貴婦們倒都暫停了席上你來我往的那些看不見的軟刀子，齊齊等著她的下文。

安清悠極為認真地道：「京城之中，大家閨秀遍地，晚輩雖然僥倖搏了一點善調香的名聲，但這終究是微末小技。莫說那落玉牌子，便是這天字號單子，而是極其難能可貴。晚輩自知德淺姿陋，能進地字號單子，不墜我安家之名，已經是晚輩的福分了！」

這話一說，眾人都是愣住。

之前錢二奶奶早說過她是宮裡掛了號的，再加上這段時間安清悠在京城中的名號甚是響亮，大家早把她當作了天字號單子的熱門人選，如今她怎麼又親口說這天字號單子進不去？難道安大小姐知道什麼旁人不知道的內幕？或是安家壓根兒志不在此，而是早就和朝中某位大臣定下了什麼意向？

有人聯想起之前沈家公子沈雲衣在高中榜眼之前借住安家之事，越想越覺得極有可能。那幾個一心想要提攜自家秀女進天字號單子的夫人雖覺可惜，但是望著安清悠的目光一下子就鬆了下來。

偏偏此時此刻坐在首席的不僅有錢二奶奶和趙氏這等盟軍，還有個滿肚子想要給安清悠下絆子的藍氏呢！

只見她突兀至極的接話，笑著說道：「好！好！好！大侄女如此謙遜，果然是咱們安家教出來的好孩子！不過，這也不用過謙，這次大老爺那邊蒙皇上提攜，妳功不可沒，若是再能落下個牌子來，那才是盡了咱們安家女兒的本分，相信對著大老爺將來的仕途也是大有裨益！好侄女，嬸娘支持妳！」

這哪是什麼支持，分明就是拆臺！

安清悠如此明確的表態，被藍氏這麼一「支持」，在旁人耳朵裡立時變了味。

安清悠登時皺起了眉頭，藍氏倒是暗自竊喜。

之前查漏補缺失敗，挑撥徐氏又沒成功，如今見了這席面上幾個貴婦頻頻想給軟刀子，她哪裡能輕易放過？再說什麼不想進天字號單字的話，我便挑妳一個不肯為安家甚至為妳父親盡心的理！若是妳改口說要努力……哼哼，借勢就把妳推出去，推到那些家中有女子選秀的夫人們前面去，讓她們把妳當箭靶！

藍氏打著讓安清悠前後為難的算盤，旁邊的幾個貴婦登時又變了心思。是啊！說起來這等酒桌上的謙虛話語誰不會說！妳安家四夫人都說了要爭，那還能有假？

安清悠卻對藍氏淡笑道：「四嬸怎麼忘了，老太爺他老人家不是說過嗎？這次選秀選上了固然是好事，選不上也要謙虛。若是真選不上……還得請四嬸到時候支持侄女，過了選秀，我怕是得自己去尋一門好親事呢！」

安清悠這麼一說，那幾位剛剛有些動搖的夫人們，又放下了心思。

這安大小姐便是再打煙霧彈，也絕沒有在大庭廣眾之下編派自家老太爺話語的道理。連安老太爺都對選秀沒那麼看重，這事自然是不會有假了。

藍氏暗道該死，怎麼把老太爺這碴給忘了，待要再說些什麼，安清悠卻是再不給她下手的機會，搶先說道：「父親那邊，便是皇上的口諭裡也提到他素來方正，依父親這般正直之人，想要在仕途之上更進一步，靠的是對皇上盡忠，對朝廷盡責，像我這般做女兒的，首要能孝敬父親，將來做好人家的媳婦，就是最大的幫襯。侄女沒見識，眼下就想到這個，四嬸您說對是不對？」

藍氏沒想到這麼快安清悠就給她來了個以其人之道還治其人之身，自己「支持」了她一下，她也「求教」了自己一把。

明知安清悠說的這些與廢話無異，可是連皇上都說給安德佑口諭是因為他「持身素正」，自己能說不是嗎？

不但不能說不是，這話提了老太爺又抬了皇上出來，藍氏還得繼續往下接：「大侄女這話說的對！說的對！皇上都說大老爺方正有學問，自然是錯不了的！嬸娘哪有什麼可指點的？看著大侄女如此懂事明理，嬸娘看著，心裡也是著實高興啊……」

藍氏咬著後槽牙，擠出這麼幾句話來，心裡卻是已經快被憋瘋了。

今兒壽宴本就是憋著勁兒，打算來給其他幾房，尤其是長房下絆子的，可是憋來憋去，居然是憋上加憋，大半天下來沒幹別的，光憋著氣了，也不知道會不會被這可惡的大侄女給憋死？

這番對話，安清悠本就有意要替長房造勢，這時候再有藍氏這麼一「佐證」，席上登時便有人看向安清悠的眼色大有不同。話說這不怕傳話，只怕琢磨話，一時之間，有人卻是把這事情越想越複雜起來。

「聽說安大小姐和錢二奶奶認識的時間不長，一下子就好到了這樣，到底是安家大小姐先通了宮裡，安家的長房老爺才在皇上那裡掛了號，還是皇上先看重了安家的長房老爺，安家大小姐才通了宮裡……」

眾人越想越覺得不明所以，不過，有一件事卻是確定了的，那就是眼下和安家為了選秀爭什麼大可不必，和長房搞好關係才是當務之急。

安清悠靠在椅背上，望著眾人猜測來猜測去的樣子，心裡暗笑。藍氏有件事情說得好像沾了點邊，這次的口諭中莫名其妙提到了父親，她總覺得這事和自己有關係。

當然有關係！

為了這道口諭，蕭洛辰可費了不少心思。皇上要讓朝綱動一動不假，預熱之時，調換了幾個京城裡不起眼卻重要的小官更是他操刀經手，不過，這安撫重臣時挑中了安家，卻真是陛下對安家頗有用意所致。

唯有這安德佑！原本是無可無不可的事情，之所以在口諭提到，倒還真是蕭洛辰尋了個機會，在皇上身邊進言有些關係。

說實話，這個名字是不是真的簡在帝心，蕭洛辰一點都不關心，可是此刻，他還真得要向安德佑裝模作樣地請教學問。

「蕭賢侄既是迷途知返，有心學習聖人之道，其心自是可嘉。古人云：道不畏殊，縱百歲而知正者亦為大善。我大梁既然以禮教治國，當然是……」

安德佑一派認真，聖上口諭，讓他指點教誨，他就真的指點教誨起來。滿口的詩云子曰做人道理，長篇大論讓蕭洛辰不耐煩，但裝模作樣的功夫甚佳，表面上倒比那些國子監的學生們在聽課時更有規矩。

這場面一弄出來，便是安德經在一邊看了都有些咋舌，心說大哥這是怎麼了？皇上讓你教，你還真在壽宴上擺開架勢就教啊？

旁人都說我是書呆子，今兒才知道咱們兩兄弟湊一起，那才叫大哥別說二哥，都夠呆的。

安德佑最近屢遭變故，倒是真的有些開了竅，這時候一門心思指點蕭洛辰，看在別人眼裡，可就不是個樣子了。

蕭洛辰是什麼人？那可是天子門生，出了名沒人管得了的京城頭號混世魔王。今天又是作為欽差而來的，這位安家的老爺拉過來當眾便教，這蕭洛辰居然還似模似樣地聽訓……這其中要是事先沒在皇上那邊通過默契，說出來誰信啊！

眾人對於皇上心思如何，安家到底怎麼樣，自然又是一通浮想聯翩。

不過，安德佑是不是在心裡偷笑，那可真就無人知曉了。

倒是真的在心裡偷笑的蕭洛辰，按照當初的約定，自己可是既承認了不學無術，又跑來和這個絮絮叨叨的安家大老爺請教了學問。

該做的都做了，不知道那個護短又慓悍的女人一會兒見了，會是個什麼樣的表情？
那個蠢女人還不明白消除人身上氣味的方子有什麼意義，這個東西，我要定了！

（未完待續）

作　　者　十二弦琴
封面繪圖　畫措
責任編輯　施雅棠
副總編輯　林秀梅
編輯總監　劉麗真
總 經 理　陳逸瑛
發 行 人　涂玉雲
出　　版　麥田出版
城邦文化事業股份有限公司
104台北市中山區民生東路二段141號5樓
電話：（886）2-25007696　傳真：（886）2-25001966
發　　行　英屬蓋曼群島商家庭傳媒股份有限公司城邦分公司
104台北市中山區民生東路二段141號2樓
客服服務專線：（886）2-25007718；25007719
24小時傳真專線：（886）2-25001990；25001991
服務時間：週一至週五上午09:00~12:00；下午13:00~17:00
劃撥帳號：19863813；戶名：書虫股份有限公司
讀者服務信箱：service@readingclub.com.tw
麥田部落格　http://blog.pixnet.net/ryefield
香港發行所　城邦（香港）出版集團有限公司
香港灣仔駱克道193號東超商業中心1樓
電話：852-25086231　傳真：852-25789337
E-mail：hkcite@biznetvigator.com
馬新發行所　城邦（馬新）出版集團【Cite (M) Sdn Bhd】
41, Jalan Radin Anum, Bandar Baru Sri Petaling,
57000 Kuala Lumpur, Malaysia.
電話：(603) 90578822　傳真：(603) 90576622
Email：cite@cite.com.my
美術設計　洸譜創意設計股份有限公司
印　　刷　鴻霖印刷傳媒股份有限公司
初版一刷　2014年07月08日
定　　價　250元
I S B N　978-986-344-110-6

漾小說 126

鬥芳華 ②

國家圖書館出版品預行編目資料

鬥芳華 / 十二弦琴著. -- 初版. -- 臺北市 :
麥田, 城邦文化出版 : 家庭傳媒城邦分公司發行,
2014.07
冊；　公分. --（漾小說；126）
ISBN 978-986-344-110-6（第2冊：平裝）

857.7　　103009426